双生战记

解放汉斯

凯特·张 著　祁和平 译

ECHOES
OF US

作家出版社

献给把书藏在课桌下面,天黑之后仍久坐不起的读者。最终,我们的生活都是故事。

——凯特·张

序 言

追忆童年，很少有人比得上我。一般说来，人们长大就有了自由；我却失去了自由。

我是隐性人，生来比艾迪弱。每每当我们争着要为共有的躯体做主时她总是赢。她注定会赢，而我必输，前途已写入我们的基因。

我们十二岁的时候，我似乎即将落入隐性人注定的命运：消失。但我并没消失，只是失去了一切自由：不能说话，无法走动，无权得到他人的认可，除了与我共享躯体的艾迪之外。

因此我对童年记得很清楚。因为尽管长期受到约束，那却是我对自由仅有的记忆。

直到遇见丽萨、哈莉、赖安和戴文，我才开始思考未来，而不是过去。他们也是双生人。他们明白藏在暗处生活意味着什么，还教我如何重新掌控自己的躯体。

可现在，我们全都再次被迫不停地奔波，为了安身，东躲西藏。我重拾儿时记忆，想起那万般好处，种种温情，在陈年往事中寻得安慰。

想什么呢？一天夜里艾迪问我。我们都被塞进车里，彼得开着车，莱安纳医生坐在旁边。我们其他人坐在后面两排，肩膀挨肩膀，挤作一团，车窗摇上来，关得紧紧的，把冷风挡在外面。

罗盘星。我说。

我的童年回忆也是艾迪的回忆。我们被劈成两半，相依为命，一个双生人，活在一个不给双生人合法身份的国家。

知道罗盘星的时候，我们还不懂这些，因而那段回忆弥足珍贵。那时艾迪和我三四岁年纪，我们全家去野营。我们的小弟莱尔还没出生，所以只有我们四个人：妈妈、爸爸、艾迪和我。

我记得第一次在山中吸着清新的空气所看见的星星的样子。此前我们这些孩子看惯了城市的夜晚和灯光。那些星星大得让我们吃惊。

记得吗？我说，过去我们露营时爸爸总给我们讲那些星座，不过他老是……

老是一点也想不起罗盘星的故事。艾迪说。她的微笑将我们的嘴唇拉成一条弧线。那是在我大脑边缘的一种温暖，在那里我把握十足地感受到她的存在，就像感受自己的心跳一样。我记得。

我们陷入回忆，当大路飞驰而过时以回忆相互慰藉。

一切太快，一周过去了。接着是一周又一周。艾迪和我慢慢可以走路了，我们脚踝和身上的伤痛以及最后几天在安绰特的痛苦回忆也渐渐消退了。波瓦特研究所的爆炸——警察突袭——穿过昏黑的街道仓皇逃跑——这些记忆永远不会彻底放手，将一直缠着我们。但是我们试图用幸福的回忆遮掩住那些痛苦。

艾迪和我引着大家讲故事。四处藏身，不知身在何方，几乎无事可做。刚开始我们一直看新闻，但电视屏幕显示出我们的脸的样子以及我们的名字，不厌其烦地播报我们的罪行：兰开斯特广场"爆炸"和波瓦特爆炸。过了一段时间，恐惧和不安潜入我们的内心，侵蚀我们。艾米利亚说："他们老是讲同样的事情，一遍又一遍的。把它关掉行吗？"

于是就关了。不过呢，我们却聚在楼上的走廊里，或是围在餐桌旁，或是躺在露出线头的长沙发上。如果是由赖安和我做主，我们就试着挨在一起，互相取暖，我把脸颊靠在他的肩膀上，寻求那种有人在一起的安慰。

我给他们讲莱尔和纳撒尼尔出生那天的事儿。艾迪和我只有四岁，但我们忘不了那幸福而紧张的忙乱场面。婴儿裹在蓝布里。妈妈生的不是女孩，这让我感到一阵失望。

我没给他们讲那天纳撒尼尔逐渐消失的事儿，人们觉得正常，因为他是隐性人。也没说莱尔生病那天的事儿，他们急匆匆地送他去医院——他脸色苍白，一个小孩子，吓得说不出话。

我们有条不成文的规矩，伤心事免谈。

那种事已经太多。

关于赖安的过去我知道很多，但是再听一遍也无妨。乡下巨大的老宅子，穆兰一家搬到鲁普赛德之前就住在那里。古老的地板咯吱作响，图书室永远满是尘土，那块连成一片的田地里长着齐腰深的草，黄昏玩战争游戏时正好作掩护。哈莉或是丽萨插话补充几句，要不就抱怨说他没有完全说实话。赖安表示抗议，但他微笑着，我知道他并非真的介意。哈莉或丽萨的插话把我们逗笑了，现在的笑声可太珍贵了。

莱安纳医生被大伙哄着也讲了个故事。起初，她只是说了些自己年轻时的事儿——倍受呵护的童年时代零碎的片断。我看着她脸上明显的皱纹，试图想象出二十年前她小时候的样子：不是一个妇人，而是一个名叫瑞贝卡的小女生，她那少年老成和过分严肃的面容让大人们觉得好笑。她知道她的兄弟彼得所隐藏的那个秘密，却严守死防着。

最终，我们用甜言蜜语套出了有关她在医学院上学时的趣事。不过我们得小心，不要问她有关离开医学院以后的事儿。莱安纳医生将药品方面的研究与她擅长的神经学紧密联系起来，为此她进入诺南德精神病康复医院，在那儿她遇到了杰米，然后是我们其他人。在那儿艾迪和我说服她背叛同事，帮我们逃跑。

大家最喜欢亨利的故事，因为他见识过这个世界。特别是杰米，当亨利描述他所去过的地方、经历过和写过的事情时，他就盯着亨利的那些地图钻研。

"你写过我们吗？"一个有关中东的故事讲到一半的时候凯蒂问。亨利在那里待了两个月，追踪我们从未听说过的两个国家之间的边界战争——我们在学校里上课时所教的那些过时的地图上根本就没有。

"我的意思是，专门关于我们的。"

亨利笑了。"没有提名字。那样更安全，以防备东西被人截住。"

不知怎的，我从来不曾冒出过这种想法。我知道亨利跑来这里为了报道美国双生人的困境，通过卫星电话——比电话还要小的微型计算机，我认为——发回文章和信息。不过我却没想到他的故事一点也不笼统。

这个想法我一直有。外边那里某个地方，或许有人听到我们的故事，或许仅仅是——早晨喝咖啡时的一个故事，或是晚餐时起个背景的作用。仅此而已。

很奇怪，是不是？我对艾迪说。

你想多了，伊娃。她回答。

但这由不得我。好多年了，那时我还没有重新掌控我们的身体，我什么也干不了，除了思索和想象。这会儿，我想象生活可能会是怎样，如果艾迪和我生在大洋对岸的某个国家，在那里双生人受到认同，属于正常。

或者要是艾迪和我在五岁时"解决"了，又会怎样？我会消失，艾迪的生活会大不相同。没有医生预约，没有治疗专家，没有药物。操场上没有侧目回避。没有老师的窃窃私语。没有诺南德精神康复医院。

没有哈莉和丽萨，没有赖安和戴文，就没有那之后我们遇到的所有人。

艾迪和我离家去诺南德才不到一年，生活却已经天翻地覆，很难想象出我们的未来将会怎样。当初若是我们守住秘密，就没人知道我的存在，可是艾迪脑袋里的灵魂，喊声太大，包不住。

现在我们有许多时间坐下来思考。不过聚集美好的时光，回想我爱的人们和与他们在一起的精彩瞬间，心里甜蜜蜜的。

我的母亲和父亲，我确信他们依然爱我。

我弟弟，莱尔，我对自己说，他已经做了政府向我家里人所许诺过的肾脏移植。

我又想起了塞宾娜和乔希，回想她们坚定的眼神，她们只消看我一眼就会在我体内注入信心。我眼前现出科迪莉亚和卡蒂笑的样子，头向后仰，淡淡的金色短发在光亮中轻若柔羽。我打定主意，只想克里斯托弗的柔情时刻，他那鲜亮的盔甲上有条裂缝，透露出他过去的零碎散片，一路掘进他的内心深处。

我看见杰克逊——杰克逊和文森，诺南德医院的邮递员，他们告诉我心存希望。

我本不该去想我们和塞宾娜那帮人一道做过的那些事。我们用自制的爆竹在兰开斯特广场造成的混乱场面。我们帮着制定的炸掉波瓦特研究所的计划——那时我们不晓得，塞宾娜想要炸开的不只是钢筋水泥，她还想要当晚那些官员的性命。

当我们发觉时，想制止那一切，于是内部出现纷争。

我们付出了代价。

伤心事免谈。那是规矩。

1

亨利应该离开我们的那一天，艾迪和我醒来时听见新闻主播正在轻声地叽里咕噜播报着什么。我们蹑手蹑脚地从凯蒂和哈莉身旁经过——俩人都还睡着呢，然后溜出我们共享的卧室。

戴文在楼下坐着，正是破晓时分，半明半暗，他眼睛紧盯着那台微型电视。屏幕在客厅投下奇怪的、闪着亮光的影子。没见到其他人。

"他们还没走，是不是?"艾迪一边小声地说着一边凑近戴文，也坐到那个高低不平的长沙发上。他眼睛没离开电视，只是摇了摇头。

他们人在哪儿? 我问，艾迪正要大声重复我的问题，这时亨利的卧室门打开了，正好做了应答。

亨利冲我们微笑，他的牙齿在深色皮肤的映衬下闪出一道白光。"我以为昨晚我们已经道过别了，所以你们用不着起得这么早。"

他随身只带了一件小行李箱。我们逃离安绰特时他的大部分东西都扔了。我想象警察找到那些东西了，用步枪扫射他的笔记和写了一半的文章。现在他们应该明白了要监视他。一个外国记者生活在美国面临许多危险，在海外的朋友和家人的压力下亨利终于让步，准备及早飞回国。

他斜靠在沙发靠背上，好看清楚电视。"又是詹森？"

戴文点头。这是一个旧片断。过去几个星期马克·詹森做了好多演讲和访谈。有关双生人。有关波瓦特。有关国家的总体安全。

很难将他在电视中面对世人的样子——处变不惊，得体自信——与艾迪和我扭伤脚腕之后想要将我们带离波瓦特的那个人联系起来。爆炸之后那个人从废墟中挖出我俩，他眼神狂乱，衬衣上沾着血。

每当我看见他，就感到肩上隐隐作痛——他的指甲那时曾掐进我们受伤的皮肤。"那个男孩在哪儿？"他冲着我们喊，"杰米·科塔在哪儿？"

"他是想控制局面。"在不了解戴文的人看来，他好像对整件事感到厌烦了。但是我捕捉到他的眼睛敏锐地追随詹森的一举一动的样子。戴文往往是我们之中最具观察力的，因为他举手投足间仿佛世界只是一幕不大有趣的皮影戏。

"似乎控制局面不是詹森该管的事儿。但我猜他应当是双生人问题的专家。"亨利直起身，戴文终于将眼光从电视机挪开。他的脸保持着惯常的湖水般的平静，但是当亨利说"好吧，我估摸着该走了"的时候，它泛起了涟漪。戴文和赖安醒得早，但是凌晨四点早得有点过了头，这时候起床不会只是心血来潮。

"给——"亨利手伸进口袋，取出卫星电话，递给戴文，"你记得怎么用，对吗？"

戴文已经把手机拿在手里转来转去，查看那差不多是手掌大小的屏幕，微型键盘，以及与计算机连接的端口。他边摆弄天线边点头，然后抬头回看亨利。"你不用吗?"

亨利耸了耸肩。"用不了几天我就到家了。我已经给我的人说过在我到之前别等我的电话。另外，我需要一种与你们大家保持联系的方式，"他微微笑了一下，"不过，要小心。这些东西并不是没办法追踪，要是政府起了疑心。要限制通话次数。而且别让赖安给拆掉了，他也许没法再弄回原样。"

戴文差点就要咧开嘴笑了。"我能弄回原样。"

我在大脑的那个角落里偷着笑，想知道赖安对此是怎么说的。

后门开了，艾米利亚和彼得出现了。见到艾迪和我立在那儿，艾米利亚似乎并不吃惊，彼得却扬了一下眉毛。

"我们走吧?"艾米利亚说着，把外衣紧紧地裹在身上。她和苏菲，自告奋勇开车送亨利去下一个州找他的联络人，她们争辩说自己是最佳人选，因为新闻上没有出现过她们的脸。还有凯蒂和妮娜同样没有被曝光。

杰米的信息已经在媒体上流传了数月。在我们所有人当中，他是詹森最急于找到的那个——诺南德的医生手术剥离了他的第二灵魂时，这孩子大难不死。

但詹森也在波瓦特看见了赖安和莱安纳医生，当时我们想制止爆炸，然后他们过来救艾迪和我。他一定是凭直觉意识到哈莉会和她的兄弟在一起，而且警察突袭将会发现把亨利和彼得列为嫌犯的充足罪证。

让他们全都因为爆炸事件而受牵连，这令我痛苦。

"路上小心。"彼得说。他和莱安纳医生将和我们一起待在安全之家这里，以防出事。那个词现在每时每秒都悬在我们的生活里：以防出事。

亨利最后一次看了看我们和戴文，像是他想记住我们的容貌。

"祝平安。"他说，走向门口与艾米利亚会合。

他们离开了，留下我们其他人目送他们。

"我没想到你会不叫醒我。"几小时后，哈莉这样对赖安说。她在室内的阳台上挨着艾迪和我坐下，俯瞰起居室和门厅。我们的腿搭在沿上晃来晃去。

赖安坐在我们的另一侧，他伸手穿过阳台的横档去偷哈莉的半个花生黄油三明治。她手向旁边闪，晚了一秒，一脸的委屈。

"那会儿是早上四点。"赖安让我咬了一口三明治。花生黄油流到他的手指上，他把手指放进嘴里，说出来的话含含糊糊的。"你不喜欢在十点之前起床。"

"要是你们其他人起来了我也会起床的。"她抱怨。

回想当初，我简直不敢相信，艾迪和我在学校的走廊里经过戴文或是赖安的时候，几乎从没注意到他们。我们还曾绕路躲开哈莉，因为我们害怕她的外国长相会给我们招来麻烦。

现在，他们算得上是我的生活中最重要的人。

我盯着赖安看得久了那么一点，他扬起眉毛，嘴角牵动笑了一下。"怎么了？"他说。我摇头，自己也笑了。

我们擅长用眼神交流，或是碰一下，咧一下嘴。小动作是我们所拥有的一切。安全之家太小了，即使我和艾迪不共享身体，也找不到时间和地方让我和赖安能单独在一起。

有时候，艾迪会提出要潜隐。但负疚感通常让我拒绝她。艾迪的脑子里也装着一个男孩。眼下若是有他在，他会在走廊

4
解放汉斯

的尽头偷偷吻她，笑着，不在乎艾米利亚路过时看着我们，一副什么都知道的样子。

哈莉吃完三明治，站起来，掸掉衬衣上的面包渣。"好呀，要是——"

门铃响了。

哈莉的嘴啪嗒一下合住了。艾迪低声说：可是没人——

有人按门铃。这所房子并不比我们住过的第一家偏僻，可还是离最近的城镇有将近一个小时的路程。没人会碰巧找到我们门口来。

莱安纳医生从楼下她的房间出来，她刚冲过澡，头发还湿着。她仰头示意我们安静的时候，所有要说的话都写在脸上。

彼得走到门厅，拉住他妹妹。窗户全都挂着窗帘。我们乘过的那辆车停在车道上，所以我们没法假装房子里没人住，但是可以假装没人在家。

好长时间，没人说话。没人去开门。

门铃又响了。接着开始敲门。门上响起刺耳的敲击声。

响起一个女人的声音：

"打扰了，我是玛丽安·普里特，我想找艾迪·塔姆辛。"

2

莱安纳医生打手势，让我们退出去，我们与其他人一起撤到我们的卧室，我们的心咚咚地跳。我倒在床上，双手把那条破旧的被子攥过来攥过去。

哈莉最后一个进来。"你以为你是谁呢？"她关门的时候嘀咕着。赖安站在我们身边，他身体绷得紧紧的，满是忧虑和疑惑。

当然，谁也没主意。我们的照片漫天飞，现在可能人人都知道我们。镇静，我一个劲地命令自己。我屏气凝息。不能乱了方寸。

艾迪和我并不是第一次经历恐慌，七岁之后我们就有了这种经历，熟知狭小空间里的那种恐惧滋味。但是在波瓦特之后那几个星期，其他事情也开始让我们躁动不安——突如其来的噪声、阵阵热浪。

有时候，只不过是想到了黑暗、痛苦，害怕我们被埋在一截倒塌的墙下，残骸被火焰吞噬。

那个女的要是想抓我们，我对艾迪说，她用不着敲门。

天知道她想干什么，伊娃。詹森知道我们在安绰特——知道我们有所计划——他始终不接近我们，直到他知道自己能造成最大的伤害。

哈莉把手放在窗台上。"她的车不错。"她眯着眼，将黑色的卷发从脸上撩开，"看不见车牌——哦，后座有个女孩——"

赖安和我们急忙跑到窗边。在我们的注视下，那个女生打开车门爬了出来。她看样子大概十二岁，比凯蒂和妮娜稍大一点。她急匆匆地向房子走去，大衣在风中飘动，她迎着寒风缩起了双肩。

要是那个女的想抓我们。我说话的时候多了一丁点把握，她为什么还带个小孩？

"你以为她们是双生人？"哈莉说。在安绰特的组织彻底土崩瓦解之前，常常有人来找彼得帮忙。他们从朋友的朋友那儿听人说起他，人们私下传言说他统领着一个双生人和同情双生人的组织，他兴许能把孩子送到安全的地方，甚至还能将孩子从研究所营救出来。有那么个人，表明在那儿或在某个地方还有希望。

窗外那个女生仰着头直视我们。

她的脸上有某种东西似曾相识。

她肯定是认出了我们的脸。她双眼睁得大大的，张着嘴巴。风把她的脸颊吹红了。

我们怎么会认识她？我对艾迪低声说。

赖安与我俩手指相扣。"怎么？"

"我以前见过她，我觉得。"不由自主地，我攥紧他的手，"我——我记不起是在哪儿。"

彼得走进我们视线，他招手叫那个女孩过去。然后他跟着她的目光，将视线落在我们身上，接着又转回去看那个孩子。她一直想要偷偷地往上瞧，但是他把她领进去了。

我在记忆里狂乱地搜索。

不在学校。艾迪说。我还没来得及想那么远。这个女生的脸在记忆中比那要晚。

"在安绰特?"赖安问,但他好像很迟疑,我摇头。记忆就悬在大脑的边上——

"她不在诺南德。"哈莉的声音里显出确定无疑,没人争辩。我记得我在诺南德认识的每个病人的脸,虽说过了这么多个月,微小的细节已经模糊不清。这个女生没和我们一起穿过蓝色制服。

卧室门口响起一阵很轻的敲门声。

"是我。"彼得说,然后马上就推门进来了。

他这会儿的样子看起来和往常一样,好像要把世界捏成团攥在拳头里。有时我希望能够见到他就如那晚在诺南德救我们的样子。那时他和杰克逊在医院门廊的一片黑暗中化为童话故事里的英雄,引导我们走向光明和自由。

现在我更加了解他。他只是一个人而已,想要的很多,能做的却不多。

赖安不情愿地放开我俩的手。我跟在彼得身后,同时看了赖安一眼以示安慰。我们穿过大厅,来到他和艾米利亚同住的房间。和房子里的大多处地方一样,这里有股锯末和木材清漆的味道。

"我以前见过那个女生,"彼得一关上门我就说,"我记不起是在哪儿,但是——"

"她名叫温迪·霍华德,"彼得说。我皱眉,这个名字在我们的记忆里没有印象。"我想你以前没有见过她。"

"见过,"我坚持道。"我认识她的脸——"

彼得伸进口袋掏出一张折起来的纸，他把纸放在桌上抚平打开，"你确信你想起来的不是这个？"

我愣住了。艾迪的反应更多地表现在内心，但她不在掌控，所以显不出。但我却感受到了——冰冷尖锐的刀锋——对着我。

那张纸是个传单。当时我们制作这些东西时就这样叫，还从兰开斯特广场周围那些建筑物上把它们往广场撒。

彼得说得对。我们从没见过温迪·霍华德。不过这画画得太像了，让我顺着脊椎骨直冒凉气。

"温迪随身带来的，"彼得说，"这是你的，对不对？"

我点头。我还在盯着那张传单看，看我们用双手不辞辛劳为那个女生画出的那张画像。

"我们为……为兰开斯特广场做的。"我轻轻地说。我们告诉过彼得和别人这件事。塞宾娜如何招募我们帮她在集会中间分散群众注意力，好让她和戴文溜进市政委员会，收集政府有关波瓦特研究所的计划和资料。"所有的传单上面都有双生人儿童的画像……"

我用我们的手指摩挲安娜·H，十五岁的脸上印的那些字：

有多少孩子死于这一治疗？

很奇怪，想起我们曾经是那样地满怀希望，想起我曾经是其中的一员，感到无比的轻松和高兴。

你画得真棒。我低声说。

艾迪没说别的，只一个劲地念叨着科迪莉亚的名字。安娜和科迪莉亚曾经一起在某个研究所里待过。它和楼下的那个女生看着很像。艾迪身体发抖，但那不可能是安娜。

安娜·H死了。

我们的传单选的都是死去的孩子。

彼得把传单折起来，背面朝上。也许他注意到我盯着它看的那个样子——知道只要把它摊在桌上，我就会什么也想不出，满脑子都是艾迪和我在塞宾娜和科迪莉亚的照相馆上面那个阁楼里度过的时光。那天，我从艾米利亚的公寓溜出去，怀着一种责任感，懵懵懂懂地，拿上一捆传单和一个自制的鞭炮，上到俯瞰广场的楼顶。

那些传单怎么会有一张到了温迪·霍华德的手里？那天早晨她在那里？还是传单过了一道又一道手，最终到了她的手里？

"温迪说她是安娜的妹妹。"彼得说。

"双生人？"

他摇头。我挣扎着想摆脱有关兰开斯特广场的回忆。鞭炮炸开，劈里啪啦作响。人群吓得嚷声一片。没时间想伤心事，即使我自己的大脑也不行。"和她一起的那个女的是谁？她叫玛丽安？"

"是个记者，"彼得说，"她说她想做一个有关安娜和温迪的有人情味的故事。关于双生人全体的。她想为我们的事业出力。"

有人情味的故事。这些词在我的头脑里没有意义，支离破碎的，连不成一个能让人弄明白的整体。人情味。那意思是她认为我们的故事有趣？或者她指的是一个有关人类利益的故事？我们的利益？我们想要的自由和安全之类的恩赐？这些对于那么多别的人来说，不只是让他们关注，而且是他们的权利。

这可能是个花招。艾迪说。要是说从过去的几个月里我们学到了什么，那就是不要轻易相信任何人。政府和媒体紧密地勾结在一起。她为什么站在我们这一边呢？

"她为什么来找我们？"我问。

"因为她知道自己在冒什么样的风险。"彼得盯着立在卧室墙的四周一排排发霉的架子，他的手掌平放在书桌上，肌肉紧绷着，"如果她被发现了，政府会抓她的。她需要人把她藏起来，保护她。"

"你认为她真的想帮我们？"

他犹豫了。"也许吧。或者她只是想帮她自己。如果事情……如果事情有好的结局，她就有了一辈子都讲不完的故事。"

"我们能信任她吗？我的意思是，温迪……温迪或许真的是安娜的妹妹，不过……"

"但那也说明不了什么，"彼得说，"温迪的姐姐是双生人并不意味着她就不会利用那个事实帮着迫害其他双生人。"

他说话的时候是那么无动于衷，那么简洁明了。温迪·霍华德还只是个小孩子，不过也许那正好说明她更容易被操控。

"那么，为什么她们还在这儿？"我有气无力地说。

彼得低声笑了，声音不大，蔫蔫的，但依然还是笑声。"玛丽安有备而来。她有我们需要的东西，她明白这一点。"

彼得看我们的样子透露了一些什么。警铃在我们胸中响起，敲打着我们的心。

"什么？"我说。

他停了一下。仿佛他需要一点时间让自己相信无论他说什么艾迪和我都能够应对。

"怎么了，彼得？"我追问。

"是杰克逊，"他说，"她说她知道怎么救杰克逊。"

3

杰克逊的全名是杰克逊·蒙哥马利。但是艾迪和我是在与
他见面好几个月后才知道。我们在诺南德医院的第一天，他只
不过是个送邮件包裹的男孩，十分好奇地盯着我们看。我们那
会儿是精神病房新来的双生人，新鲜看不够。

我们弄不清杰克逊的目的，直到他把我们拽进储藏间时说
出真相：他和彼得打算救我们。后来，在逃走之后，我们对文
森，与他分享身体的另一个灵魂，有了了解。通过他们我们学
会了如何暂时潜隐。他们把我们介绍给塞宾娜和她的团队，给
了我们一个目标，将我们从我们自己那令人窒息的安全网络中
解放出来。

后来，艾迪爱上了那个眼睛淡蓝、头发蓬乱、笑意袭人的
男孩。随后他背叛了我俩，正当她柔肠寸断之时，警察毫不留
情地在街上将他拘捕。

我们还保留着凯蒂碰巧记录下的杰克逊被捕的镜头。我们
没看过——但是录像带在箱底藏着。

"杰克逊？"艾迪说。她情绪迸发，胃缩在一起，胸口疼痛。

彼得看出掌控人换了。这种转换一般看不出，尤其是对那

些不存心留意的人来说。但是彼得是双生人。他明白这种种迹象。

"她是那么说的。"他说。

"她有他活着的证据吗?"

"她说有。"彼得认真看着我们说,"她说碰见过他。她说她有一个他捎的口信。而且她只能交给你。"

艾迪和我在厨房找到玛丽安·普里特,她和莱安纳医生以及温蒂站在厨台边。她们仨小心地摆弄着杯子。谁也不是真的在喝水。

玛丽安和莱安纳医生年龄相仿——不到三十岁。她的脸很窄,有点刻板,缺乏血色。但看到我们时她的眼睛一下子亮了。

"你准是艾迪。"古怪的是她的声音伴有很大的喘息声,刺啦刺啦的。当她向我们走过来时莱安纳医生的身影微动,仿佛想要拦截她,但最终没有。我们握手的时候玛丽安微笑着,"我是玛丽安·普里特。太好了,终于见到你们。"

"终于?"艾迪说,我们将目光瞥向莱安纳医生,"你听到很多我们的事?"

据我们听到的有关我们自己的新闻,不大可能会有人觉得遇见我们是好事。但是如果玛丽安果真是名记者,与政府有关系,凭着这关系才知道杰克逊的处境,或许关于艾迪和我她知道的比电视上播的更多。

"哦,不是很多,当然。"玛丽安精致的五官随着每个表情的出现和消退而收缩,"但足够了。有些是来自有关你们的官方消息,有些来自杰克逊。"

彼得挤进小厨房凑到我们身边。"你说你有他捎的口信。"

我犹豫了。艾迪——我不知怎么办，但我想护住艾迪，不让她听玛丽安接下来打算说的任何话，替她挡住可能引起的痛苦。

艾迪的神经紧张得快要绷断了。

玛丽安说话的口气仿佛厨房里除了她和我们再没任何人。"他想告诉你们要心存希望。而且要记住你们去扬帆航行的时刻。

我们从没扬帆航行过——我张嘴正准备说。但是我的手指紧紧扣在厨台的边沿上，艾迪大笑了一声，无助，还气喘吁吁的。

我去过。她低声说。

电话响了。

"我来接。"莱安纳医生说着滑过我们身边，出了厨房门。

"那听着像杰克逊的话吗，艾迪？"彼得表情柔和。就我所知，没人告诉过他艾迪和杰克逊的事。但是拥挤的住处和高度紧张无助于保守秘密。秘密战战兢兢地，穿过一个个缝隙，从一个人渗透到另一个人。

我们的牙齿咬住了下嘴唇。但艾迪点了点头。

我什么也没说，即使是我们两颗灵魂分享私密的时候。我明白心存希望的含义。这是杰克逊在诺南德告诉过我们的。我们在波瓦特执行任务去拯救官员逃脱塞宾娜的炸弹时我曾经用这句话回应过他。

但是在我们彼此相识的所有日子里，我们从未扬帆航行过。

我从未扬帆航行过。显而易见，艾迪去过。

"彼得。"莱安纳医生站在走廊里。她双眼明亮，奇怪的是，脸颊红红的。

彼得看了她一眼，离开我们身边，示意我们待着别动。他和莱安纳医生进到客厅，看不见了。

出事了。我说。艾迪回头瞅了一眼，但彼得和莱安纳医生离得太远，看不见了。我能感觉到。

如今，总有些什么事不对劲。那种感觉痒痒的，就像是光身子上披件羊毛斗篷。挥之不去。

"他告诉你了？"玛丽安说。

艾迪回望她。"你说什么？"

"彼得。"玛丽安说话声太轻，厨房外听不到，"有关达西·格雷。有关那组镜头。"

我们的表情足以表明我们毫不知情。玛丽安朝着我们迈了一小步，好像我们是些野生动物，她生怕我们受惊逃走。"有个十四岁的双生人女生，名叫达西·格雷。她住在距这里靠东几个小时车程的地方，布莱姆福克附近。她刚刚被发现了。"

她的用词差点让我笑起来。忆起在鲁普赛德时，我们班有个想当模特的女生。八年级的时候，她被选上参加贝斯米尔的时装表演，回到学校时她喜气洋洋地大说特说自己是如何被发现的。

第二年她搬走了，所以我不知道她后来情况如何。很可能要比达西·格雷强出老大一截。

"我以为你们的人会帮她。"玛丽安说。

"我们的人？"

玛丽安耸了耸肩，那件挺括的衬衣随之起皱了。"彼得干的就是这活儿，不是吗？我肯定他有许多帮手。他不可能所有的一切全靠自己。"

艾迪皱起眉头。"所有的一切指什么？"

"所有的一切，你知道的……"玛丽安做了个模糊的手势指屋子里我们所有人，"这——"

"他救小孩。"温迪说。这是艾迪和我听到她说的第一句话，我们全身一惊。温迪摆弄着她的深色短发，将头发塞到耳后。"他救了你，对不对？"她说。

艾迪没有立即回答，这时温迪放下她手里的大圆筒杯，杯子碰在台子上，咣的一声。"你从没见过我姐？"

这个问题有种反复操练过的感觉，好像这是她已经排练好了要问的事情。

"没。"艾迪简洁地说。我们曾经用安娜作为一个象征，但是安娜是一个活生生的家庭里的一个活生生的女生。这个家庭的一员站在这间厨房里，穿着一件尺码过大的冬大衣和深紫色的针织衫。

"但你知道有谁见过。"温迪说。

也许我们应该一口否认掉。很可能，否认会更安全。但是当眼睛看着这个女生时，我们做不到。

"是呀，"艾迪低声说，"我知道。"

温迪整个身体僵住了。随后她微微地笑了一下。只是一丁点的笑意。这是她为了拥有一点点幸福所需要的全部：只想知道有谁认识别的什么人，知道她姐姐被带走之后的情况。

这总比一无所知好。

"抱歉，"艾迪说，她的目光从温迪转向玛丽安，"但我不明白所有这一切和我有什么关系。还有达西·格雷。"

玛丽安从钱包里抽出一个小信封，递给我们。

"温迪想帮助和她姐姐一样的人。"玛丽安的声音显得十分郑重，有点过于郑重，其中有些东西强烈到灼伤人，"我也想。也许你们无从判断，无处可去之际滞留在这所房子里，但是国家正在被搅成一潭浑水。人们开始质疑几十年来从来用不着怀疑的事情。人们在寻求答案。对于双生人情况可能会变得很糟。但是也可能会变得很好，要是措施得当的话。"

信封里面是一张照片。我们只能看到白色的背面，上面有人用草体写着：达西。足球冠军。

"我想说的有关温迪和安娜的故事——有关在这个国家双生人孩子们身上发生的事情——这是之前从未有人做过的事情。从来没人敢做。但是这样做值得。人们需要具体的画面，艾迪。不能只是让他们去想象研究所里情况如何。他们得亲眼看到。"

艾迪把照片翻过来，凝视那闪着光泽的图像。玛丽安犹豫了。"我需要内应。"

达西·格雷一头打着卷的浅色金发，棕色的眼睛。达西·格雷有雀斑，小鼻子，薄嘴唇。

达西·格雷长得像我们。

17

解放汉斯

4

当然，达西的长相并非和我们一模一样。她看起来年龄更小。她的眼睛更大，眼睛里的淡褐色更浓。她的脸要宽一点，头发更短，我们的浅色金发发暗，她的头发要亮上好几个色度。我们看起来很像是姐妹，至少是表姐妹。

玛丽安需要内应。

"达西心脏有问题，"玛丽安在说话——她说的话变成了一堆嘶嘶拉拉、伴着喘息声的音节，因为艾迪和我意识到她想要我们做的是什么，"没什么大事，只是扮成她进入研究所卧底'偷拍'——这种高压处境似乎也没那么糟糕。"

"没那么糟糕?"我苦笑着，"那些所有其他的被关起来失去自由的双生人儿童呢? 那样还不够糟糕?"

玛丽安依然在说，"此外，达西没有你们有经验。我不知道她在研究所里独自一人会怎么样。她也许会崩溃，要不就轻信别人，或是连谎话也编不好。但是你……"

"我是货真价实的犯罪高手?"艾迪慢吞吞地说。

"事实证明你有能力在多变的环境中保持头脑冷静，"玛丽安说，"我不能派个大人去。现在所有的看管人员都经过严格的审查——任谁想通过必要的背景审核都要花上很长时间，而且……"她好像意识到艾迪心不在焉的，没心思听背景审核的事。我们的目光重新落在达西·格雷的照片上，这个女生有轻微的心脏问题，穿着足球队服，那张脸可能会，可能会被看成是我们。

"那是她十四岁生日之前拍的，"玛丽安说。"她没有驾照，也没许可证。她在家里上的学，所以没有毕业留念册的照片。"

"她是足球队员。"我们口不择言，嘴里溜出这么一句。

"是的，"玛丽安表示同意，"但是综合考虑，达西的生活经历没有记录。老实说，好像他们不会查得太严，如果你装得好的话。她的父母应该还不知道自己的女儿已经被发现了——他们也不会知道，除非我告诉他们。"

她停了一下，似乎是她认为这条信息或许会拉近她和我们的关系。拉近了吗？那晚科尼温特先生来把我们从家里接走……我们提前几个小时得到通知，哪怕是我们父母并不知道。我们本可以跑掉，或是试着给父母提个醒。我们一样也没做。我们太天真，一如既往。

"如果你为我搞到这个影像资料，"玛丽安说，"我就会让杰克逊·蒙哥马利自由。"

艾迪仔细地打量她，"我以为你是想帮我们。帮助双生人。"

玛丽安点头，"我想帮。"

"杰克逊是双生人。他十八岁。他从未干过任何错事——"

"我很难过，"玛丽安说，而且她确实显得很难过，仿佛她在向我们解释一种我们不大理解的游戏，而且规则裁定我们已经输了，"但是他参与策划了政府大楼的爆炸。他是蓄意谋杀的共犯。"

"那不是真的，"艾迪不假思索地说道，"你没有证据。"

玛丽安斜倚在厨台边。她那长长的直发披散在台面上，是浅棕色的。"爆炸后已经有三周多了。他们把杰克逊抓起来了那么久，他们调查了那么久。你真的以为他们是没空去找证据?"她的声音变得柔和了，"问题不在那儿。我知道他被关在哪里。我知道他即将被转移。我能帮你们救出他。"

"那就干呗。"艾迪走向玛丽安，小心翼翼地，正如玛丽安之前所做的一样。我们之间的距离正在迅速消失。"做件善事。"

"我做不了。"

"那我怎么能信任你呢?"

"如果我要帮杰克逊逃跑，"玛丽安说，"时机很关键。我一个人是不能做好一切的，我需要有我了解底细的人做内应帮忙——如果他们十分乐意帮忙，提供证据证明这一切他们将会被记住，成为英雄，而不是叛徒。"她目光瞥向温迪，微微一笑，"不是每个人都愿意投入这一阵营，盲目地一心向往更加光明的未来。"

她的声音中有一种敬仰之情，但也带着一种怜悯的口气，或许甚至有种优越感——不过也许那只是我恼怒时的想象。温迪迟疑地还了一个微笑。

百分百地希望有所改变。但这些东西还不够。

我想，特别想，告诉温迪要当心。她所信任的人。她完全出于好意而做出的决定。

我全身冒出一股怒气。温迪的父母知道她现在的所作所为吗? 是玛丽安说服她逃出家门，加入她的这场错综复杂、前途未卜的冒险? 也许温迪的确是真心实意地想帮忙。

玛丽安伸出双手，掌心朝上。"我们同一条战线。请帮帮我，也让我来帮你们。"

艾迪苦笑。我们之前在哪里听到过这些话?

我们同一条战线。

有我为你把风。

这些都是塞宾娜背叛我们时说过的话。我们不会再因为甜言蜜语而上当。

有只手轻轻碰了下我们的肩膀。是莱安纳医生。她扫了玛丽安一眼，接着又转回来看我们。

"给我们一点时间。"她边说边示意我们往厨房门口走。她一直催我们，直到我们走到客厅的另一头。彼得已经在那儿，局促地站在楼梯旁边。

莱安纳医生使劲地捏住我们的肩膀。"我们必须离开。去告诉杰米和其他人，让大家收拾行李。"

"什么?"艾迪说。我们被玛丽安的提议吓着了，还没缓过劲来，现在又被别的事情打击了一下。"为什么? 出什么事了?"

"是艾米利亚，"莱安纳医生轻声地说，她的目光穿透我们的眼睛，迫使我们保持镇定，"情况不妙。"

我们对此已有准备。我们曾希望这种情况永远不会发生，但彼得就是彼得，我们已经有所准备。

赖安在上面的楼梯口碰见我们，他从黑乎乎、没开灯的走廊里冒了出来。

"我们得离开，"还不等他张口艾迪就说了，"艾米利亚去送亨利走之后再也没回来。她本来应该在一个多小时之前与彼得的一个联络人接头。"

我看得出他硬是把想问的话给憋回去了。我们从没实际演练过万一情况不妙该如何去做，但那些步骤我们已经在心里过了好多遍。不相干的问题表上没列。

他给自己放行，还是问了一个问题："那亨利呢?"

艾迪摇头。"不确定。彼得的联络人查看过那一片。有些调查正在进行。亨利和艾米利亚都不见了——是在一起，还是分开了……我们不知道。"她声音含糊，喉咙发紧，"去找凯蒂和杰米。他们很可能在阁楼里。"

既然艾米利亚和亨利有可能被捕了，无法判断政府大概已经知道——或是发现了多少。这所房子不再安全。

不到半个小时，我们就把这地方打扫得一干二净，清除了我们的痕迹。这并不难。我们每个人来的时候都最多只带了一个行李箱。我们生活中的用过的小物品和必需品重新被收好放回原位。我和艾迪只有几件换洗衣服，几样化妆品，一个小笔记本——是艾迪在汽车站捡到的，里面有她的信手涂鸦。

几乎每样东西都是彼得联络网里的人给我们的。我们从未见过面的男士和女士帮助我们从一个城市逃到另一个城市，从一个州到另一个州。艾迪和我有一个小肩包，是帆布的，有些过时。我们当即把最重要的东西塞进去，为的是把它们一直随身带着：亨利的卫星电话，我们的假身份证的复印件，一些应急的零钱，动身去诺南德之前赖安给我们的那个小小的圆形芯片。艾迪顺手把达西·格雷的照片也塞进去了——还有，她吸口气犹豫了一下，随后把那卷录有杰克逊被捕情形的录像带也放了进去。

"她们和我们一起走?"我们拿行李出来往车上放的时候哈莉低声问，"我是说，那个女生和女记者。"

艾迪耸了耸肩。其他人都在往车的后备箱里堆放行李箱。彼得站在车道边稍远处，在和玛丽安说话。温迪待在他们身旁。我们刚一走过去她就直盯着我们看。

真希望她别那样看我们，我说，好像——

好像我们能变出奇迹来。艾迪轻轻地说。

"我们自己有车，"玛丽安在抗议，她手里拿着钥匙，"我们会跟在后面的。"

"谁都别跟在后面，"彼得说，"给我们一个号码，或别的什么联系你的方式。"

玛丽安皱起眉。她站在彼得旁边，脸色苍白，声音带着喘息，显得年轻、纤瘦而柔弱。"我怎么知道你会不会打电话呢？"

彼得伸出手。他表情严厉，眼神冷酷。"我只是要个联系方式，"他说，"你最多只能得到这个。"

他们转过脸去停了一会儿，好像谁也不打算退让。最终，玛丽安点头同意了。她匆匆忙忙地在名片上写下一个号码递给了彼得。但是当彼得忙着放最后一件行李时，她碰了碰艾迪和我，又在我们手里塞了一张名片。我们不用看也知道上面写的是什么。

"打电话给我。"她扭过头说道。

解放汉斯

5

匆忙慌乱地收拾好行李，然后又上路了，弄得人莫名其妙，十分扫兴。刚开始的半个小时左右，我们全都僵坐着，一言不发。彼得似乎什么也不管，一心专注于我们面前向远处延伸的公路和他手中紧握的方向盘。我们已经将农舍甩在身后，这会儿正在慢慢接近小城镇的边缘，在那条将各镇连接起来的窄窄的公路上行驶。

艾迪用双臂抱住背包，好像背包会保护我们似的。

你说他应该没事吧？她问道，杰克逊。

我一直没想过杰克逊的事。我一直在担心彼得接下来会把我们带到哪里去，那里的安全程度如何，还有艾米利亚和亨利是否真的被抓住了。我一直在注意观察赖安，他每一次在座位里挪动身体时缩紧肩膀的样子，还有他向我们挤出的笑脸。

可是艾迪一直在想着杰克逊，所以我因为自己没有这样做而感到一阵内疚。

只有上帝才知道自从那晚我们最后一次见他之后他经历了些什么。

他和玛丽安说过话。我说，那意味着什么，是不是？

她心不在焉地点了点头。背包顶着我们的肚子，被抱得更紧了。

要是……她的声音发颤，你说他是不是在等着我们行动？去帮他？

这些话伴着刀扎似的剧痛，扰乱了呼吸，把我们的肺给套住了。

杰克逊告诉过我们他在研究所里度过的那些年，后来彼得救了他。无窗的房间，恐惧的孩子，一切都没有希望。

我不由自主地开始想象他现在就身处这样一个地方。没准处境更糟。如果他们真的把双生人儿童关进恐怖的研究所，他们又会怎么对待双生人罪犯呢？

我正在想怎么说合适，这时警报拉响了。

我们趴伏下来，猛地拉了一下赖安和我们一起卧倒，蜷伏在我们座位之间的那块空间里。我们的手指紧抓着赖安的胳膊。他使劲地按住我们的肩头，然后慢慢地起身去查看后座。哈莉也领着凯蒂和杰米趴下了。

艾迪和我透过后窗瞥了一眼。那不是一辆一般样子的警车，是辆面包车，和我们的车有点像，但是小一些。豪华，黑色的。它在我们后面隔着几辆车，警报呜呜地响，车灯一闪一闪的。

我发现自己在掌控我们的身体。

"彼得？"我紧张地说。

他的眼睛在后视镜里与我们的目光相遇。"趴下。"

"我们要停车吗？"哈莉低声说。她的身旁，凯蒂抱膝蜷着，她的两只小手紧紧地扣在一起。她盯着车内破烂的地板，瘪着嘴。

莱安纳医生说话的声音不大不小，刚好能听到。"我们不知道这是不是来追我们的。"

赖安和我互相看了一眼。别的车减速，为它让道，这样警车就赶在了前面。

其他人谁都不打算吭气，所以我开了口。"是追我们的。"

彼得没有慢下来。他也没提速。

现在警察就在身后。

"彼得。"莱安纳医生说。他迅速瞥了她一眼。然后，终于，车开始减速。

每小时六十迈。

五十。

三十。

"不要停，彼得。"赖安一只手仍然握着我们的手腕，但他身子向前，挤向车的前部，"别停。"

我们停到路边，撞上了隆起的马路沿，接着是稀疏的草地。彼得把车停在公园里，但没有熄火。警车在我们身后急刹车，轮子嘎吱吱地碾过砂石路面。

我们一直没加过速。即使在匆忙之中，彼得也不愿冒那种险。怎么就选中我们了？

是玛丽安？她是政府派来的，难道？她可能记住了我们的车牌。过去彼得总是尽量地频繁换车，但是自从离开那座农舍之后我们就没机会换了。

我们心里咚咚跳。

"只有一个方向可逃。"我说。

公路在我们的左边。要是我们不得不逃的话，我们只能向右，穿过那片一踩就倒的深草地。大约有十多码的地方没有掩护，然后才是树林边。

"彼得。"赖安说。他的手抓得很紧，快把我捏碎了——我要不是因为全心盯着警车看，准会挣脱掉。警车的侧门打开了。

一个人走出来。他穿着熨烫过的黑色长裤，带领的正装衬衣。但是我们看见他胯上佩着一把枪。

他朝着我们慢慢地移动。他的同伙守在后面。

他离后保险杠三英尺远的时候，彼得猛地将车启动了。

我们从马路牙子上咯吱一声冲到了一辆轿车的前面。那个司机鸣笛，及时地狠踩刹车才算躲过。哈莉尖叫。

警报器又呜呜地响了。彼得握在方向盘上的指关节闪着白光。他左转，又横挡住另一辆车。他尽量让我们和追捕的警车隔得越远越好。

公路上喇叭声此起彼伏。

在哈莉刚开始的那声惊叫之后，车里再也没人出过声。没人喊叫，也没人说话。也没人问彼得到底想干什么——我们就要死了，就要撞上人了——

"他们赶上来了。"莱安纳医生低声说着，也仅此而已。

警察在我们身后只隔了两辆车。然后隔了一辆。然后一辆也没了。在我们面前路上的车都被清光了。

那辆黑色警车向左一移，横跨在中心车道上。它还在往前赶，尽管彼得将我们车的油门开到了最大。警车侧靠在我们旁边，准备停下来，它的前保险杠正好顶在我们的后轮上。

我看到马上要撞车，随即下一秒就感受到了。

金属发出尖锐的声响。我们飞起来顶着赖安，跌倒了，顶着车门。有什么东西砸在我们的肩上，是行李。

天旋地转，车轮打滑。每个人都向反方向倾斜，赖安挣扎着想要抓着座位，但他的身体还是和我们撞在了一起。我们的头顶着车窗，碰破了。

疼得什么也看不见。我们仿佛用了好几分钟，很可能只是几秒钟，才意识到车已经不动了。

有什么东西让我们喘不过气来——我们背包上的带子。昏昏沉沉的，我们拽着那根带子。然后赖安出现了，帮着我们硬是把背包从一堆行李箱中拽了出来。

"伊娃，"赖安在对着我们的耳朵大叫，"伊娃，起来！"

不知怎么回事，我的脑子被撞得乱成一团。但是我明白他声音里的那种恐慌和急迫，我明白"起来"是什么意思，我顺着他胳膊拉我的劲儿走。他猛地拉开侧门。一个行李箱跌出来，砸到草地上。

草地。我们转了个圈，又回到马路牙子那儿去了。

我试着摇晃自己头想清醒一点。我呻吟着，恶心的感觉越来越厉害。大家都在哪儿呢？大家都怎么样了？

"杰米！"我上气不接下气地喊。我转身，寻找他。别人全都能跑，但有些时候杰米连走路都有困难。

"有彼得管他呢，"赖安说，"赶快，伊娃——"

他把我们拽出面包车，地面不平，我们俩全都绊倒了。我往后面瞅，看见彼得把杰米从座位上拉起来，他用两只胳膊抱住彼得的脖子。我们快到那排树了，但我们逐渐把他们甩在了身后——他们其他人不见了，肯定是跑到我们前面去了——彼得和杰米得赶上才行——

一声枪响。

艾迪紧紧抓着我。

枪声又在空中炸响。

炸破的不只是空气。

炸碎了一片窗子，杰米高声尖叫。彼得倒下了。他的背撞在地面上，是那么迅速，那么沉重，那么突然。杰米和他一起倒下，四肢全都软了。他挣扎着想站起来。彼得没反应。

又一轮子弹扫射我们脚边的地面。

赖安急忙拉住我们失去了知觉的手。

我们飞跑进那片林子。

我只是回头看了一下。

这足以让我记住那个场景。我们的面包车，门大开着，行李四处散落，像是有巨兽刚刚吐过。警车在安全的地方停了下来。一位警官朝杰米奔过去。

彼得抬头盯着我们，但什么也看不见了。

解放汉斯

6

赖安和我跑得肺都快炸了。跑得腿失去了知觉。即使那样，我们或许还会一直跑下去——我或许还会一直跑下去——要是艾迪不冲我大喊：停下！伊娃——停下！

我不想停。只要在跑，我就脸上迎着风，双脚轮换着往前走，不用去想任何事情。

但是我却停下了。

我一停，赖安也慢了下来。我们已经穿过了那片小树丛。现在我们在一片居民区的后面。山脚下立着一排低矮的房子。

我们低下身子，隐入一片阴凉的高灌木丛中。树枝划破了我们的胳膊，连外衣都被穿透了。

"你看见她了，对吧？"赖安上气不接下气地低声说，"哈莉。在我前面。"

我张大了嘴，随后又合住了。

艾迪？我无助地说。

我不知道。她说。我的心怦怦怦地跳，全身都在响。我——我想不起看见什么了。

"我看见她在我们前面。"赖安说。我弄不清楚他那么急是想要说服谁，艾迪和我？还是他自己？

除了点头我还能做什么呢？

"他们朝我们开枪。"是赖安把我们从面包车里拖出去，一直拉着我们，直到我们开始自救。但现在他走不稳路了。他没有看我们，手指却锁住了我们的手腕。好像他需要实实在在地确保我人在那里。"彼得——"

他笨嘴拙舌地想说什么。我自己则笨头笨脑的。每句话刚刚开了个头，就被彼得的尸体躺在地上的那副情形所打断。他的眼睛、他的四肢一反寻常地一动不动。所有一切如此突然。

我没有看见血。这种暴烈的死亡本应伴随着流血和尖叫，以及扑打，而不是突然间寂静无声。

死亡。彼得死了？

与他的名字放在一起，"死"这个词变得毫无意义。艾迪和我的一生中曾经有过死里逃生的经历。多年前我已经注定要死去。隐性人慢慢地消逝，他们不称之为死，但其实就是死。死亡掩盖在冠冕堂皇的言辞下面。

接下来莱尔病倒了，死亡在他的床下静候了几个星期，始终在房中徘徊着。他接受的透析治疗和药物使死亡止步不前，却一直不曾离去。

但是我还是个活人。莱尔也还是个活人。艾迪和我在诺南德，还有波瓦特，与死亡不期而遇，这两次死亡与我们擦肩而过。也许我们已经变得太自负。我们渐渐地认为死亡总会放我们一马，还有那些我们所关心的人。

彼得死了。

我不知道那意味着什么。

31

解放汉斯

我想到那个小铁片在彼得的内脏里跳弹，割碎他柔软的肺部组织，他的心脏，削断他的肋骨——

我弯下身咳嗽，屏气忍住心头泛起的一阵阵恶心，这憋得我眼睛流泪，推得我前后摇晃，好像大地倾斜了一样。我觉得自己像个陀螺，打转转。

当我再次睁开眼睛时，赖安已经蹲在我们身旁。

"我们得继续走，"他柔声地说，"我们得找到其他人。"

我点点头，又闭上了眼睛，强迫我们的肺吸气、呼气，强迫自己双腿晃晃悠悠地站起来。"有个接头地点。"我说，双唇没了知觉，张不开。

每当我们出门的时候彼得总是安排一个见面地点，以防万一。他已经确保我们在离开那间农舍前全都把这记住了。

"有几英里远，"赖安咕哝着，"到那儿要好几个小时。"

他没再问，要是我们到了那儿没见其他人的话该怎么办呢?

他没必要问。

我们四周，林子静悄悄的。连房子也都静静的，没有一个人在院子里转悠。

"我们不能回去。"我们的声音和缓，嘶哑，"警察会把面包车翻个遍。"

现在我能看见他们，把我们为数不多的几样随身物品拨拉了个遍，在我们叠好的衣物中搜寻答案。还有杰米。他们手里有杰米。

我抱着我们的背包，拉链拉着，但我把它打开，只为确认亨利的手机还在里面。一张名片掉了出来，它快要落地时被我给抓住了。

玛丽安。艾迪说，而且没必要再多说。我们冒出了同样的

解放汉斯

念头。

"我们得找到每一个人，"我对赖安说，"但是我们单独干不了。我们没车，没地方待。一无所有。"

"我们有一个紧急号码——"

"我们最近的联络人在下面那个州，"我说，"她要好几个小时才能到这儿。"

"那找谁呢？"赖安问。

我举起那张有玛丽安号码的名片。

"不行。"赖安的眼睛黑沉沉的，我告诉过他玛丽安想从安迪和我这里得到什么，"怎么这么巧，就在她出现的这一天偏偏艾米利亚遇到了麻烦，而且我们被警察给拦住？我们怎么能信任她呢？"

杰克逊说我们可以。艾迪柔声说，当时他叫我要记住航行的事。

她的话里有种痛苦，一种我无法帮她愈合的伤痛。如果告诉赖安，杰克逊认为玛丽安值得信赖，我没有把握，这是否会起作用。他们分开的时候根本不是朋友。

所以我没有提他。相反，我看着赖安，说："相信我。你不必相信其他任何人。但是请相信我。"

之前我从来没用过亨利的卫星电话。它比我见过的大多数电话都小，比我们的手大不了多少。屏幕占了将近一半。

我现在意识到那个屏幕已经裂开了。我试着把它打开，它没有任何反应。

就在几个小时之前，我们还待在那个安全之家里，和亨利开玩笑，说要把电话拆了再重新装好。我们没拆它，但它还是坏了。撞车的时候肯定有什么东西砸到它了。

"你能修好它吗？"我绝望地问赖安。

"我不知道，"他说，"但是现在这会儿，我们得找到一部付费电话。你有钱吗？"

我有。艾迪和我已经确保我们身上多少要带些钱——不多，但打几个电话的硬币是足够了，连几顿饭钱的现金也够了，要是我们花钱仔细的话。

我把卫星电话放回背包的时候小心得不能再小心。我们一直走，最后走到了最近的那个市镇外的郊区。我溜进我们所找到的第一个电话亭，笨手笨脚地拨玛丽安的号码。

玛丽安接了。她那里很安静。是间旅店客房？我想起了电话监听和窃听电话线，怕得差点张不开嘴。但是她说"喂？喂？"，加上艾迪在用力推我，我出声回答了她。

我没有细说。她很可能听出了我们声音中所藏匿的慌乱。她没有多问，只是问在哪里与我们见面，她是否要带什么东西。

我告诉她在最近的那个十字路口，然后挂了电话，走过去和赖安一起坐在一棵大树的树荫下面。此前我没有意识到天气有多冷，而这时候我们坐在那里，蜷成一团，挤在一起，在风中低着头。

玛丽安在说好的时间点来了。当她到达十字路口时我认出了她的车，不起眼，银色的。她四下张望，但是没看见我们藏在树荫里，于是开进一家咖啡店的停车场里去等。

赖安看着我。"这事你有把握吧，伊娃？"

我点头，站了起来。他慢慢地起身。冷冷的阳光透过树枝变得斑斑驳驳，照在所剩不多的几片树叶上，闪着亮光。他握住我们的手，我们走向玛丽安的车。

我没有跟她说只有我们和赖安。她犹豫了一下，但没问其他人的事，只是打开门锁，让我们上车。赖安的一只手一直放在门把手上。我看见他试了一下，确保门能够从里面打开。

玛丽安说，她是从那个农舍附近她住的旅店客房过来的。她把头发扎起来了，眼睛藏在大大的太阳镜后面。我突然好想自己也有同样的自由。我们的脸——我们整个身体——感觉是赤裸裸的，无处可藏。我们躲了那么久，彼得，莱安纳医生，还有其他人，他们缓冲了我们的恐惧。他们给了我们很多安全感。

现在只有我和艾迪，赖安和戴文。

"去哪儿?"玛丽安说。

"你有地图吗?"我问。玛丽安从放手套的格子里扯出一张，我把地图放在腿上打开。

"我住的那家旅店在斯坦德上。"玛丽安把太阳镜推上去，指着地图，"就在它和麦勒斯的交叉路口后面。"

重新会合的地点在相反的方向。走路太远——不算远，除非我们想将那一天的最佳时光用来做这件事，而且要冒着被人看见的风险。

我抬头看，直直地看着这个女人，她那现在没戴眼镜的眼睛，她那微蹙的额头，以及她那噘着嘴的样子。我试着想解读她是如何从指甲上刮去裸色指甲油的，解读她为什么目不转睛，即使这时候我已经注视得太久而显得不够礼貌。

"你究竟想要什么?"我语气和缓地问，感觉到她吞吞吐吐地说话时喉咙在发颤。

"我想帮忙。"她说。

然后，我移开目光，点了点头。

"这儿。"我指着地图上一个离接头点，离这里大概一英里的位置上，"送我们到这里。"

玛丽安仔仔细细看那张地图，然后发动了车。但是当她驶出停车场的时候，她还是忍不住问道："出什么事了，伊娃？我在这儿完全被蒙在鼓里。"

"拜托，"我说，"开车吧。"

你相信她？艾迪问，她不是在质问，认为她想要帮忙？

我相信。我柔声地说，她想要我们的帮助。而且为了得到帮助她会做她不得不做的事情。

解放汉斯

7

见面地点是一个很干净、很漂亮的镇子。树木排列在大街的两旁，虽说天气寒冷，但路牌上挂着装有塑料花的篮子，试图哄骗人们误以为是春天。

赖安和我走得太近，我的肩膀老是撞到他的胳膊。我们已经把玛丽安留在了几个街区外的一个购物中心。她抗议过，但只是做了个样子，问她要等多长时间。

"我们会在天黑前回来。"赖安说。

当时他的口气似乎很肯定，我确信我们的神情也是和他一样。但我们走远后就不再装样了。

艾迪和我缩在外衣里，瞅着身边路过的每一辆车，提防着警察，或者是否有什么人长时间地盯着我们看。被人认出来很危险，当初我们一到安绰特，彼得就向我们灌输这个想法，那时候我们的面孔还不像现在这样人尽皆知。

彼得已经为我们选好了在丹威尔街 137 号会面，原来那里是个老式的游乐中心。我们在人行道上就听到里面音乐的声音。

我一直没意识到我有多么依赖彼得，他的计划，他的人

解放汉斯

脉，他的安全网络，直到这些没了。直到他没了。

死了。

此时这个词让我伤得更深，好像它在我们开到这里的路上多弄出了些东西。我们正在实行一个死人制定的种种计划，正走在彼得亡灵的阴影之中。

赖安向窗内张望。他回来后，轻声地说："那里有几个家伙。看年龄像是大学生。有个男的年龄大一点。"他脸上的那副样子足以让我们明白他没有看见他的妹妹们、莱安纳医生、凯蒂。

现在我明白了，之前我从未真正明白过，一个人从地球表面完全消失可能会有多么容易。某一天还在这儿，看得见，开口笑着，活生生的，第二天就像烟一样被吹走了。

"我们应该进去等。"赖安说，他注意到我们在打战。

里面，那个地方闻着有股淡淡的纸烟味儿，尽管墙上有块歪向一边的禁止吸烟的告示牌。灯光很弱。两台游乐中心的机器上挂着出现故障的牌子，放在那里时间太久，上面涂满了骂人的话。

赖安和我点了一小盘炸薯条和两个烤奶酪三明治，一直警惕地看着其他顾客。他们没心思注意我们。店主也一样，虽说那天是上学的日子。至少艾迪和我，很明显地到了上高中的年龄。

演奏的乐声，热乎乎、偏咸的食物，以及游乐机狂暴的噪声合起来淹没了我的一部分恐惧。但一个小时过去了，还是没有别的人进门。

如果他们不出现我们怎么办？艾迪轻声说。这是一个我原本不想问的问题。

我们可以给彼得的联络人打电话，让那人来接我们。或者……我们和玛丽安待在一起。

我们不认识彼得的联络人，但是那个人既然能通过彼得的审查，我们应该可以相信他。玛丽安……玛丽安除了我们之外，有她自己的打算。但那时，哪个人不是这样？至少我们知道她想要什么——她的新闻故事。

假如没有其他人来。我说，那就意味着他们可能被捕了。假如他们被捕了……

我们就要自己想些办法。艾迪明白。

如果我们帮玛丽安，她就会把杰克逊给我们，最起码。或许能为我们打听到其他人的情况。而且如果我们拿到那个影像资料……

这可能真的能起到一点作用。

这只不过是我们能否真正信任她的问题，艾迪。我柔声地说，我信任你，如果你信任杰克逊的话，不过……

我摆弄着一根剩下的炸薯条。

艾迪的感受在我旁边一闪一闪的，闪现出一股一股迷茫而矛盾的情绪。回想在安绰特的时候，杰克逊有一次曾带我去航行。

我知道这会儿她正在回忆往事，而我也一个劲地想要和她一起回忆。但我只能凭空想象。蓝色的海水，船儿摇荡，海上的风和海水的味道。

我没有问这件事是什么时候发生的。在安绰特有许多日子里，当艾迪活跃的时候，我在睡觉。要想抽出几个小时去航行，出门，再赶在我醒来之前从码头回来，是很容易的。

他解释说该怎么掌舵……她的声音变温柔了。当时他说就算你要转一个特别大的弯，你也只需要最小幅度地转动舵轮。或许看着还不够，但是已经足够了。你得握住，对它有信心。她犹豫着，我记得他的原话就是这样说的。说我必须心怀信念，相信那已经足够了。

你想做这件事。参与玛丽安的计划。

谁知道我们是不是还会有别的机会营救杰克逊。她低声说，我——我知道这是一种疯狂的冒险，但是……

这让我回想起差不多半年前的事情——一个周日的早晨，我们在家，待在浴室里，脚趾蜷着踩在冰凉的地板砖上，用湿漉漉、暖烘烘的洗脸巾擦脸。之前的那个星期五，我们去穆兰家了，哈莉在她的卧室里悄悄地变成了丽萨。她已经告诉过我们我可能过一种什么样的生活。我面前摆着一个机会，为了抓住这个机会艾迪和我可能会冒巨大的风险——但是也很可能得到更多的回报。

那一次，我曾经请求艾迪为我疯狂地冒一次险，而现在她向我提出了同样的请求。

好的。我说，因为只要有任何办法能减轻艾迪的痛苦，我都要试一试，好的，我们一起干。

艾迪还没来得及回答，游乐中心的门就开了，哈莉走了进来。她一头长长的黑发披散在脸庞周围，卷发像幕帘一般，半遮住她的表情。她每走一步都好像地板会在脚下开裂一样。然后她看到了我们，脸上一下子容光焕发，转为一副释然的样子。

她往身后门的方向瞅了一眼。我们的心中充满了希望。她为什么往自己的身后看，莫非她在外面留下了什么人？还是有人在等她？

像赖安一样，有几个大学生也注意到了哈莉。他们一直盯着她，看着她走过游乐中心。

"哦，上帝。"她一屁股坐进我们旁边的那把椅子里，气喘吁吁地说。她的眼中有什么东西破碎了，破碎的边沿深深地刺入我们的胸膛，让我们心口作痛。

"你还好吧？"赖安放低了声音，保持平静。

她紧张地点了点头，手在发抖。我抓住她的一只手。手冰冰凉。

"我们别在这里说话。"她又朝门的方向看了一下，而这一次，她注意到那些人正在盯着我们，"我们得离开。"

外面，风钻进了我们的外衣。哈莉连外衣都没穿，当我们急匆匆地离开游乐中心时，赖安把自己的外衣围在了她的肩上。

"其他人在哪儿？"他说。她向门口瞅了好几下，这他肯定也看到了。

不等哈莉回答，就有人已经从角落走到了我们身边。凯蒂和莱安纳医生盯着我们，面色苍白。

"杰米和彼得在哪儿？"莱安纳医生问。赖安和我谁也没有回答，这时她脸色变得更加苍白。我们的眼神足以说明一切。

太阳早早地落了山，十一月悄然袭来。黄昏时分，玛丽安停下车到了旅馆。每幢楼都是独立的，所以我们用不着经过前台，至少有这个好处。

值得一提的是，当赖安和我再次出现时，玛丽安镇静得连眼皮都不眨一下，这时我们已经离开了好几个小时，而且身后还又带来了三个人。

玛丽安刚一打开旅馆房间的门，温迪就跑上前来。

"你能给大伙找些吃的吗？"玛丽安说，那个女孩点了点头。我正要跟着其他人进去，这时我意识到莱安纳医生落在后面了，她那只纤细的手按在一辆深红色卡车的车身上，好像她需要在那里把持住自己。

我向赖安做了个手势，叫他进屋去。他点点头，走进去关上了门。

艾迪和我离莱安纳医生还有几英尺远，这时她抬起头看着我们。她的眼睛，平时只需一眼就能将人定住，这时却目光涣散。

我们说什么呢？我问艾迪，我们能说些什么让事情好转呢？

没话可说。她回答。这是实情。

"进去吧，伊娃，"莱安纳医生看着我们走近了，对我说，"我们最怕的就是你生病。"

"对不起，"我说，这是句废话，但我只会说这个，"关于彼得的事。"

我突然意识到我对彼得有很多不了解的地方。比如瓦伦，他的双生灵魂，我们从来没叫过他的名字。若是不去考虑那些阻力，他们会想要怎样应对自己的生活？当这一切都结束时，他们会做些什么呢？

他们死的时候，害怕吗？在那一刻，他们后悔因为自己所做的选择而走到那一步吗？

彼得和瓦伦的头脑里，在最后那几秒，除了一股剧痛之外，还有时间想别的什么事吗？

他们意识到自己要死了吗？

解放汉斯

他们来得及坦然应对吗？

他们来得及彼此道别吗？

"如果我按照玛丽安的意愿做，"我柔声地说，"那么我们或许能讨价还价，争取让杰米——"

"不行，伊娃。"莱安纳医生说。她的声音坚若磐石。

"我们或许能讨价还价，把他要回来，"我冲着她说，"要不就闹出个乱子，让他们无法伤害他——"

"伊娃，"莱安纳医生的声音很严厉，她的眼睛转动着，看向天，她的声音在颤抖，"给我一点时间，然后你们再着手实施脑子里冒出来的一个个蠢念头。"

"求你了，"我说，"我是想帮忙。"

莱安纳医生回过头看着我们。她眼中现出脆弱，不过只那么一会儿就消失了。"彼得还有别的安排。"看见我们脸上的那副神情，她笑了，"你们想想，如果出了事，他手里会没有应对紧急情况的计划？"

"我——我以为我们该做的只不过是给关系最密切的联络人打电话呢。"

莱安纳医生用手指按着自己的额头。手指向下移，挪到了眼睛上方。"行不通的，现在的情况越来越糟，伊娃。要是彼得出了什么事……"她猛地吸了一口气，叹息，"他想让我们所有人都坐下一趟航班出去。"

"出去？"我应了一句。

"去海外。"

艾迪很吃惊，连我也惊得全身直打晃。我们的力量合在了一起。我心里没了主意。"我们全都去？"

"你，杰米，穆兰一家，凯蒂，艾米利亚……我。亨利会动用他的联络人。"

"亨利的——"

"他把手机留给你了，是不是？"莱安纳医生说。不由自主地，我们的手伸向了背包，保护性地抱在怀里。我们告诉过她在撞车的时候背包是如何被碰坏的。"不过，天知道他自己这会儿是啥情况。我们得等着，直到把这件事情搞定，然后再打电话，盼着。"

海外。我轻声说。这个词回荡在我的大脑里，随之而来的是有关亨利讲故事的种种回忆。憧憬和平，以及安全。

这是个好事，伊娃。艾迪说，这意味着其他人会变得安全，当我们离开的时候。

莱安纳医生手一推，离开了卡车。她振作起来，端正肩膀，透着一种威严。"我知道这样闲坐着，东躲西藏的，快把你逼疯了，伊娃。可是——"

我打断了她。"回到你家……回到安绰特。你让我把自己的烂摊子收拾好。这些都是你的原话。这件事我还没做，不能离开。"

我们对视了很长、很长时间。

"让艾迪和我这样做吧，"我低声说，"否则我们永远也无法心安理得。你知道的。"

我们——我——得做出补偿。通过在研究所里冒名顶替达西·格雷，我们会让杰克逊和文森获得自由。我们或许还能帮忙解救出艾米利亚和苏菲。或许能帮杰米。

而且艾迪——艾迪想这样做。

莱安纳医生叹了口气。"你太容易相信别人，伊娃·塔姆辛。终有一天你会受到伤害。"

我犹豫了。我不知该怎样回应。

地平线吞没了太阳洒下的最后几缕光线，将我们留在一片黑暗之中。莱安纳医生摇摇头。"天哪，伊娃。看你给自己惹的这些事。"

解放汉斯

8

莱安纳医生打开门的时候，其他人正坐在汽车旅馆房间的床上吃三明治和苹果。我都用不着说一个字，赖安就把吃的放到一边，抓起外衣，跟着我来到了外面。

我们随意地走着，来到汽车旅馆那块空地的最远处，在长满草的河堤边止住了脚步。除了远处车来车往的声音，世界一片寂寥。

我知道赖安想要的是什么，但是我没有把握他是否会开口问。说到底，他没必要。现在艾迪十分地了解他和我们自己。

我要走了，她说，我需要离开一会，不管怎样。

她的意思是潜隐。我们逐渐地用这种说法来指短暂地从身体消失的行为。这种办法让人丧失意识，就像睡觉一样。但是睡觉时满是感情炽烈的、梦幻般的回忆。或者有时候是些紧张的、回忆般的梦境。

无论是回忆还是梦境，无论是喜还是悲，都包含着一种奇怪的平静。虽然它们夺走了你的现实生活。尽管有时这是一种代价。有时，却是种赐予。

真要走？

是真的。艾迪说完就消失了。

"她走了。"我对着赖安和夜色说。

他拉我和他一起在草地上躺下。我们仰面躺着，凝视那一堆一堆、底部发暗的云朵。"你在想顺着玛丽安的计划往下走的事。"他说。

我没问他是怎么知道的。也许我容易被人看透，也许他现在对我太了解了，所以能猜出我的心思。

赖安转过身面对着我。等我转过来看他，有几根草钻进了他的黑发。"你自己钻进圈套，这样帮不了任何人。也许这还不是主动被抓住的问题。这是主动进监狱，然后祈盼着越狱。"

"这可能会有用，"我说，"并不是直接对杰克逊起作用。收集玛丽安说的那种影像资料，那真的会产生某种改观。"

"那并不意味着这样做就是对的。"

"和波瓦特爆炸情况不一样，"我低声说，"这不会伤害任何人。"

"除了你，"赖安说，"和艾迪。"

我坐了起来。"我们就是要冒那个险。他们抓了杰米。他们……他们杀了彼得。天知道亨利和艾米利亚在哪里——"

"说得对。"赖安也坐了起来，抬高了声音，"我们已经损失了这么多人。我们不能失去你。"

我的声音变得温和了，"我不会有事。"

"你不懂。"

"我不会有事，"我又说了一遍，接着又重复了一遍，"我不会有事。这事我会搞定。"

"搞定这事不该你来管。"赖安说，由于受挫，他的声音里透出几分粗暴，又或许是因为恐惧。

但是这事该我管。内心深处，我知道这事该我管。我是第一个落入塞宾娜的种种计划的人；我自己从未给彼得说过这事，还劝哈莉和丽萨保持沉默；是我在兰开斯特广场事件发生后坚持要回到阁楼去。兰开斯特广场的混乱本该是个警告。我没听。

从前，我仅仅是个灵魂。没有自己的意愿，没有责任，不干任何事，也不担任何责任。过去我以为我知道自己是谁：是那个提醒艾迪别忘事的人，那个留心观察、为她填缺补漏的人，那个在她慌乱无措时帮她打理事务的人。但那时我已经重新获得了自我决断的能力，而不仅仅是帮着她做决定。那让我有了改变。

一点一点地，一点点地，我已经成了一个可能受到唆使而杀人的家伙。

这种醒悟让我感到心凉。

我不能做那种人。

我将手伸进背包。我在找亨利的手机，但是当我掏出手机的时候，带出了达西·格雷的照片。赖安抢在我前面把照片捡了起来。他看了一眼照片，然后看了一下我的脸，"她看着不怎么像你。"他的声音变得尖锐、苦涩。

"她像我，"我轻轻地说，"瞧，我们有同样的——"

突然而猛烈的亲吻，像是一张强光下拍摄的照片，掩去了一切其他的感受。赖安把我拉到他的身边。照片在他的手里起皱了，照片的边缘压在我泛起红晕的肌肤上。

我陷入他温暖的怀抱。他的双唇滑到我的锁骨窝上，我的心在下面扑通扑通地直跳。

"别这样，伊娃。"赖安说。

我并不想挣脱走开，但我还是那样做了。

月光映出他那长长的眼睫毛，"别独自往那里面走。"

独自。

赖安总是跟着我。在诺南德的最后一晚他跟着我回去上了楼梯，当时我坚持要查看其他的小孩。他跟着我与塞宾娜和其他人在阁楼见了第一次面，我们在兰开斯特广场放完鞭炮返回的时候他跟着我一起回去。他跟着我到了波瓦特，尽管我百般反对。现在我要去一个他没法跟着一起去的地方，无论他有多么的固执。所以他请求我留下，求我别走那一步。

但是我不能留下。

"我不得不这样，赖安。"我说。

之后赖安和我又在外面待了一小会儿，可是在我俩之间生出了一股新的寒气，而这与夜空没有丝毫的关系。最后，他站住了，说："快点。看你像是快要冻僵了。"

我们刚一回到汽车旅馆的房间，他就和他妹妹凑在一起，在房间的角落里待着。我去找玛丽安。她站在垃圾桶旁边，正在削苹果，削出了一条长长的、不断线的苹果皮。

"到时候你怎么把我弄出去？"我说，"等我拿到影像资料之后。"

玛丽安没有显出丝毫的惊讶，回答得很从容，好像是我们一直都在商讨她的种种计划。"到如今我当记者已经很长时间了。我有各种官方的证件，熟人遍布各地。虽然我不敢保证这场营救行动将会是世界上最最棒的，但只要你有合适的身份证，认识合适的人，就能轻松地去你想去的地方。"她放下手里的小折刀，"我已经为你想出了一个发送信号的办法。去年夏天那个研究所出现了安全漏洞，这意味着他们会对所雇用的管理员严加审核，但是对于那些不直接接触病人的人员他们却马虎了许多：那些干体力活的工人以及——"

我的心凉了。"等一下。这个研究所——它不是——"

"汉斯。"玛丽安说。

汉斯是位于北方偏远山区里的一家研究所。那个地方彼得曾经试图想要打入，他选中一个名叫戴安娜的女人当管理员，作为协助。事情败露了，营救计划失利，搭上了那个女人，连同两个孩子，他们的性命。

由于那家研究所在天气转凉后环境恶劣，所以一直计划着在夏天进行越狱。而如今，快到冬天了，按计划正是艾迪和我进去的时候。

玛丽安肯定是看到了我脸上的表情。"只要你拿到足够的影像资料，我就马上把你们弄出来。"她许诺道，"不过是几周的时间。"

艾迪和我只在诺南德待了一个星期。那已经够漫长了。

"你要保证让杰克逊获得自由。"

"我保证。而且一旦我们有了影像资料——"

"我们也许能拿它当筹码要回杰米，"我说，"我知道。"

"杰米十三岁，"玛丽安说，"他们用他来证明治愈的可能性。他们不会虐待他的。"

我的笑声硬邦邦、干巴巴的，"关于虐待的含义，你和我观点不同。"

她移开目光，回到手里那只皮削了一半的苹果。苹果皮螺旋向下，盘成一条红卷。

"这事我干。"我轻声地说。

9

第二天早晨我和赖安道别时他没有亲我。他不亲我因为他知道艾迪也在，而且我想让她在场。他不亲我因为他妹妹在房间里，而且还有莱安纳医生、温迪、玛丽安、凯蒂，所有人都看着呢。

不过他没有再请求我留下来，只是凝视着我们，下巴绷得紧紧的，不高兴。昨晚，他给我们写下亨利的卫星电话号码让我们记住，让我发誓无论如何永远不会忘记，这样任何时候只要我需要就可以打电话。或者万一我迷路了，或是独自一个人的时候。他同样许诺说将尽快修好电话。

为了让他高兴，我背下了那串号码，同时也因为如果理智地考虑，应该尽量做个预备方案。但是我知道无论我是多么地信任赖安和戴文的能力，电话这门技术超出了他们以往的经验，这可不像修理凯蒂的旧摄像机那么简单。

这时我在脑子里反复地回想那些数字，感到一丝安慰。我不能随身带上我们的芯片——当同伴在附近时它会闪出红光，在诺南德以及之后是它给了我安慰。它被发现的可能性很大，所以那串号码就是我的一切。

解放汉斯

哈莉伸出胳膊抱住我们。我以为她可能会哭，所以祈望她不要哭，随后觉得这样极其自私。她没哭，只是说："平平安安的，好吗？"而且把我们抱得好紧，我几乎都动弹不得。

"我会回来的。"我对妮娜说。她点了下头，好像信了我的话。也或许是宁愿相信吧。

然后玛丽安和我以及艾迪离开了，仅此而已。

这有点令人吃惊，事情发生得如此之快。

我们不应该再对这类事情感到吃惊了。我说，这时我们正沿着公路疾驰。温迪待在那家汽车旅馆里。我们的生活在一天之内不知彻底改变了多少次？

"说实话，"玛丽安开口说，之前我们一直静静地坐着，也不知车子已经跑过了多少里路，"我觉得有点惊讶，你竟然说服瑞贝卡允许你离开。"她勉强地挤出了一个微笑，"她有点让人发怵，你不觉得吗？"

"我就喜欢她这一点。"我说。

玛丽安不出声地微微笑了一下，将一绺头发塞在耳后。艾迪和我注意到这是她紧张时一个习惯性的小动作。"我简直无法相信你是十五岁。"

几周之前，这也许会让我气恼。现在这些话对我几乎不起作用。"你的意思是？"

玛丽安耸耸肩。"你看起来比那大。仅此而已。"

我侧身望向窗外。"我总以为是相反的情况。我总觉得自己太小。"

"好吧，"玛丽安说，"也许是你变了。"

路上的几个小时，玛丽安一直在给艾迪和我解释所有那些我们需要知道的事情。她把一枚戒指戴在我们的手指上，那块塑料宝石里面藏着微型摄像机和麦克风。按住那块宝石让它陷到指环里去，录像就开启了。再按一次，就全部关了。如果戒指下面的灯亮起红光，表明记忆卡已满。

要是过去，我们想到有这一类技术存在可能会发笑。但是亨利让我们看到了另一面，而且玛丽安，借助她在政府中的关系，也许能接触到这一类东西，这并非不可能。

"孩子们被有组织地分到各个病房，"玛丽安说，"他们称之为班级。每隔几个星期，他们会轮换班级。"她停了一下，"这是为了防止女生之间彼此太亲密，我想。但是对你而言，这将是一种标记时间的好办法。一轮的时间应该足以让你搜集到充足的证据。"

一轮。我们只需在汉斯的围墙里待上几周的时间。

玛丽安教我们如何发信号求救。她给了我们汉斯的平面图，艾迪和我把图摊开放在汽车的仪表板上，背熟。她还给我们说了达西本人的情况，就是我们准备要冒充的那个女孩。她是独生女，天生有心脏缺陷——虽然病一直没有治好，却不妨碍她从小就开始踢足球。我怀疑此后她是否还能踢球，哪怕他们把她送去天涯海角。

我们得把发色弄浅才像她。达西喜欢短发——长不及肩。深色的长发也能说得通，因为户外时间少，又不常去理发店。不过如果将头发漂白、剪短能让我们轻轻松松地假扮达西而不被人揭穿，我们就会这样做。

"很有可能那些官员压根就不会起疑心，"玛丽安宽慰我们，"他们根本想不到会发生这种事情。

因为这太疯狂。我说。我们是这一切荒唐的根源——一个双生人女孩冒充另一个。而且不是任意的某个双生人。是艾迪和我。政府捉拿的头号要犯。

我们将会藏在他们的眼皮底下，冒名顶替另一个女孩。在他们最想不到的地方。

其实我们从未见过达西·格雷。我们到的时候她已经走了，在夜色的掩护下迅速转移了。艾迪和我填上了她留下的空位，好像某出恐怖剧里的替身。

当我站在达西父母面前的时候，我心里想他们对于玛丽安的那些计划究竟知道多少，他们的关切程度，他们的女儿正在逃离被关进研究所的命运。

也许其余的一切都微不足道。

"你确信他们看不出来？"格雷先生站在厨台边，他身材单薄，花白的头发只有薄薄的一层。他太显老，没想到竟有一个和我同龄的女儿。自从我们到了之后，他只与玛丽安和他太太说过话，还没直接对着我们讲过一个字。

"他们看不出来，"玛丽安承诺，她四下打量厨房，"虽说如此，你们已经照我说的那样，把所有的近照都处理掉了吧？"冰箱上贴着一张照片，不过上面的那个女生只有六七岁。说是我们也有可能。或许有可能吧。

"我们已经处理掉了。"格雷先生赶紧宽慰她。她的眼睛移到我们身上，发现我们也在看她，这时她又把眼睛转向别处。"而且我能把她的头发漂白、剪短。"

"好啊。"玛丽安说。她请求与艾迪和我单独待一会儿。达西的父母正求之不得，赶紧离开了厨房，好像他们迫不及待地想使我们从他们的视线中消失。

玛丽安的微笑假到了极致，但她还是笑得出来。我发觉自己的心思又转了回去，还在想赖安和其他人。玛丽安支付了接

解放汉斯

下来几晚住在汽车旅馆的房费，他们这会儿在做什么？他们也在想我们吗？

玛丽安伸出手，轻轻地拍着我们的肩膀，样子笨拙。"你不会有事的。"

艾迪觉得她可怜。我希望玛丽安再别说任何陈词滥调了。看样子她也有这种想法。

"我跟你说的事情你全都记住了？"她问我们。艾迪点头。好长时间，大家谁也没说话。厨房的钟在冰箱上方发出滴答滴答滴答声。"好吧——"

"请你遵守诺言。"我们的声音很小，很坚定。艾迪的眼神充满了力量，玛丽安被镇住了。"现在你入了这个局，你不能撤出去。"

玛丽安离开后，格雷太太用一把锋利的剪子迅速地把我们的头发剪短了六英寸。她将一绺绺的卷发从地板上扫净，而艾迪正在用手指摩挲刚刚剪过的直愣愣的发根。

漂白花的时间比较多，艾迪和我坐在浴缸边上，当格雷太太的手指碰到我们的时候我们尽量不往后缩。终于，弄完了。

"看着不错。"格雷太太的声音很微弱，她才刚刚摘下手套，把一切收拾停当。

当然，真正的问题是，我们像她吗？但艾迪并没这样问。

格雷先生上楼去了，不见人影。避开他那张面无表情的脸，免得心里难受，这让我觉得一下子轻松了。

"你想不想……看个电影什么的？"格雷太太说。

连我自己都吃惊，我发现自己想要这样，想和这个女人坐在一起（对她我一无所知），扮成一家人的样子。

那将会只是一场哑剧，现实早已一去不返。而且格雷太太并不是真的想和我们一起坐坐。她脸上的微笑是个可怜的、善意的谎言，一个谎言而已。很有可能，她别的什么也不想，一心只要和丈夫一起，找个地方躲起来，恸哭一场。她刚刚失去了一个女儿。应该是两个女儿，如果她早先就知道达西的双生人身份的话。

"不用，这样挺好的。"艾迪假装没看见这个女人听见她的话后脸上露出释然的表情，"我能——我能看看达西的房间吗？"

"你的房间。"格雷太太语气坚定，她已经投入了这个局，无论这给她带来多大的痛苦。她的女儿性命攸关，悬于一线。

"我的房间。"艾迪顺着说。

我们跟着格雷太太上楼梯，走过道。达西喜欢的颜色，从她的房间判断，是蓝色。她的床罩染了一层夏日天空的颜色。她的枕头靠在床头板上像两片一模一样的云彩。她的窗帘是雾蒙蒙的水绿色，长长的，一直拖到地毯上。

格雷太太一直在门边站着，并不抬步进屋。艾迪不得不从她身边绕着走。我们仔细地看墙上的招贴画。几个足球运动员。一个我们从未听说过的乐队。其余是些旧电影海报，大都是些喜剧。

角落里有个小梳妆台，台面上空着，只摆了个塑料珠宝盒。艾迪伸手要去摸，这时我们听到急促的吸气声。见艾迪在四下张望，格雷太太便将目光转向了别处，于是我们慢慢地将手收了回去。那不是我们的东西。没有一样是我们的。

艾迪走过去坐在床上，笨手笨脚的。床垫被我们一压，重重地陷了下去。

"房间不错。"艾迪说。

"我们正打算刷墙呢。"格雷太太的声音如耳语一般，轻薄得像纸，"奶油色，不要白色。你——你想要奶油色。"

"达西想要奶油色，"艾迪说，格雷太太正准备说话，艾迪却轻声细语地将她打断了，"我不是达西，到了明天我才是达西。今晚，我——我们依然是艾迪和伊娃。"

那个女人停了一下，立在她女儿卧室门口。然后，她缓慢地走过来，和我们一起坐在床上。她的手指冰凉，轻柔地放在我们的头上，抚摸我们的面颊。她将我们的一缕头发塞到耳后，猛然间，我们止不住地眼泪直流。我们赢了。好悬呐，但是我们赢了。

"名字真可爱。"她说，亲了亲我们的额头，仿佛我们就是她的女儿。

第二天来了一个女人，深红色的头发，眼睛暗棕色，声音甜美。她手里的那些文件说明政府为什么认为最好的办法是将达西·格雷从家里送到研究所去。她那辆黑色的车在我们身下轰隆隆地响，载着我们离去。艾迪和我看着达西的家、达西的父母，在汽车后窗里变得越来越小。他们没有向我们招手。

我们先是坐车，然后坐飞机，然后又坐车。整个花了不到一天的时间。艾迪和我几乎没说过话，这似乎正合那个女人的心意。

我们还没反应过来，就从汽车里走出来，站在了汉斯研究所的前面。山里的空气冷得刺人。我们到达诺南德的时候，手里紧握着一个红色的粗呢背包，还有赖安偷偷塞进我们口袋里的那块芯片。这两样东西提醒我们记住外面的世界。现在我们站在汉斯研究所的前面，两眼发直，浑身打战，除去玛丽安的那枚戒指一无所有。

这个研究所让我最感到震惊的是它显得那么古老。诺南德——甚至波瓦特——看起来像个医院。冷冰冰、空落落的，是的，但是各有各的美：诺南德有大大的窗户，亮闪闪的钢条；波瓦特有干净利落的白色线条。

汉斯像一座快要散架的石头监狱。敢问，这个研究所建了有多久？五十年，六十年，还是更久？最早的那批研究所是在大战开始之后的那些年修建的，那时离二十世纪末的世纪之交才仅仅几十年的时间。美国领土受到了多次侵略，这大大激起了人们对于双生人的空前仇恨。成千上万的人死去或失踪，被控叛国，或是干脆死在愤怒的、心怀恐惧的邻里乡亲的手中。

开始的热潮之后，研究所作为双生人的保险箱出现了。一种保护大家的办法，一道屏障。

汉斯看样子什么也保护不了。我现在明白了为什么会有孩子在这里被冻死。风吹得我们眼睛直流泪，头发遮住了我们的视线。我深深地吸了口气，把冻僵了的肺扩到了最大。然后调整手指上的戒指，启动摄像机，抓拍研究所的正面外观。

"进来吧。"那个女人说着，把我们领了进去。

空气里散发着麝香的气味，还有铜锈的那种金属的味道。一个男人没精打采地站在前台那儿，脸上的肉皮松垮垮的。他用眼睛把我们上下左右扫了一圈，提不起丝毫的兴趣。"姓名？"

"达西·格雷。"那个女人说。在她说这个名字的时候——因为男男女女都转过身看我们——我突然感到一阵山崩地裂似的恐惧。那种恐怖深不见底，随时会把我们劈开，让我们的内脏裸露在惨淡的光线之中。

只要我们待在汉斯，艾迪和我就是达西·格雷。我们十四岁。我们踢足球，喜欢一个乐队，喜欢蓝色，曾经想要把卧室的墙涂成奶油色，而不是白色。

那个男的戳了一下他电话上的按键。说话的声音简直腻烦透顶了，"能否叫个人下来照管新来的一个小孩？"

还没把我们交接出去，那个女人就等不了了。她干脆离开前台，奔向走廊，消失了。几分钟之后，又有一个男人出现了。他穿着黄褐色的制服，估计也是个管理员。

"达西，对吗？"他边领我们去电梯边说。他让我们想起我们过去的一位老师，他的声音低沉含糊，下巴黑乎乎、胡子拉碴的。

我点了点头。

我们真的这样做了。艾迪不出声地笑了一下，笑这一切让人难以置信，笑声中飘出了几句话。过去我们别无所求，只想逃走，而现在我们却掉个头又跑进来了。而且汉斯……

汉斯的严酷，是出了名的。

这一次，我知道我们会出去的。我说。

艾迪又笑了。声音很大，调都变了。可笑，我们动身去诺南德的时候也是同样的想法。

这次可不一样。

是吗？

是的。我轻声说，因为我们变得不一样了。

10

那台古旧的电梯将我们送到了上面一层楼。

很久以前，有人将走廊漆成了两个色调：白顶，底部是一条又厚、又长、又宽的黄色。也许刚刚弄好的时候看着不错。如今，白色基本上都褪掉了，变成了灰色。黄色已经淡成了一种令人恶心的泥巴色。而且四下各处，大块大块的和长条状的油漆表层已经脱落，显露出底下的斑驳景象。

我们经过了好几扇门，每扇门的大小都一样，然后管理员停住了脚步。根据我们记忆中的平面图来判断，这些是另外的病房。老式的门锁，没有诺南德里的那种密码锁。管理员只拿了一把钥匙。我努力想记住所有的一切，说不定某样东西今后能用得着。

然后门开了，我俩终于看到我们的新监狱的样子。

在诺南德，我俩和凯蒂、妮娜共用一个卧室。房间一点也不好看——两张床，两个床头柜，加上几平方英尺的空间。那时还有那么一点点的私人空间。

这里干脆就没有私人空间这回事。管理员领艾迪和我进了一个长长的、冷飕飕的房间。几十张铸铁的床分了好几排，摆放得很整齐。女生们有的躺在床上，有的在床边，有的围着床转悠，我们进门的时候她们全都抬起了头。她们穿着统一的衣服，和我们过去一样。不过她们的衣服是淡淡的黄褐色，而且没穿鞋——穿的不是真正的鞋子。相反，她们穿着一种奇怪的、软软的拖鞋，和平底的芭蕾舞鞋差不多。

我深深地吸了一口气，漫不经心地摆弄我们的戒指。

别弄了，艾迪说，你会引起注意。

我把两只手垂下来，放在身侧。

"空床很多，达西。"管理员说话的时候，有几个女生悄悄地靠近自己的床，以此宣告那是她们的。不过管理员说得对。大概有三四十张床，但只有二十五个女生。看样子她们几乎全都不到十三岁。

和塞宾娜那群人一起跑的那几个月我们一直是年龄最小的，现在一下子成了最年长的，觉得很奇怪。我们挨个地打量这些女生，我们看她们，她们也在看我们。

伊娃。艾迪突然说——声音很高，带着颤抖。这是个警告。

我也看见她了。

也认出她了。

看她脸上的表情，她认出我们了。

诺南德的布丽姬特·康瑞德。

布丽姬特，是她毁了我们的营救计划，阻拦我们依照预先的打算救出其他病人。

布丽姬特，她知道我们不是达西·格雷。

哦，天呐。艾迪说。她的恐惧让我俩说不出话来。伊娃，要是她说出来怎么办？

布丽姬特一直不喜欢我俩。她没理由替我们保守秘密。怎么会这么巧，我们走了一大圈，过了这么久，却发现她在汉斯的门后面等着。

布丽姬特的眼睛紧紧追随着我们的目光。在诺南德的时候她总是把浅金色的头发编成辫子，现在她的头发，披在肩上。她把丝带弄丢了？

"我去给你找几件衣服。"管理员说完就走了。房间里剩下我们和这些不认识我们的女生，还有那个认识我们的女生。

只要艾迪和我不去占她们的床，这些女生大都乐得对我们视而不见。连布丽姬特也转身走了。

我们应该和她谈谈。我说。

谈什么呢？艾迪击退了她心中的畏惧，为此她费了好大的劲，连身体都在抖。我也忙着与自己的恐惧搏斗，顾不上帮她。

我不知道。不过我们总得说点什么。

我穿过一排排的床往前走。有些女生迅速地挪动脚步聚成一小堆一小堆，别的人则独自呆着。由此产生了一种异常的混乱状态。有些女生身上的制服皱巴巴的，更是乱上添乱。

有一群女生坐在角落里，头凑在一起说悄悄话。大多数人独自待着。有的在墙上划拉着，撕壁纸，抠油漆。这两样东西成堆成堆地扔得满地都是。至少已经有好几周的时间没人花工夫扫过地。有个人在远处的角落里躺着，身上盖着几条毯子，在咳嗽。

有个女生独自一人，留着短发，长度只到脖子后面。她围着房间转来转去，手指在墙上划拉，嘴唇一直在动，好像在自言自语，要不就是在唱歌。她的眼睛不经意间和我们的目光相遇，随后又迅速地闪开。这个房间里除了我俩和布丽姬特，大概就属她年龄最大。她的眼里少了些什么东西。

布丽姬特知道我们在靠近她。这我能看得出来，因为她开始避开我们，然后控制住自己不再说话，固执而笨拙地待在自己的那个地方。她站在一张床的床腿旁边，手抓着金属栏杆。

回想在安绰特的时候，艾迪和我老是没完没了地想诺南德那些孩子们，那些我们打算要救的、本来能救的、应该救的孩子们。艾迪和我去了地下室，因为我们坚持救出哈莉和杰米。之前一直是由莱安纳医生负责把别的孩子们弄出来。

这事他们根本就没做成，这是谁的错呢？

是我们的错，错在脱离了团队？

是莱安纳医生的错，怪她没能走到门口，找到彼得等在那里的车？

还是该怪罪布丽姬特？

布丽姬特，是她跟护士说发生了可疑情况，当莱安纳医生带领其余的孩子通过走廊时被她给揭了底。

布丽姬特，她曾经那么急切地想得到营救。救星却偏偏不是彼得。

我慢慢靠近她的身边。她比我俩矮一点点，与我们刚刚漂过的头发相比，她的头发更直，金色更浓。我们在诺南德的时候，我从没见她咬过指甲，但是现在她的指甲被咬得坑坑洼洼，几乎伤到下面的肉了。

她注意到我在看她，于是将两只手捏成了拳头。"达西，呢？"

她向四周看了看。有几个别的女生正在注视我们。她们是出于好奇，一副懒洋洋的样子。

"是呀，达西，"布丽姬特说到我们的假名时做了那么一丁点的着重强调，"就像那个人说的，床位多的是。请自便，在这儿选一个吧，你说呢？"

她说话的样子有些滑稽。就好像她在模仿某些老掉牙的电影或书，而故意摆出桀骜不驯的样子。她鄙夷的神情简直像漫画，突然间，我意识到她只不过是一个十三四岁的女孩，而且完全迷失了方向，因为这个世界想致她于死地。我想不明白艾迪和我怎么会一直拿她当大人看待。

这不会改变她过去的所作所为。但是却消去了我心中的一些怒气，以及担心。

"我没对你干任何事。"我说。

她发出一声苦涩、轻蔑的笑声。"你让一切都变了。你来了，弄得乱成一团——而且一切越变越糟。所以请——"她的声音哽住了，她硬是忍住没哭，成功了，"请在远处那边找个床铺，别再来找我说话了。"

要友善。艾迪干巴巴地说，那会儿我差点就把这忘了。我正准备点头走开呢，但是布丽姬特的话里有什么东西闪了一下，或许是她依然紧紧抓着床上生锈的铁栏杆不放手的样子。虽然那感觉无以言表，却让我停住了脚步。

"他们能听到吗？"我轻声说。

布丽姬特皱了皱眉，她四下张望，目光看向其他的那些女生，然后脸上的神情像是想起了什么事情。她的目光迅速地向上移动，凝视着天花板。那里安着一台监控摄像机，微型灯泡一闪一闪地亮着红光。

"听不到，"她说，"他们只是看，听不到。"

我点了点头，"多谢。"

她双臂交叉抱着。"谢什么？我只是回答了一个问题，仅此而已。"

我耸耸肩，冲着她微微一笑，转身要走。

我还没走出去两步就听见她说："他们会想尽一切办法。这里的安保特别严格，尤其是七月份出事之后。"

那次以死亡和灾难告终的越狱企图。

布丽姬特到这儿，是因为那件事。艾迪悄悄地说。我理解她突然生出的内疚感。布丽姬特一直在这儿，而艾迪和我却安安全全地躲在安绰特。

慢慢地，我转过身。

布丽姬特从口袋里掏出了一样东西，是两小根白线，我意识到。看样子像是从谁的衬衫上拆下来的。"反正，就像我说过的。他们在这儿想尽了一切办法。所以如果你想保住那个戒指，最好是想办法把它藏起来。"

我把手捏住攥成拳头，刚才她发现我们在看她的指甲时也是这个样子。

"这是那个男孩给你的？"她说，"那个长得像外国人的男孩，赖安，还是——"

"嘘！"我忍不住制止了她。布丽姬特把头向上一扬，眯住眼睛，双肩紧绷着。

伊娃。艾迪说。既是低声警告，也是一种安慰。

"请不要谈论他。"我的声音里不禁带着一种惊慌的语调。布丽姬特的话没有什么危险，而且她说话声音不大，不会引起任何人的注意。但这不是是否暴露身份的问题，我不想有人在这个地方提起赖安的名字，仿佛大声说出他的名字来会产生魔力，将他带过来。我不能让他来这儿，关进这所阴森森的监狱。

有那么一刻我以为布丽姬特非谈论他不可。她的眼睛死死地盯着我俩，像是结了霜的石板一样，雾沉沉的。接着，她飞快地点了点头，快得我差点都没看到。

"好的。"她说。她朝周围看了看，准备转身离去，但是在最后一刻，她伸出手，碰了我们一下。她的指尖碰到了我们的戒指和手指关节，然后便飞快地收了回去。

一个管理员拿来了午餐，还给艾迪和我递过来一套制服，领我们来到病房最远那一头的卫生间。站在小隔间里，我突然非常不想解开鞋带。这双破损的牛筋底漆皮鞋是我们校服的一部分，是我们保留下来的唯一的有关家的东西。

艾迪和我在那儿站了很长时间，我们顶住隔间的门，深呼吸，气息时紧时慢的，尽力想平静下来。隔间太小，很不方便。艾迪和我去公共卫生间的时候一般是尽量使用残疾人专用间。这里没有，只有小隔间，都是为比我们年龄更小的儿童设计的。

我脱下鞋，把两只鞋并排放在马桶座圈上。脚踩进别的女生穿的那种白拖鞋，松紧带吧嗒一声弹了回去，套在我们的脚踝上。鞋底薄得能感觉到脚下的地面。

过了一会儿，我把戒指褪下来放进拖鞋里。但愿没人会查看。

制服所包括的其他那些行头都同样单薄。布料摩擦我们的皮肤发出轻微的响声，这时杰克逊所说过的有关双生人研究所的话语在我的耳边回荡。

装人的箱子。我们被装在里面直到死，他们用尽一切办法想要加速这一进程，就只差来上一粒子弹打穿我们的脑袋了。

我发抖了。只有几个星期。我们只用待到下次轮换的时候。我说，不仅为艾迪，也为我自己考虑。

当艾迪和我回到那个最大的房间时，管理员已经在分发餐盘了。三明治之类的，一杯水，油泡的软豆子。女生们在静悄悄地吃饭。许多孩子太瘦弱，不够健康，不过其中大多数都对饭菜挑来拣去，好像没兴趣吃饭。有谁发出了一声沉闷而且发黏的咳嗽声，弄得我们也胸口疼。

"来，我把那个拿走。"管理员伸出手要拿我俩的衣服，衣服被裹成了一卷，我把它们紧贴在胸前。那人脸上的微笑消失了。

"我想留下外衣，"我说，"天气冷。"

他一把抓住，猛拽——动作太突然，太猛烈，我都没机会反击。"冷只是暂时的。暖气出了点小故障，很快就会热起来。如果你不穿统一的制服，穿别的任何衣服都是违反规定的。"

他的微笑又回来了。他递给我们一个餐盘，觉察到我们在朝布丽姬特那个方向看。

"你认识她?"他问。我摇头。达西·格雷不认识布丽姬特。"你们看起来有点像，是不是?"

"大概吧，"我说，紧接着，为了伪装得更像，"她叫什么名字?"

他耸耸肩。有了这个借口我就可以重新走回到布丽姬特的床边。她盘腿坐在毛扎扎的灰色毯子上，餐盘稳稳地搁在膝盖上。

她没有反对，于是我挨着她坐下，低声说："在这儿他们不知道你们的名字?"

她摇了摇头。"我们也不知道他们的名字。这无所谓。他们只在这里干几个星期。"她的手指在床垫边抹过来抹过去，"新体制。上面的人不变，我想。反正我们见到他们的时候其实并不多。但是管理员一直都在换。"

这样就没有多少时间来摸底，实施计划。我说。

这样谁也不会依恋谁。艾迪柔声说。

这样他们的手里就不会再弄出个莱安纳医生。

管理员待在走廊边迟迟不走。但是他并没有像诺南德的看护那样盯着我们看。他好像不怎么关心我们做些什么。

反正这些女生都服服帖帖的，两眼无神。有几个在说话，但也只是窃窃私语。那个围着房间四处转悠的女生一直不管自己的餐盘，盘子在那儿放了好长时间，后来被另一个女生偷走了。那人没注意到。角落里一直咳嗽的那个女生坐了起来，过了好长时间才喝了几口杯子里的水，然后又倒下去倚在枕头上。没人碰她的盘子，尽管当时很明显她就没打算要吃饭。

我转回身对布丽姬特说："你整天做些什么？"

"什么也没做。"她拨弄着她自己盘里的饭菜，然后把叉子弄到了地上，"你知道吗，在我到了这里之后，我意识到在诺南德他们为什么要让我们玩那些棋盘游戏，还布置成堆成堆的作业。这是种分心术。它会让你集中注意力，不让你胡思乱想。在这儿，日复一日地坐着……这会使你发疯。"她咧开嘴冷冷地一笑，"即使换一种情形我们也并不会有多大的希望。"

我想起小时候的那些宣传册，警告大家双生人头脑不稳定，说我们容易发疯。

"布丽姬特，"我说，"双生人才不是疯子呢。一派谎言。"

她给了我们一个小小的、怜悯的微笑。"在这儿待得久了，你就会开始怀疑。"

11

我们以令人震惊的速度，快速地融入汉斯的生活。这并不难，因为汉斯的生活节奏非常单调。

我们无所事事。

一盏盏灯早早地就啪啪啪地打开了，叮当一声，像闹钟一样响亮。时间便嘀嘀嗒嗒地开始流失，然后是早餐。接着午餐。又是晚餐。然后又是叮当一声，灯熄了。

叮当。一成不变。叮当。

没有钟表，只是在卫生间里有一个很小但又很高的窗户。这简直让人不知天日。一天天地时间被扭曲，变了形。

我和艾迪尽可能把所有的事情都记录下来：管理员是如何拿来一盘盘食物的；女孩子们是怎样进餐的；卫生间是什么样；小孩子们一群群地聚在一起，像是些细长瘦弱的白色小鸟，栖息在他们的床上；还有那个短发的女生。

她叫维奥拉，虽然看起来不大，但其实已经十五岁了。每一天，她都在房间里徘徊。她从来不和人说话，只是自言自语，她嘴唇一直在动，像是在祈祷，要不就是在与看不见的灵魂交谈。

她也是这里唯一一个靠近过汉娜——那个病女孩的人。之所以这样是因为她的床紧挨着墙。维奥拉在房间里徘徊的时候必然要经过汉娜那蜷曲的身体，否则就转不过去。

"她病了多久了?"艾迪问布丽姬特。

布丽姬特耸了耸肩说："在我上次轮换期间她就已经病了。但她的病情恶化得很快。"

布丽姬特之前提到过汉斯的轮换机制，艾迪假装不懂，所以她便给我们解释。我们是在6班（女生一般在偶数班里，而男生一般在奇数班里）。布丽姬特估计这里一共有二十个班，不过具体有多少个班要看这里有多少个孩子。

每隔几周，管理员就会来到每一个病房，然后随意地指定一个班级编号。不停的、出其不意的轮换让大家心里七上八下。新交的朋友可能在下次轮换中消失，几个月再见不着面——甚至是永不见面。

我们注视着病重而又孤苦伶仃的汉娜。

"难道就没人管吗?"艾迪说。汉娜基本上没吃什么东西，一句话也不说。她爬下床去卫生间，再爬回来。没一个人帮她。

"关心别人有什么好处?"布丽姬特边扯她的毯子边问道。许多女生从多余的毯子上拆下细线编成手镯和扎头发的东西。这样她们的手就不会闲着，好让她们把心思放在别的事情上，不会觉得太单调乏味。"她只是第一个。当冬天真正来临的时候，天气会变得比现在还冷。这里的女生大多免疫力很差。管理员——他们把细菌带进来，还……"她的声音越来越小。她耸了耸肩，一副就事论事的样子。

"你是怎么知道的?"艾迪问，"你——"

你去年夏天才到这儿。

但是艾迪并没有把话说完。我们尽量少提诺南德。谈论诺南德就等于承认我们不是我们所顶替的那个人，我们和布丽姬特之间的停战协议有一部分内容就包括对我们的假身份避而不谈。

也许她以为我们在成功地逃出诺南德后又被抓住了。也许她更愿意认为我们出逃失败了———和诺南德其他的病人一样，我们被运送到别处，转了一次，便一路到了汉斯。我们从来都不会把布丽姬特和强烈的好奇心联系起来。即使在诺南德，她也总是相信她所愿意相信的，从来没有过例外。

布丽姬特的眼睛向维奥拉闪了一下，后者正像往常一样绕着房间转圈。"我们刚到这里时，维奥拉和我在一起，我们都在14班。那时她还会开口说话的。在接下来的那次轮换过程中我们分开了。当我再次看见她的时候……"她犹豫了一下，"在这里待久了，你会疯掉。这只是时间问题。"

"那接下来呢？"艾迪问道，"她将会怎样？"

"谁知道呢？"布丽姬特说道，然后就不再多说。不过我们发现她老是用眼睛看维奥拉。所有的女生都在看维奥拉，于是我们录下她们的表情，想解读其中的含义。

恐惧。我对艾迪说，但是她摇了摇头。

这有点像在诺南德的时候大家看艾利和卡尔的情形。

那是恐惧。

不。她说，不只是恐惧。

她是对的。有恐惧，还有悲伤与怜悯，全部交织在一起的感觉。

汉娜成天咳嗽，没个停。连续几个小时，她的咳嗽声成为病房中的唯一声音。其他的女生即使说话，声音也不大，只是窃窃私语。

我梦见赖安了。梦中我和他聊天，看着他，感觉到他的肌肤，他的嘴唇，他的双手。一天夜里，我尖叫着醒来——不是因为噩梦，而是因为我梦见我和他在那个照相馆阁楼里，周围环绕着许多亮光，如仙境一般。

但这不是真的。

思念他的痛苦，这个房间里的失意，这个房间，这种千篇一律的生活，让我倍受煎熬，难以忍受。

有时，我发现我自己就躺在床上，如同念咒一样默默地重复着亨利的卫星电话号码。像是一种祈祷，终有一天会带我们离开这里的一连串数字。

也许维奥拉是对的。绕着房子转圈总比无所事事要好。我们开始把备用毯子的边边角角拆开，就像其他女生那样，把一缕缕的粗纤维扯松，然后编成一根绳子。有些床上装饰着用线绳编成的圆环，锈蚀的铁栏杆上绕着各种绳辫。这是一种领地的标志。向往着拥有自己的东西和自己的地盘，哪怕只是暂时地拥有。在这间病房里，床是每个女生的城堡。

一天午饭时间，汉娜移身去抓杯子，把杯子碰倒了。这时我俩恰巧经过她的床，于是急忙伸手去扶——但晚了一步。水洒了，浸湿了我们的衬衣袖子。

这是我俩第一次直视汉娜的脸。她的年龄可能并不比布丽姬特大，只有十三四岁。她肤色苍白，当她闭上眼睛的时候看着不像是活人。但现在她的眼睛睁着，她那褐色的眼睛睁着，好像咖啡渣。

"对不起。"她声音嘶哑地说。

一天一天地我俩走过这个病女生，一言不发，满耳朵都是她的咳嗽声。冷不防打个招呼，让人吃了一惊。

"你——你想要我的吗？"艾迪结结巴巴地说道，"我是说我的水。"

管理员只在吃饭的时候才给我们水喝。在其他时间，女孩子们如果口渴了，只能喝水槽里的水。虽然塑料杯中的水也不一定就更干净，但喝起来味道更好。

汉娜犹豫了一下，然后点点头。艾迪飞奔着回去找到我俩的托盘，取回我们的杯子拿给她。

"达西，对吧？"她呼吸急促，大喘着气，嘴唇里溜出这几个词。她一定是听到过布丽姬特说这个名字。她每天一动不动地躺在这里，除此之外还听到了些什么？

艾迪点了一下头。汉娜继续看着我们。但是她的眼神中没有任何期待。我们原本可以简单地说一句再见，或者找一些借口，说是要回去吃午饭。

但是我们没这样做，艾迪小声地说："我坐在这儿，你会介意吗？"

显然汉娜很吃惊，但是她还是摇摇头。艾迪小心翼翼地坐下来，尽量不去碰到汉娜的盘子。管理员把她的盘子留在了床垫上，平放着。这些食物（胡萝卜丁拌肉块）没人动过。

"你不想吃点？"艾迪问。

汉娜耸耸肩，她似乎没怎么吃过饭，看样子她也不在乎她的健康会受到影响。艾迪笨拙地挪动了一下，床吱嘎作响。我们没有往别处看，但是可以感觉到房间的其他人都在偷偷地向我们这个方向看。我们是不是快要变成这个房间中新的弃民了？

如果是几个月前，艾迪会问我该说什么，会变得惊慌失措，拿不定主意。我可以感觉到她的躁动不安，但她并没有向我求助。

相反，她却对汉娜说："你需要什么吗?"汉娜眼睛盯着艾迪，就好像有人允许她要某样东西，然后拿给她，这是一件稀奇事。她摇了摇头。

"好吧，"艾迪犹豫了一下说，"如果需要什么，就喊我，好吧?"

那天晚上，关灯以后，艾迪转向了睡在旁边床上的布丽姬特。起先我以为布丽姬特也许会挪到另一边去。她看了我们一会儿，像是要挪远，但她没挪。

"我们应该和护理人员说一下，"艾迪小声说，"汉娜在发烧。而且他们肯定有药。"

布丽姬特在被子下面不停地翻身，徒劳无益地想要寻找温暖。"也许有吧。但是他们凭什么要讨那个麻烦给她吃药呢?"

"问一下也没什么坏处。"

布丽姬特静了下来。"可能会有坏处。维奥拉说他们会把病重的病人弄走。"

"然后呢?"

周围光线很暗，但我还是看到了布丽姬特"难道你是笨蛋?"的表情。"然后就是那样，"她说，"走的人就回不来了。"

12

汉娜的病情逐渐恶化。我们努力地想让她吃些东西，但她越来越消瘦，像一轮苍白的残月。她的咳嗽声短促而频繁，好像每咳一声都会让她面临肋骨骨折的危险。

我们看着汉娜，自己的胸口也疼。我一下子想到玛丽安会如何利用她的影像资料，心里既羞愧，又愤慨。这个病恹恹的女生会让那些以前从来没有同情过双生人儿童的人们心生怜悯。

不应该给她录像。艾迪说，这时我按下那粒小宝石，打开了录像机，同时确保不会被病房里的监控录像机发现。好像我们在利用她。

我们不是在利用她。我不敢确定自己说的是否是实话，但不管怎样我已经说出口了，于是我加倍地努力，想尽可能地使汉娜感觉舒服。

她睡觉的时候，我们给自己找了个事干，捣鼓卫生间窗户上的那把锁。如果戒指的记忆卡存满了，或是坏了，玛丽安教过我们一个简单的办法：把戒指放到这座楼的外面，等着换新的。每间病房只有一扇窗——而且只有大约二十间病房。派来寻找戒指的人所要搜寻的地方不会太多。

解放汉斯

那扇窗大约三英尺宽，一英尺高，嵌在墙里，卫生间里的那些小隔间和墙相垂直。窗户离地面也有约六英尺高，而且带有颜色，所以即使在这儿站在窗户下面也看不到真正的光线。不过窗户可以打开。不说别的，锁，就是证明。

前几天艾迪和我一瞅见机会就偷着拿些银色的塑料餐具。我们会在卫生间里把餐具弄碎，希望能把碎片弄得细细的，好撬锁。我们待在安全之家的时候戴文向他的妹妹们和我们俩传授了这一招。

不过戴文有纸夹和螺丝刀。艾迪和我只有塑料餐具的碎片。而且，我们得先够着窗户，才能想办法撬锁。

我们盼着下一次轮换，好发信号求救，但练一练手也无妨。

尽量爬到洗手池上。艾迪说。我扭头看了看。卫生间没有门，不过没有人朝我们这个方向看。我小心翼翼地挪到洗手池边，瓷面冷飕飕的，隔着薄薄的裤子也能感觉到。窗户还有足足两三英尺远，但我能够看到云朵的影子，就在有色玻璃后面，颜色发暗。

"你到底在干什么？"布丽姬特说。

我差点从洗手池上摔下去。我俩在最后一刻稳住了身体，狠狠地瞪了她一眼。"什么也没干。"

"编个谎都不愿意费力气。"布丽姬特走近，还好她把声音压低了，她的头发和从前一样，梳着整齐的辫子，"窗户锁上了。"

"我知道。"

"你不会又要像在诺南德一样撬窗户吧？"

我不想回忆那一天。我们一直想带哈莉和丽萨逃走，想到她们使我想起赖安，和戴文，以及所有那些我们未能顾及的孩

解放汉斯

子。这使我想念他们，想得我头眼发昏。

此时此刻你本可以和他们在一起，我心里最柔弱的那一部分低声地说，他们根本不想让你走。赖安求你留下。但是你固执己见。看看你现在在哪儿。

"我没打算把窗户撬开。"我厉声说。我发火了，布丽姬特嘴巴紧闭着。

伊娃。艾迪说，过去的时候我为了让她平静下来也是用这种方式喊她的名字。是为了安抚她，因为我觉得她马上就会变得惊恐，或是狼狈得无法正常思考。

我没事。我说。我并非没事。但她的声音起了作用。这提醒我她在那里呢，将会一直在。

艾迪，至少，我永远不会离她而去。而且她永远不会离我而去。有的人会认为这是一种折磨。但此时此刻，这对于我是最好的礼物。

当我再次说话时，我确信自己的声音变得镇静了。"他们没在这扇窗户上安装报警系统吧？"

我知道他们没装，玛丽安告诉过我们。但是与布丽姬特核对一下也无妨，而且我把向她询问当成是一种道歉。

她鼻子里哼了一声。"报警系统？有必要吗？谁也翻不出那扇窗户。"

我迟疑了一下，然后松开手露出我们做的那些临时的撬锁工具。布丽姬特眼睛一亮，随后我们的目光再次相遇。

"要是能呼吸到新鲜空气该有多好，"我轻声地说，"你不觉得吗？"

布丽姬特坐在卫生间冰冷的地面上，双手抱着膝盖，看我将银色的塑料餐具碎片捅进锁里，一个一个地试。

"其实他们在这儿看守得并不是太紧，对吗？"我说。

她耸了耸肩。"这是座旧楼。我想光是安装这些安全设备就遇到了不少的麻烦。而且老实说，他们不关心我们的事。很可能就算我们动手打架，他们也不管。"

我按戴文教给我们的方法轻轻地敲打那个撬锁的工具，使劲把销子弄到位。但愿在我使劲地转动那些塑料的撬锁工具的时候，它们不要咔嚓一声断了。

"你能教我吗？"布丽姬特突然说。这个请求让我大吃一惊，于是我低下头瞅她。她的下巴倔强地紧绷着，仿佛料到我不会相信，早已严阵以待。

她这样是想要做朋友吗？

我不知道。我实话实说，不过我却大声地说："没问题。好像除此之外我们没什么可干的。"

最后的那个销子咔嗒一下滑到位了，几乎听不到声音。我咧着嘴冲布丽姬特笑了笑。我没想到，她也咧开嘴回了我一个笑。

"准备好了？"我小声说。

她点点头，站起来。我俩向前冲——咚——用我俩全身的重量顶那扇窗户。窗户咯咯吱吱地开了一点点，仅仅一点点而已。

我靠着玻璃窗歇了歇，喘口气，等着。

窗户只开到这么大。没人出声大喊。假使他们出声喊叫，我将没法转身。我俩完全失去了平衡，两只膝盖跪在水槽上，身体靠在窗玻璃上。

阳光很清新，冷冷的。我呼吸着这新鲜的空气。之前我并没觉得我们病房里的空气有多么的污浊，光线是如何的不自然。我把身体往高处伸，终于能够看到外面。这令人头晕目眩，尤其是有那么大的场地荒着，白雪一片。在楼的四周只有一簇一簇的草探出头来。

"布丽姬特，"我笑着说，"你也过来看看。"

布丽姬特不作声。

我转身去看她，发现汉斯研究所6班的全体成员都在盯着我俩。

13

布丽姬特最先反应过来。

"回去，"她对其他女生说，同时急急忙忙地伸出双臂，好像在赶一群鹅，"回到床上去，马上。"

让我吃惊的是，她们很听话。我再次把窗户猛地关上。布丽姬特一扭身转向艾迪和我。"他们会在摄像头上捕捉到这些女生扎堆的情况，他们就会到这里来。你最好想个什么借口。"

我从水槽跳下来，双脚碰到地板砖时腿骨猛地一震。拖鞋压根没起任何缓冲作用。我向后退了一下，身体晃晃悠悠的，想要站稳。

"我摔倒了，"我冲着布丽姬特嘘了一下，脱口说出心里最先想到的这个借口，甚至来不及和艾迪商量，"说我摔倒了。就这样。我摔倒了，发出声响。"

布丽姬特对着门外大喊，"她摔倒了，对吗？如果有人问你们就这么说。"她的声音具有穿透力，与在诺南德的时候一模一样，有着同样的强势：到底听，还是不听。也许有个别的女生表示反对，但是我俩没听到。

我俩倒是听见门开了。随即有一个女人的声音，带着怒

80
解放汉斯

气，闷声闷气的。"出什么事啦?"

布丽姬特和我对视了一下。我屏住呼吸。好长时间，大家都一声不吭。脚步声越来越近——真材实料的鞋子踩在地砖上发出的咔哒声。

艾迪和我抱在一起，不出声。

然后有个我们不认识的声音小声地说:"有人摔倒了。"

一个女人出现在卫生间的门道里。她没穿棕褐色衬衫和深色裤子，那套管理员的制服。相反她穿了件很好的、暗紫色的衬衣。我俩大饱了眼福——这可是种新的颜色，不是锈迹，不是颜料脱落的墙皮，也不是灰白的制服。

"谁摔倒了?"她故作严厉，想显得精明自信。这我能感觉到。但是我满脑子里都是:在这一方面你不如莱安纳医生拿手。

"我滑倒了。"我说。接着，因为这话好像正合这个女人的心意，我就补了一句:"对不起。"

我尽量想显得满心悔恨，我尽量想显得紧张，像个小不点，不起眼的样子。紫衬衣女士将卫生间扫视了一圈，看了看窗户和各个隔间。似乎一切正常。

"你没事吧?"她硬邦邦地说了一句。

我点点头。突然，这个女人眯起眼睛，皱起眉头，细细地打量我俩，我俩的心脏不跳了。

*她知道了。*艾迪小声说，*她认出我俩了。*

她没有。她没有。

我待在那里一动不动，但愿自己不要露出任何马脚。

"你叫什么名字?"那个女人说。

"达西，"我柔声说，"达西·格雷。"

81

解放汉斯

她又盯着我俩看了一会儿，然后点点头，离开了。

我靠着墙，就在窗户的下面。一身冷汗，湿透了。

艾迪和我坐在我俩的床上，吓得僵住了，硬撑着不能显出害怕。我们不得不在监控摄像机前面演戏。要藏而不露，其实每过一秒钟，我俩都害怕紫衬衣女士会返回来，狠狠地用手指指向我俩，叫我们跟她走。

布丽姬特朝我俩走过来，一脸的庄重。

"艾——"她正要出声，随即收住了，"达西，你说说这一次是怎么回事？怎么就弄出乱子了？你开窗户可不是为了透气。你学过怎么用小塑料片撬锁，但不是为了玩。而且你被那个女人吓坏了也是有原因的。"

我们的目光碰在了一起。

艾迪焦虑不安的情绪蠢蠢欲动，不过我能感觉到她正在使劲地要把它压下去。我俩真应该加倍小心。我俩绝对不应该——

布丽姬特一直怀疑有什么事。我说，她怎么能不怀疑呢？

"有什么计划吗？"布丽姬特凑到我俩跟前，显得有点犹豫，好像生怕我们会一溜烟地跑掉，"要再来一次营救？你来这里是因为这个？"

她说营救这个词时好像那是个珍宝，宝贵得她都舍不得说出口。她的双眼，是灰色的，像冬天的乌云，紧紧地盯着我俩，就是不往别处看。

"我觉得你不想被救出去。"我说，话一出口就后悔了。布丽姬特凝视着，目光咄咄逼人。我受不了她在闪烁其词后面所潜藏的那种痛苦，但我不知道该说什么。

我赶忙在心里迅速地猜测各种可能性，一个更比一个糟，这时布丽姬特一屁股坐到我俩的床上。

"我想回家,"她轻声地说,"我一直想要的就是这个。"

对此,我相信。

"起初我希望我能被改造好。在诺南德,他们说他们会帮我们。这里,他们连试都不试。所以要是我能选择是在这里疯掉,还是在家里疯掉,我宁愿在家里。"

"布丽姬特,"我说,"你不会疯的。"

维奥拉走了过去,离我俩的床有几尺远,我们都不说话了。她脚上的拖鞋蹭在地上发出轻微的声音,她的手指慢慢地敲着墙。她嘴里在说话,但我听不到。这个女孩和谁说话呢?那个人在哪儿,在她的脑袋里?

我希望,那个地方比这儿好。

布丽姬特目不转睛地看着她又退了回去,"我第一次见到维奥拉的时候,她有点冷淡。和其他人一样,有时候安安静静的。她看你的时候好像你根本不存在。但是她会好起来的。她会恢复正常的——或者和我们一样正常,不管怎么说。随后她情况恶化了。她不再和我们说话。她开始四处转悠。我问她在做什么,她跟我说她在跟踪——什么东西,我也不知道。"布丽姬特抠弄我们的毯子,把一个起了毛的边给拆了,"有一阵子,她经常睡着睡着就醒了,头脑一清二楚的,你知道吗?就那么一小会儿。而且看样子她是被吓坏了。她躺在那里,弄出各种动静,好像快要死了,说是她再也不可能正常思考了,再也不可能过正常生活了。他们把她的头发剪短了,因为她把头发弄得乱糟糟,一直不停地扯呀扯。"

维奥拉这会儿离得老远,在房间的另一头。两个小女生看到她在走就躲到了一边。

解放汉斯

"现在这里我最大，"布丽姬特说，"你没来之前，反正是这样。总是那些大的出现这种情况，那是维奥拉跟我说的，大的丢了魂，然后被带走了。"她停住了，"所以，要是有任何机会能让我趁那种事情还没落在自己身上之前赶紧逃离这里，我很想知道。"

我们能不能信任她？我问艾迪。

她犹豫了。我们不能这样，伊娃。今天我们已经被仔细盘查了一番——要是那个女人现在起了疑心，我们千万不能把我们的秘密告诉别人。

她说得对。

此外，她柔声地说，玛丽安不会救她的。

我们没必要和她说玛丽安和她的计划。我们可以只和她说亨利，亨利的地图，我们……再次被抓之前所过的生活。

说说我们如何不再孤单，不再狂乱，而且我们不应该被这样关起来。

艾迪叹气。我不知道，伊娃。我们不需要。我们没必要。而且我们——我们不欠她的。

是不欠她的，她毁了我们上次的逃跑计划。要不是布丽姬特捣乱，也许她会像艾迪和我一样，最终到安绰特。也许艾利和卡尔以及诺南德的所有其他孩子都能坐上彼得的车和我们一起逃走。

不过想这些没有用。看样子布丽姬特也并非不无后悔。

她做错了。我说，我们也有错。

我深深地吸了口气。听见我俩的脑袋里回响着莱安纳医生的声音：你太轻信别人，伊娃·塔姆辛。终有一天你会受伤。

不过或许不是今天。不是现在，此刻这个女孩正在等待我俩的答复，她的性命和各种希望都悬在半空。

我在床上猛的一下靠近她，她把身体朝我俩倾过来，好像在等着听一个秘密。我觉得她连气都不敢喘了。

"离开诺南德之后，"我柔声地说，就是艾迪和我在安全之家静悄悄地分享故事时的那种声调，"我遇见了一个从海外来的男生。他说我们对世界其他地方的了解好多都不是真的。"

那位紫衬衣女士好像没有认出我俩。她再没来过，我们在汉斯的日子又回到过去的老样子。

但是并非一丝不变。因为现在，艾迪和我开始给布丽姬特讲我俩的故事。我们给她讲大洋对面亨利的世界，那里有好多一样，也有好多不一样。在那里的许多地方，人类去过月球，这是一个常识。我们常常听到的大战有破坏性，但不是毁灭性的。双生人并非注定要发疯。

我们没告诉她我们在此出现的具体原因，没告诉她有关那枚戒指的实情。

我希望我们这样做是对的。杰克逊告诉我们，要心存希望。有希望是好事，希望使得我俩幸免于难。不过希望也会充满痛苦，希望可能会有危险，希望如果变得太大是会破灭的。

一天，我仰起头，告诉布丽姬特克隆的事儿——在大洋对岸，他们如何想出办法复制动物的身体，而且有可能在将来的某一天用于人类——我本以为那个女生只是在我们的床边打转，后来我意识到她不止在打转，她在听呢。她的眼睛与我俩的目光相遇，随即又转向旁边。

有一阵，我被吓着了。不过看她脸上的样子她并没有起疑心。是种好奇心，强烈的好奇心。

于是我假装没注意到她在偷听。当下一个女生走过来的时候，我还是这样。后来我们床边聚集的人越来越多，太显眼了，趁着监视监控画面的人还没发现可疑之处，我不得不说点什么。

讲故事时间改到熄灯之后。卫生间门口上方有个灯泡，大病房门的上方也有一个，这两个灯从来不关。很可能是为了方便监控摄像机拍摄，而不是为我们考虑。但是当主灯哨的一声熄灭的时候，病室里基本上一片黑暗，房间里靠近我俩床的那个角落最黑。

女生汇集到这里，坐上好几个小时，那种急切是艾迪和我来到这里之后第一次得见。

我终于逐渐知道了其他女生的名字。白天，我将声音与脸逐一地对号。那个是詹尼斯，高个，细胳膊细腿，十三岁，奶白色皮肤，薄嘴唇，两道浓眉。露丝，十一岁，长着雀斑，眼睛淡蓝色，让我们想起杰克逊。还有珍妮、劳伦、亚历山德拉、布鲁克，以及其他人。

有些女生在打破最初的那道屏障之后缠住我俩不放。别的人在边上晃过来晃过去，顶多说那么几个字，但是每晚都过来听。还有一些人，眼见着一天天地过去，艾迪和我安然无事，也开始讲故事。

我们听大家讲爸爸、妈妈，和家里的狗狗。讲自己兄弟姐妹不是双生人，还有一些是双生人，不过却被送到了别的地方，从此再也见不着。讲朋友们渐渐长大，友谊不再。显而易见，其中一个女生心神不宁，不正常。

一开始，我们什么也没录。我们甚至没想过要这么干，何况光线太暗，摄像机什么也拍不到。不过后来好多个夜晚半数以上的故事都不是我俩的，这时候艾迪和我开始全程拍摄。这并非是为了玛丽安，是为了我俩，为了讲故事的人她们自己，虽然她们并不知情。我想抓住她们的这个小小片段，保存下她们生活中低声细语时的点点滴滴。

这是不是很危险？一天夜里我对艾迪说，如果玛丽安用它……

那就对了，是不是？艾迪说，此外，我们是政府的通缉犯，到那时我们已经走了。错会落在我俩身上，而不是她们。她们那时会有什么错？讲故事？

谁知道呢？

我们一夜一夜地讲故事。白天里，我们信守诺言，教布丽姬特撬锁。她学得很快，容易气馁，却吃苦耐劳，还目光短浅。

当艾迪和我不跟她在一块的时候，我俩尽量陪着汉娜——或是米莉，这是她的双生灵魂的名字。夜里她俩无法接近我俩的床，所以我俩就在白天小声地讲给她俩听。但是她俩日渐虚弱。她俩不再咳嗽，看样子是没了力气。

我们得替她们寻求帮助。我绝望地说，药，什么的。

布丽姬特说她俩可能会被弄走，如果我们提出这件事。可是如果不说又会怎样？我眼睛盯着汉娜看，她脸色发青，眼皮泛红，嘴唇发紫。她的床发出馊味，满屋子都是这股气味。有些别的女生也已经开始生病了，她们咳嗽、打喷嚏，打破了汉娜和米莉的沉默无语。不过谢天谢地，似乎没人得什么重病，只是受了凉。

她俩快要死了，艾迪。

此前我不愿意相信，不愿意当真。直到此刻，我才信了，那个字眼从我的心里滑进艾迪的心里，穿越了她与我之间无穷微小、同时又广阔无限的空间。

晚饭时分，当管理员把餐盘递过来时我拦住了他，而艾迪也并没有反对。

"汉娜需要帮助。"我说。

病房里所有女生都停下手中的活儿，盯着我俩看。所有的人，除了汉娜和维奥拉之外。前一个纹丝不动，后一个不停步地继续走动着，她的心在某个我说不清道不明的地方。

"怎么？"管理员一脸的困惑。

"是汉娜。"我指向角落里她那张孤零零的床，"她已经病了……"我意识到我自己都不知道我俩来汉斯有多久了，"好几周了。而且她的情况越来越糟。我觉得如果不吃药她好不了。"

房间静悄悄的。

"我会想办法的。"最后管理员说道。他还面带微笑，只是稍稍笑了一下。好像他想以此作为安慰。

我俩吃晚饭。他离开了。灯光熄灭了。

大家一如往常地聚拢过来，讲故事。但是艾迪和我没有参与。我俩满脑子里都是角落里床上躺着的那个女生，她的呼吸声简直让人受不了。

第二天早上我俩醒得最早。别的女生都还蜷缩在床上，裹在一层一层的毛毯里。布丽姬特眼睛眨巴着睁开了，随后又闭上了。

我睡眼惺忪地坐了起来。

我看见汉娜的床已经腾空了，一干二净。枕头没了，毯子没了，连床垫也没了，只剩一副冰冷的金属床架，像一具骷髅。

汉娜和米莉不见了。

14

一个女生失踪本不该让病房显出太大的不同，何况她几乎不张口，也从不挪动。但是汉娜的消失将房间撕得破了一个洞。其他女生变得比平时安静，她们离角落里的那张床更远了，好像那里有鬼，要么就是受到了诅咒。

病房的主门咣的一声开了，我甚至懒得去扫上一眼。马上就到早饭时间了，我在全心地关注汉娜那张空床残存的床架。不过艾迪说了声——伊娃，这一声足以让我注意到布丽姬特一副呆呆的样子。我俩眼光看向门。管理员站在门槛上，没推餐车。

"出什么事了？"我说。

布丽姬特并不看我，只是低头盯着她的毯子，将辫子编好。她的声音发紧："我们要轮换了。"

我俩胸口沉甸甸的。

轮换。我俩自从到这里的那天起就一直盼着呢。我俩对自己承诺，待够这么长时间后就发信号求救，如今我们服刑期满了。

但是其余的这些女生——艾迪和我才刚刚开始了解她们——

没人向她们允诺自由。

管理员叫所有人都起床。我们在病房中间聚成一堆——所有人，除了维奥拉，她在继续转圈。没有一个人过去抓她。

"布丽姬特，"我小声说，凑到她的身边，"如果我们分开了，我只想说——"

她突然急躁起来，将我俩推开，目光尖利，警告要保持距离。结果我反而排在了珍妮·凯特琳的旁边——之后她也跑掉了。

她们这是在干什么？我心里也有与艾迪同样的疑惑。

或许与汉娜和米莉有关。我说，她们知道我俩口无遮拦，所以就……

"站着别动。"管理员喊叫着，开始数我们的人数，她给每个女生分派一个数字——二、四、六、八、十、十二……她一边分一边把那个女生拽到旁边，还给她的手腕套上个塑料手环。医院的手环，不用剪子或刀子是去不掉的。

管理员并没有排什么特定的顺序，但是前后挨着的女生绝对不可能数字一样。

她们想要和我们待在一起。我慢悠悠地说，正因为这样她们才不愿意站在我俩旁边。

这个想法很新奇。艾迪和我从来没被别人追捧过。我俩一直是没人喜欢的那种。

实际上我能看出布丽姬特的脑子在呼呼呼地转着。她在想自己应该站在哪里才能分到一个相同的数字，还有她是否可以挪动位置而不被管理员注意到。剩余的那一组里人数不多。

"十四。"管理员对站在我身边的那个女生说，她叫梅丽。接着，把"十六"给了她身边的那个女生，克莱尔。然后又回到"二……四……六……八……十……"

"十二。"她对布丽姬特说。

布丽姬特面无表情地走过来加入了我们的行列。

维奥拉最后一个被叫到，给她的编号是四。不过还剩了两个女生：科琳娜和艾里斯。没给她俩编号，也没有手环。

我突然想起来，布丽姬特说过轮换中会有女生消失的话。玛丽安不是也说过很有可能被抽走调到哪里去吗？去干什么？

管理员把科琳娜和艾里斯从她们那一组带走的时候，她俩眼睛瞪得老圆。

几周以来我们第一次走出关押我们的病房，进了走廊。我事事留心：地脚线裂缝的形状，地上各种磨损的记号和缺口。

管理员并没有将所有班级都同时放出来。大厅里的女生人数没那么多。但是这里至少有两个其他的班级，正被分开去新的病房。我们班的女生盯着她们。有几个反过来也盯着我们看，但是大多数都死气沉沉的，无所谓。她们双手软塌塌地耷拉在身体两侧，头顶上微弱的灯光照在塑料手环上，闪闪发亮。

戒指藏在我俩的手中，我还是让宝石微微地露出一点来。关于这场安静肃穆的儿童迁徙行动我尽量多拍一些。这一层只有十个门。男生病房和我们的混在一起？似乎他们在三楼或四楼的可能性更大。

"啊——"

这是我们得到的唯一的警告——布丽姬特的惊呼声——紧接着维奥拉摔倒了。

趁她还没碰到地面我伸手抓住了她。

这是我第一次触碰她的身体，她的双肩在我的手中，十分柔弱。她的眼睛不看我。

我的戒指掉了。

我很惊慌，浑身冰冷，不能呼吸了。我放开维奥拉，她已经摇摇晃晃地自己站住了，还打了个转。

你看见了没？我大叫。

艾迪不出声地胡思乱想，这已经告诉我答案了。突然迸发出一阵燥热，替代了刚开始的那股寒流，弄得我俩毫无头绪。我俩的双眼像耙子一样，在地板上一点一点地搜索。戒指不可能跑很远。但是有这么多双脚——

在我俩身后的管理员发现了人群的拥堵。她走了过来——

布丽姬特猛地从我们身边冲了出去，从地上一把抓起了一个亮晃晃的东西。

"继续走，孩子们，"管理员说，"你们把过道堵住了。"

我们继续走。也包括眼睛雾蒙蒙的维奥拉。

"给。"布丽姬特赶了上来，小声地说。她的手撞到了我俩的手，这么一碰就把戒指从她的手里转到了我俩的手中。

我瞟了她一眼，表示感谢。我们被赶进了新的病房，这时我才敢把手张开。这一次女生人比较少，只有十五个，是计数系统耍了个花样，还是自上次轮换之后才几周的时间汉斯就真的少了许多女生？还有多少别的女生像汉娜一样在夜里被偷偷地弄走了？要不就是今天被弄走的？

这间病房和上次的那间几乎一模一样。唯一的区别在于墙上的磨损程度各具特色——墙壁破损，一片凄凉，乏味无聊，长年侵蚀。一个管理员站着，手拿一把剪子，把医院的手环从女生们的手腕上剪开。有些女生已经在往床铺走，仔细打量缠绕在金属栏杆边上的那些用绳子编起来的绳辫，占好地盘。

露丝犹豫了一下，然后从我俩身边走开，其他的人也是同样。只有布丽姬特待在原地。我俩急忙去卫生间，但她并没有跟着我们。到了卫生间，藏进一个隔间里，我终于张开了手。

乍一看，戒指样子正常。

随后我注意到宝石的侧面有道裂缝。我小心翼翼地把宝石往下按，它没有像往常一样咔嗒一声复位。相反，它卡住了，吓得我不敢再试——要是整块宝石砰的一声掉出来怎么办？

肯定是被人踩到了。艾迪的声音空空荡荡的。

我没吭声。

无言以对。

解放汉斯

15

我俩无法确定戒指上嵌的录像机是否坏了。同样我们也不知道过去几周所录的内容是否全部都被清除了。

如果全都没了……这次轮换本该让我们获得自由，却反倒成了延长刑期的理由。

我们把戒指放到窗外等着。我说，此外我们什么也做不了。

艾迪花了大半个早上编好了一根可以够着地面的细线，然后撬开了窗户上的锁。一股凛冽的寒气吹得我俩打冷战。她把细线的末端绕着戒指打了个结，我俩的手指在寒气中渐渐变得麻木了。

我俩使劲地看下面的地。雪很厚，甚至连安安逸逸地长在研究所墙角边的那些灌木丛都像是被一件白色大衣盖住了一半。

"我们会派人的，"玛丽安曾经说过，"把戒指放到窗外，会有人过来取。"

自从彼得上次的越狱行动，汉斯加强了对所有管理员的背景审查。不过，对于修剪草坪的人、捡垃圾的人、铲雪的人，他们却放松了警惕。

艾迪把戒指放在窗台上，把它从边沿上推了下去。戒指悬在楼的侧面，在晨曦中闪闪发亮。

抓紧。我说，别让人看见。

艾迪解开我俩手腕上缠的那根线。把戒指往下放，一点一点地，最后戒指掉进灌木丛消失了。她把线的末端系在一根固定窗框的钉子上。线很细，是灰色的，根本看不出来。

她关上窗户，身体又开始打战，把手指紧紧地攥着，想让指头变暖和。

现在我们只有等待。我说。

那一晚，熄灯之后，艾迪和我正要合上眼睛，一个人影出现在我俩的床边，是露丝，她的双手绞在一起。睡在我俩旁边床上的布丽姬特坐了起来。

"难道你不打算做那件事？"露丝的声音很温柔，让我想起了凯蒂和妮娜——我俩好想她们。

"做什么事？"艾迪疲惫地说。我俩什么也不想做，只想睡上几个小时，等到有人把那枚坏了的戒指收走。那时我们会知道命运如何。

露丝咬着嘴唇，"我以为你会把大家重新召集起来，讲故事。"

布丽姬特也在等着我俩回答。但是今晚艾迪和我最不想做的事就是说话。

"我不知道能说点什么，"艾迪说，"我——"

"不一定非得是什么新内容，"露丝郑重其事地说，"她们没一个人听过你讲的故事，就算你讲旧故事她们也不会知道。"

"我觉得不舒服，"艾迪说，"要不明天，行吗？"

露丝沉默不语。布丽姬特也是一样。我俩受不了她们这种沉默不语的失望。我俩溜下床，逃到了卫生间。到了那儿，艾迪一把推开窗户，前额靠在冰冷的玻璃上，闭住眼睛。夜风从外面飕飕地灌了进来。我俩往下看那根绕在钉子上的线。线上连着那枚戒指，没人过来收。

如果我们要求回家会怎样，录像丢了还是没丢？艾迪小声说。

我们哪能提什么要求？我们要逃离这里得听从玛丽安的安排。

现实很无情，对此我之前从未仔细想过。我俩的命运掌握在玛丽安·普里特的手里。是我把事情弄成了这样，我不顾所有人的警告，尽管赖安生了气，哈莉很沮丧，而我自己满腹疑虑，我还是走了这一步。

对不起，伊娃。艾迪说，我这样做是因为我——因为我想要帮杰克逊——

我们想要帮杰克逊。我犹豫了。而且原因远远不止于此。我们走进汉斯研究所还因为我想要弥补以往的过错。

艾迪沿着窗玻璃滑动我俩的手指。卫生间门口外面亮着的灯光几乎照不到这片狭窄的空间。窗外一片黑暗。有可能是一轮新月。

我在脑子里反复念叨亨利的卫星电话号码，这好像是个咒语，带给我安慰。

"艾迪，"布丽姬特的声音传来，艾迪转过身来。随后我们都意识到她说错了话，布丽姬特连忙改口，"达西。"她站在卫生间的门口，双肩上竟然没裹毯子，"我觉得你应该来看看这儿。"

我最先注意到的是那些靠近卫生间的床空着。此前那些床

解放汉斯

上都有人。艾迪转向布丽姬特，心里发慌。但是布丽姬特示意她保持安静。她指向病房的另一头。我俩眯眼细瞧，但是太黑，距离太远，什么也看不清。

然后我俩听到一个女孩的声音。黑暗中我俩在床与床中间小心地移动，就快要摸着她了，这时我才意识到说话的人是谁，那些本该待在床上的女孩去了哪里。

露丝·塔维，十一岁，在病房最黑的角落里，她坐在床上，讲的是马术比赛中她赢得分组冠军的故事。我们以前听过这个故事，回想当时，我们都还在6班。露丝很会讲故事——她知道怎样编故事能吸引住听众，怎样每说一个字都将听众拉近一点。

女生挤在她的床边，有些和她一起挤在床垫上，和她紧挨着，其他人则坐在地上。

露丝发现我们在向她靠近便抬眼瞅了一下，她说话开始结巴。其他女生也和她一道看向我们，虽说几乎是漆黑一片，我们仍然能感受到她们炯炯的目光。布丽姬特已经在另一个女生的床边上坐了下来，那个女生什么也没说。其实，她还挪了一下，给布丽姬特腾出了些地方。

艾迪将我们的身体挺直，坐在地上，双腿交叉。

"继续讲呀，"她轻声说，"接下来怎样了？"

露丝清了清嗓子，继续讲下去。

就这样讲故事又重新开始了。每天晚上都有新的女生加入。白天，天气越来越冷。有几天早上当我们醒来时，在荧光灯下能看见自己呼出的热气。通常在午饭时会稍微暖和一点，不过也暖和不了太多。让我感到宽慰的是只有十五个女生，却

解放汉斯

有三十几张床——这意味着我们的毯子可以多出一倍来。所有的人不论是醒还是睡都缩在毯子下面。

不过还是有越来越多的女生病倒了。目前为止，没有谁像汉娜一样，一开始就病得那么严重。与艾迪和我住同一间病房的女生，有的因为发热而烧得脸红，有的又冻得脸色惨白，我俩却无能为力。

这样做是害大于利？一天晚上我问艾迪，这时我俩身边坐着一个女生，她在呼哧呼哧地大声喘息。她们全都这样聚在一起……之前她们有个秩序，而现在……

原先她们有办法尽可能保证自己安安全全。我们打破了那种状态。我们以为自己做得对。过去在6班；那时候生病的女生人数比现在少，似乎没有任何影响。但是我们的行动已经发展到我们无法控制了。其他的那些女生不仅在熄灯之后聚在一起，她们白天也一小群一小群地簇拥着。

一天早晨，有人发出笑声，像一道闪电震撼了病房里所有人。房间里鸦雀无声。大家纷纷扭头看她。

那是丁香·赫尔姆斯，她用手指压着双唇，好像说了什么错话。当时，我以为她可能会道歉。相反地，她却将眼睛转向旁边。过了一会儿，其他的所有人又全都恢复如常。

不过她的笑声仍旧回荡着。

艾迪和我一有空就去查看那根线。每一次，当金色的晨晖从地面升起时，我俩都感到一阵激动。每一次，期望都落空，成了失望。一周过去了，没人过来收走那枚戒指，也没有给我们留下任何信息——没有任何迹象表明外面有我们的朋友，如果出了问题他们随时准备提供帮助。

或许玛丽安被抓了，或许她行动出了错，引起了某人的怀疑，现在她不得不潜伏起来。或许她已经认定这件事太危险，已经放弃了。

她可能会那样做。其实这并不是她的战斗。

你太容易相信人，伊娃·塔姆辛。终有一天你会受伤。

恐惧和绝望像秃鹫，在空中盘旋，等待我俩放弃。但我拒绝让自己再次沉沦。要是我动摇了，我怎么能指望病房里的其他人继续心存希望？

一天早上，那枚戒指仍旧一如既往地悬在窗外，我走出卫生间，发现布丽姬特正背对墙坐着。她眼睛发呆，嘴角不开心地耷拉着。

去和她说说话，伊娃。艾迪说。之前她不乐意将布丽姬特称作是我俩的朋友，但是现在她已经缓和了态度。

我走近布丽姬特，也坐在地上。我们坐的地方正是维奥拉在过去的那间病房里转圈圈时的必经之路。她不停地转圈，就像是我们生活流转过程中的白噪音，很有规律，某种程度上令人安慰。我们已经离不开它了。

从这里望去，我们能够看见房间的下半部分：错落如迷宫一样的金属的床腿，拖在地上的毯子，其他女生的腿和穿着拖鞋的脚。

我瞥了一眼布丽姬特，随后又看了看我俩的双手。我俩的手指上没了戒指，感觉光秃秃的。"出什么事了？"

她看了我俩一眼。"眼前明摆着一摊子事，此外还有别的事？"

我已经掌握了干笑的艺术。"对呀。"

她将目光转到别处，一边肩膀耸了耸。"我正好想起了维奥拉……如果她……她还在4班，或是——"

解放汉斯

如果她已经被弄走了，像汉娜和米莉一样。

维奥拉的遭遇不会发生在你的身上，我想说，却并没有说。

无论怎么说，维奥拉的遭遇都不应该发生在她的身上。

"你知道她的另一个名字是什么吗？"我问，"我是指维奥拉……她的另一个灵魂。"

布丽姬特目光向下，看着地面。"这重要吗？

"重要，"我说，"我向别人提起她——她们——的时候，我想用她们的名字。"

她似乎在尽力克制自己的情绪，"我怎么想重要吗？"

"重要。"我坚持道。有个女生睡在离我俩最近的那张床上，她扫了我们一眼，随后便看向别处。好长一阵，布丽姬特和我都一句话也不说。

"维奥拉·费尔洛和卡伦·费尔洛。"终于她与我俩四目相对，目光显得有些毫无顾忌，显得不同寻常。

"你不是布丽姬特。"我低声说。

她紧张了，又把脸转向旁边。

她开口，声音小得我几乎听不见，"格蕾丝。如果你愿意，请叫我格蕾丝。"

解放汉斯

16

现在雪落得更厚了。每一天，新下的雪盖住旧雪，世界焕然一新。从来没出现过任何脚印。艾迪和我尽量彼此劝慰说，即使有人来替换那枚戒指，也有可能看不到脚印。雪吞噬了一切。

我俩将那根线拉进来的时候总是不费吹灰之力，那个戒指闪着亮光。线总是被融化的雪打湿了。当戒指掉入我俩的手中时，总是冷冰冰的，透着苦涩。

然后，一天早上，戒指不一样了。

有那么一会儿，我以为眼睛在捉弄我俩，心里想的幻化成了现实。但是不对，宝石上的那条裂缝消失了。我按了按那块宝石，它顺顺当当地向下落入戒指中间。

我俩舒了一口气，竟然不觉得冷。我解开那根线，把窗户拉上，身体重重地坐在窗台边上。哦，谢天谢地。我说，听到艾迪相同的情绪回应我感到更加欣慰。

我们没有被抛弃。

我把戒指套在手指上，直到这时我才意识到指环的里面不像从前那样完全光滑。相反，有什么东西划到我的皮肤。

我把戒指褪下来，举起来对着光，斜拿着，这样我俩就能看到指环的里面。那里面，金属上镌刻着图案，大致是一只很小的鸟的样子，双翅展开，昂着头。

有一句话，后面跟着两个首写字母：

我们来了。R.M.
赖安·穆兰。

"你把戒指藏到哪儿了？"几天后布丽姬特问我。不由自主地，艾迪的一只手紧紧地按住膝盖。

"你的意思是？"

布丽姬特耸耸肩。"你有一阵没戴戒指。仅此而已。"

现在轮到艾迪耸肩了。她准备转身离开，但是布丽姬特拦住了我俩，她突然冒出一句："这说明你真的以为我们将要再次离开这里？"她的双唇咬在一起。当她再次张口时，语气变得更加冷静，但是带着一种令人不悦的生硬。"在你不戴戒指的时候……好吧，你留着它是因为它让你想起外面，对吧？如果你真的放弃了永远离开这里的希望，也许你不会戴它，因为它会让一切变得更糟，总在提醒你。但是前几天，你又开始戴了。"

艾迪低头看着那枚戒指。我不知道说什么。她承认。

于是我说，嘿，让我来。她便照做了，溜到一边，好让我来控制。

我来不及细想，取下戒指扔到布丽姬特的手里。她吃了一惊。她用眼睛看着我俩，这时我心想她是否明白我俩已经换了，她是否分得清艾迪和我。我和她已经认识了好几周，但是现在我还是不能肯定地说出坐在我面前的这个女生是布丽姬特还是格蕾丝。

"它让我想起，"我轻声说，"赖安。"

提到他的名字我喉咙发紧。从前我不愿谈论他，不愿在这里谈论，仿佛在这些掉了皮的墙面和脏兮兮的地板中间说他的名字时对他是一种玷污。

不过我已经明白事实恰恰相反。将快乐的回忆带进可怕的地方不会让回忆黯然失色。回忆为周遭环境增添亮色。

布丽姬特垂着头，手指攥着那枚戒指，小心翼翼的。"真幸运，"她说，"你总是走运。我——"

然后她僵住了，抬头看着我俩。

"它刻着字，"她的眼睛睁大了，"它刻着字，以前没有。"

病房的门砰地打开了。

我几乎跳起来。布丽姬特把戒指塞到她的枕头下面。

走进来的那个女人不是管理员，但是我们认识她，紫衬衣女士。她第一次出现是艾迪和我在另一间病房打开那扇窗户的时候，那时候我们谎称自己摔倒了。她问过我们的名字。

这会儿她盯着我俩，大家也都盯着她看。

那女人的目光落在我俩身上，我不禁身体抖了一下。不过抖过之后，我俩又开始正常呼吸。一个管理员走过来和那个女人站在一起。

出什么事了？艾迪说。

我根本没逮着机会应声。那个紫衬衣女士说："是她。"还指了一下。

指的是布丽姬特。

布丽姬特的声音从双唇迸出来，极其微弱，满是疑惑。"什么事？"

管理员抓她的时候她躲开了。那家伙抓住了她的双肩，这时候我正好拉住她的双手。别的女生在原地愣住了，或坐或站，双目圆睁，嘴巴紧闭。

"不行!"我大喝一声，那个家伙正要把布丽姬特从我们的手里拉走。

布丽姬特的哭声在病房里回荡，让我俩耳朵发痛，肺部喘不上气。她用手挠他。她想给他胸口砸上一拳，但手腕被他抓住了。她的上衣皱成一团，缠在胳膊上。她一直不停地尖叫，叫啊，叫啊。

而且她的尖叫声有了中心内容。她在疯狂中喊出一个词。

喊出一个名字。

"艾迪!"

我身体打晃。布丽姬特突然僵住了。那个家伙趁机拦腰把她牢牢地抓住了。把她拽到门口。

这一切发生得太快。

刚刚她还在那儿。突然就不见了。

门关上了。

一片安静。

然后，从后面，传来鞋子的踢踏声，脚步走近的声音。一只手老虎钳似的，抓住了我俩的胳膊。

紫衬衣女士飘入我俩的视线。我俩大脑发晕，但她的脸却出奇地清晰透亮。我俩看得一清二楚。她额头上的细纹，她的短发发夹没有别住的那几绺黑发，她的眼睛正下方糊状的粉底霜。她的嘴巴抿成一条线，显得严厉，而且不开心。

"好吧，"她说，"你最好也一道过来。"

17

不像布丽姬特，艾迪和我没做挣扎。我俩到的时候有两个管理员等在门口，看样子哪个也不会被一个十五岁的女孩打败。

所以我俩进去的时候一声不吭。但我俩心里可没闲着。

别忘了咱的行动计划。我说。我努力克制心中的恐慌——不只是我自己恐慌，艾迪的心顶着我一个劲地直跳，急惶惶的，像是一只挣扎着想要飞的瘸腿小鸟。

我记着呢。艾迪的声音不大自然，但是很清晰。

如果我们知道他们要带我们去哪里，我们就有较大的机会逃走。至少我对自己说我们是有机会的。

电梯来了。如我所料，他们没领我们下去，而是上到了四楼。

这时我们的呼吸变得更加急促。我们没办法，只能这样。我努力想把注意力集中到四周的环境上去——努力想记住我们正在去往哪里，而将别的一切都放置一边。满脑子想的是艾迪，艾迪，艾迪。我不知道自己这样做是想要干什么。我只不过是需要说出这个名字而已，需要宽慰自己她也在这里，与我同在，宽慰自己说我们会平安无事。

管理员把我俩推进一个房间里，一间牢房。四面白墙，大概有八十平方英尺。角落里有个卫生间。一张床紧靠着远处的那面墙摆着。

然后就只剩下我们两个。

找一找监控。一步一步地来有助于让我保持冷静。我不得不高筑堤坝，拦住自己的惊慌情绪，免得自己手足无措，乱了方寸。

起初，没有发现任何可疑之处。然后我注意到门正对的远处那个角落里安着一个很小很小的东西，这也许是个监控。

我们坐了下来，背对着墙。

接下来怎么办？

那枚戒指，艾迪说，有可能被人发现。

如果有人发现了，那肯定是这些女生中的哪一个。我勉强自己装出一副不靠谱的乐观样。而且她们会想要留着自己用。她们不会上交的。即便——即便她们上交了，她们也不会有别的什么想法，以为这不过是一个普普通通的戒指。她们不会知道这是我们的——

这是一个政府办的研究所。艾迪说，他们有可能对那种技术了解得一清二楚。如果他们看到刻上的那些字……

我的脑子嗡嗡作响，思绪理不清、剪还乱。我在想戒指的事；我在想布丽姬特，不知她接下来会怎样；我俩会是什么情况。我必须不停地阻断这些想法。我把注意力集中在呼吸上，尽力保持镇静。

别担心。我告诉艾迪，事情会好起来。我们会好起来。我们已经熬过了最艰难的阶段。我想笑，但是笑不出来。在诺南

解放汉斯

德我们从房顶摔下来；在安绰特朋友背叛了我们，把我们绑了起来；在波瓦特，我们被人从废墟中挖了出来。这一次我们也会挺过去的。

我们必须挺过去，难道不是吗？我们经历了所有的一切，怎么能就这样被抓住？就这样了结？我们已经学到了这么多，走了这么远。如果那样，就太不公平。这个世界也不会答应。

但是这个世界已经容忍了维奥拉和卡伦失去她们的理智。已经害死了温迪的姐姐和彼得。已经从杰米·科塔的身体里切除掉一个灵魂，使它从地球上彻底消失了。

蠢人才期盼公平之类的事。

我们等了好几个小时，然后门才再次打开。我们从床上跳了起来。我们向后退，以便有地方回旋——可以跑开，或是反击。

“你可以坐回去。”紫衬衣女士说，她把身后的那扇门关上了。

我没坐。那个女人却稳稳当当地坐在了床上，好像那是她的床一样。艾迪和我冻得身体发抖。这个房间一点也不比那个病房暖和。

“给。”那个女人脱下了她的外衣，颜色正相配，也是紫色。我没接。过了一会儿，她把手收了回去。“你叫什么名字？”她问。

“达西·格雷。”

“布丽姬特叫你的时候不是这个名字。”

“她在哪里？”我说，“你把她怎么样了？”

“你在发抖，”那个女人说，“你真的不想要我的上衣？”

“布丽姬特在哪里？”我大声重复了一遍。

"你十分关心她。"

我干笑了一声，"我和她在同一个房间里住了有——有——几个星期。"

那个女人小心地把外衣重新穿在身上，而且把两个袖口上的纽扣仔细查看了一番。"现在有一个多月了。不过在那之前你就已经认识她了，对不对？我查阅了布丽姬特的档案，来这里之前，她在诺南德待过。同样还有一个名叫艾迪·塔姆辛的女孩。"

我待在那儿，一言不发。

她抬头看我。"艾迪·塔姆辛，参与了波瓦特研究所的爆炸。他们说马克·詹森一度对她特别感兴趣，不过既然他找回了杰米·科塔，现在就不再那么上心了。"

杰米。我尽量不让脸上现出痛苦的表情。从那个女人看我俩的样子判断，我压根没做到。

"詹森手里有那个男孩，还有他的全部治疗计划。"这时那个女人慢悠悠地说，半是在自言自语，"但是我手里有你。"

"我不是艾迪。"我轻声说。这千真万确，但这个女人却不明白。

她只是微笑。艾迪和我曾经在哪儿听说过看一个人的眼睛就能知道她是在真笑还是假笑。她的嘴巴咧开了，眼角起皱了，不过依然是我所见过的最假的微笑。

"谁派你来这儿的？"她说，"他们是怎么拿到那个录像的？"

"录像？"我俩的声音没有表现出那句话在我们五脏六腑所引起的震荡。这些话撕碎了我俩的肺，压扁了我俩的胃，我俩的心在步履蹒跚地跑马拉松，胸膛里一阵紧一阵松，于是热血沸腾。

“就是强行插播那件事。”那个女人说。见我只是盯着她，无言以对，她脸上的笑容慢慢退去。“你真的不知道?”

他们没花多大工夫就推进来一台小电视。那个女人啪地放进去第一盘录像带，按下播放键。

美国总统的身影出现了。在他身旁，是詹森。一开始，音量太小，听不清他在说什么。那个女人俯身调大音量。这一下我们听明白了。

他谈到双生人造成的危险，以及正在应对的东海岸起义。

谈到治疗方法。他提到杰米——

图像被切断了，变成雪花，静了一秒钟。

然后，在屏幕上，出现了温迪·霍华德，为了死去的姐姐与玛丽安结盟的那个小温迪·霍华德。

玛丽安根本没打算遮住她的脸。她在谈论安娜的时候眉毛拧着，嘴唇发颤，她的每一个动作我们都看得清清楚楚。她谈到同胞手足硬生生地被拽走，此后便杳无音信，那是一种什么样的感受。

她说到中间哭了，摄像机角度合适，正好对着她的脸。这时候我们移开了目光，因为太撕心裂肺，让人不忍。

在那几秒钟里，温迪的录影消失了。但是我们没有回到总统和詹森的画面。相反，我们回到了那一晚安绰特黑暗的街道，当时杰克逊·蒙哥马利被捕了，凯蒂双手颤抖着抓拍下这段影像。

之前我们从没看过这段影像。我们从没洗过这段胶片——而是把它和我们背包中的其他东西一道落在那间旅店客房里了。肯定是有人把它交给了玛丽安，要不就是被她偷偷拿了。

那是私人物品。艾迪小声说，我们从来没说过同意让她用。

屏幕只向我们展示出过去经历的一个小小片断。我的记忆补全了其余部分。警察的电筒射出的弧光，警官将杰克逊打倒在地的情形。

我觉得既难受又害怕。

艾迪怒不可遏，我把她扯住，尽力想把她稳住，但是我也在打晃。

詹森进了一辆警车，消失了。

屏幕又跳回到静止状态。

紫衬衣女士按了暂停，然后退出。"这是两周前播出的。"

她放入了另一盘录像带。这一次，先是詹森一个人在讲话，之后信号被切断，取而代之的是一段模模糊糊却异常眼熟的录像。

我们定睛细看。终于明白为什么这段图像看着眼熟。

是我们录的。

"这儿，"那个女人说，她的眼睛凶巴巴的，"是昨天放的。"

我们只能瞪着双眼看下去。这下又回到了6班，一小段一小段地播着。掉了皮的墙壁、金属床、汉娜的咳嗽声、维奥拉目光茫然，在四处徘徊。

然后是一片黑暗，女生们低声讲故事的声音。

玛丽安知道我俩还在汉斯，但她还是将录影公之于众了。

我们没法想象这会带来怎样的后果。此时想不了，想不了，因为有这个女人把我俩看得这么紧。我们必须保持镇静，假装无辜。

什么也不说。

我们别无选择。除非等到我们有了时间，摸清了情况。

"起初我以为可能是布丽姬特，因为她与诺南德有关联，"那个女人说，"但是现在我知道其实是你，这样更能说得通。"

我们含含糊糊地咕哝着，"我不明白你在说什么。"

说完这一句，我们就再没吭过声。

那个女人又待了二三十分钟，变得越来越沮丧。她的声音尖厉，眼睛冒火。她一会儿低语，一会儿大喊，一会儿威胁，一会儿劝诱，态度摇摆不定。

我们静静地待着。

终于，她离开了。

下次他们开门的时候我们就开战。我说，我们就跑。拼命地跑。

他们想让我们吃东西。我们把托盘冲着那个端饭的人丢过去，想要从他身边溜掉。他把我们又扔了进来。

几个小时之后我们又想要这么干，这时他们又派来一个管理员，带了一个针头。

现在我们真的开战了。这一次我们尖叫，吐唾沫，连踢带打的。

我们突然感到一阵骄傲，他们竟然用了三个人才将我们按住。

然后针头刺了进来，在他们注射药品时，疼痛在全身蔓延开来，世界漆黑一片。

18

时光流转，物是人非。

我醒来时赖安站在我的床边，如此真切地站在那儿。但是当我伸出手时，我们的手指却抓空了。

赖安，我说，赖安，我——

嘘。他把一根手指放在嘴唇上。周围开始闪起红光，就像我们曾经用过的芯片一样。闪光表明他们就在附近。表明——

他消散了。倒下，化成了灰烬，呈现出一个人形，在地板上铺展开来，烧着了地面。我尖叫。火焰劈里啪啦。烟灰从天花板上落下，掉进我们的眼睛。我把眼睛揉啊揉，揉啊揉，但就是揉不出来。

有人一把抓住我俩的双手。手被人拉着，离我俩的脸越来越远。有人叫嚷着在说什么，我也冲着那个人尖叫——我一直不停地尖叫着——

罗盘星，我们的父亲说
指向天空，广阔
蔚蓝的天空

他用胳膊护住我们
为我们挡风遮雨

我们的衣服里有鬼魂，我告诉他们。
一根针头闪闪发亮。
不，我呻吟着。我用力推。我大声喊：不，不，请——
疼痛。疼痛以及压力。我们的心。热。
之前是那么冷，而现在却如此热——

罗盘星，以一个水手的指南针命名
南面天空那三颗亮光微弱的星星
告诉我那个故事，我说
四岁，昏昏欲睡
沉入梦乡

艾迪？
艾迪。艾迪。艾迪。艾迪。艾迪——
太过分，他们说。
愚蠢，他们低声说。
你为什么走来走去？我问维奥拉。维奥拉在我的床边，她
把一根手指放在我的脸颊上。你看见什么了？
你得把日子数清楚，她说。
一。
二。
三。
然后她烧着了，我和她一起燃烧。

没有什么罗盘星的故事。

莱尔隔着墙壁嗒嗒地发送摩尔斯电码。

我嗒嗒地回复信息。世界满是黑烟，黑暗中潜藏着些什么东西，那呼吸声拖泥带水、有气无力，我什么也看不见，不过我的小弟正在隔着我们卧室的墙给我嗒嗒地发送信息，而且他要等我嗒嗒地回复之后才去睡觉。他得去睡觉。

睡觉。

睡——

睡——

睡——

睡——

114

19

我不是鬼魂。

我醒了，仿佛透过水，透过烟，透过霾，透过雾，醒了。我心里的想法穿透了棉花，想要顶出来。事情看在眼里，转眼就忘了；心里想着，才过一会儿就说不出来。我什么都不说，什么都听不见。什么都听不见，却又能同时听见所有的一切——

我再次看见赖安。他没有看我俩。他正专注于他手里的某样东西，眉头紧蹙，他那样子是在专心想问题，要不就是在研究某样不按照他的想法运转的机器。

其实他并不在那儿，但我才不管呢，就要望着他。

我俩手背上的皮肤里埋着个东西。一根细细的、透明的管子弯弯曲曲地向上，向上，向上，最后连着一个小小的、透明的袋子，袋子里装着液体。我推测，液体正在进入我俩的身体。

有几天早上，我依然在发烧。我发出断断续续的声音，没人理会。后来来了一个人，一个声音低沉沙哑、说话轻言轻语的女人。

"你有不良反应。"她边说边用一根手指划拉了一下我的脸颊，那里的皮肤湿漉漉的。

"他们给你的药量太大，"她说，她让我想起过去在诺南德的那些护士，"他们老是不小心。"

她硬按着把我的眼皮合上了。

"他们一般不管病人的死活。"

解放汉斯

20

我拔掉了管子。

还差点叫出声。

把我弄疼了。伤口渗出一滴滴的血,顺着手腕往下淌。管子的另一头也在滴——透明的液体渗入被褥。

门砰地开了。一个男人飞跑进来,一把抓住我俩的手。我想挣扎,但是我俩四肢软绵绵的。

"不行,"我哭喊着,"我不要。"

他犹豫了,转而发了慈悲,在我俩的手上贴了一个胶布止血。他把滴管和其他静脉注射用具收在一起,然后他又走了。

我几乎没法坐起来。我俩的皮肤感觉生疼。眼睛疼。喉咙疼。

艾迪?我低声说。

我突然感到一阵恶心,只好闭上眼睛。当我再次睁眼时,房间变清亮了。光线不大刺眼。我俩的眼睛能看清东西了。我用嘴呼吸。

我的脑子还是云里雾里的。我伸手去找她,想抓住她,把她拽上来,和我一道,变清醒。

我什么也没找到。

过去艾迪潜隐时，不论是使用乐复康，还是用她自己的办法，通常会有一个洞，现在洞没了。没有张开的裂口，没有完全的虚无。

仅有一层雾。而那层雾也在慢慢地消失。我的脑袋，我的思绪逐渐变得清晰了。

而艾迪就是不露面。

我硬生生地压住心里的惊慌。我俩的双手握成拳头，放在毯子上。我在心里，再次伸出手，却无处去找。没有空间。没有多余的地方。没有连接。

只有我。

门开了。紫衬衣女士又来了，不过今天她穿了一件红衬衣，宽松的圆翻领。她朝我们走过来。只有我。

艾迪？我大喊。她的名字回荡在我孤零零的脑袋里。我心里的想法——各种情感——我头脑里的空间——感觉一切都这样关闭了。就好像我已经在一个房子里住了整整一辈子，现在一半的房间都消失了，过去的那些门变成了一堵堵的墙，留下我在其间跌跌撞撞。

"你如果不想静脉注射，"那个女人说，"就得配合些，还要吃饭。"

我不解地瞪着她。

"艾迪。"她凑近我俩。要是可以的话，我真想躲开。但是我已经缩在墙边了。"你神志清醒着吧？"

我希望自己神志不清，希望这只不过是另一个噩梦。

她把嘴唇噘了起来。"艾迪——"

"我不是艾迪。"我低声说。

这一下轮到那个女人笑了。"说这有些迟喽！主要是你已经在梦里喊呀叫的，说出了一切。"

我俩的嘴巴啪的一下闭住了。

"那个药本来就是起这个作用的，"那个女人说，"帮你说出实话，放松警戒，诸如此类的事。已经有过比这更好的检测效果。有些别的女生，她们把一切都告诉我们了。"

我只能拿眼睛瞪她。她在撒谎。她只能撒谎。

"不过，你对药物有种不良反应，"那个女人说，"双生人的大脑……全都有一点不同，我已经发现了，这取决于两个大脑之间的力量分配。得花些心思才能找到具有可预测性结果的东西。不过我料想一旦我成功了，困难就会迎刃而解。"

"乐复康，"我低声说，"你给我吃乐复康了？"

她扬起眉毛。"我为什么要那样做？"

我含含糊糊地说："为了拿我们做试验，给我们治病。"

她一脸的同情，笑了。"艾迪，你老是在想诺南德和波瓦特。这里是汉斯，我们可没工夫治病。"

我等着艾迪回来。我在心里一秒一秒地计时。秒变成了分，分变成了小时。他们拿来食物，一碗粥一样的东西。早饭？午饭？晚饭？

我曾经听说过一个人消失的时间最长不超过半天，有次艾米利亚这样对我说。在我神志失常的时候艾迪仍旧和我在一起吗？我无法确切地知道。如果那时她已经消失了，那么……

但我没法那样去想。

起初，我拒绝吃饭。我直想吐。但是他们又把静脉注射那一套拿了进来，以此威胁我。于是我尽力往下咽，吃在嘴里味同嚼蜡，咽下肚则一股机油味。

我不敢告诉他们艾迪不见了。没人提这事。是故意不提？是他们想要把艾迪赶走，他们认为隐性人更容易控制，更容易摆布？或者这只不过是他们的试验性药物产生的不可预见的副作用？是由于我们双生人大脑的不稳定反应？

这里就是那些被选中的女生所去的地方？被当作实验室里的小白鼠？这可能不合法，但是身处这样一个无名之地，而且孩子们与世隔绝，这还能意味着什么呢？

他们把托盘清走了。留下我一个人孤独寂寞，静听时钟嘀嗒。

我退入自我之中。在我自己的大脑里拼命地又挠又抓，在我的思绪中留下长长的指甲的划痕。

艾迪？

半天，艾米利亚说过。但是那也只是她听人家说的，对吧？那里有好大的一个世界，她之前从来没见过。人类已经到达了太空。亨利的卫星电话可以在几秒之内跨越广阔的海洋传输信息。

也许艾米利亚弄错了。

最让我恐惧的是我怎么也感觉不到艾迪本应该所在的那块空间。我的某些部位已经封住了，消失了。

一个管理员又端进来一些食物。

"他们刚给我吃过。"我告诉他。

"那是几个小时之前。"他说。

我在卫生间里吐了，胃酸往上一直烧到我的喉咙。他紧紧抓住我的肩头，问我出了什么问题。我没想到他会关心我。不过我的事紫衬衣女士还没有了结，所以我猜他们需要我活着。

样样都有问题。他怎么就看不出来？

艾迪不见了，而这意味着——

我想说话，可我却没法将足够的空气吸入肺中。我俩胸口发热。

那个男的大叫着说了些什么。食物托盘甩出去翻了，粥溅得满地都是。

又有几个人过来了。声音好大。

声音好大。吵吵嚷嚷的，而且——

我的脑子里仍旧静悄悄的。

我无法呼吸，我想要告诉他们。

我无法呼吸。

我一个人无法呼吸。

21

艾迪和我四岁的时候，我俩在长满青草的山上一起看星星，试着一个一个地数它们。

艾迪和我七岁的时候，一个男孩哄骗我俩爬进一个箱子，然后将我俩锁在里面。我俩在闷热的黑暗中蜷缩了几个小时，艾迪一遍一遍地说：他们很快就会找到我俩，他们很快就会放我俩出去。到后来我开始信了。

艾迪和我十岁的时候，走到走廊中间时我没能控制好双腿，眼看着就要摔倒在地，她冲过来救急。我自己吓坏了，沮丧得哭了，她化解了我的窘迫。

艾迪和我十二岁的时候，我俩站在卧室的窗边，艾迪低声说了句：抱歉。这时我感到我自己耗尽了体内的最后一点气力。

艾迪和我十五岁的时候，她凡事都要冒个险——凡事——因而我得着一次机会自由自在。

我认定这不会永远持续下去。

不可能这样。

现在艾迪消失了，但是她会回来。

过去了多少时日不重要，哪怕是成年累月。

紫衬衣女士每天都过来，问些同样的问题：是谁派我俩来这儿；有多少人参与；那些人现在在哪儿；我如何联系他们。

我什么也不说。有时候，我笑她。我告诉她我盼着见到她，这是实情。有她在那儿，我有关注的事情，有东西可听，哪怕只是些我不情愿回答的问题。

她不在的时候，静寂扑面袭来，我仿佛沉在十万八千里的海底深处。

我开始对着艾迪说话，尽管她并不在。

你觉得她会死心吗？我问。

没准哪一天这会成为一个超级棒的故事。我说。

你很幸运，不在这儿经历这些。我低声说。

我俩的手背上有块瘀青，斑斑点点的，那是静脉注射的地方。有时候我使劲地按它，只为感受那种疼痛。这提醒我我还在。

门开了，紫衬衣女士走进来。我还不知道她的名字，我觉得这无关紧要。我已经彻底弄明白了，她是汉斯的头儿，就像科尼温特先生统管着诺南德大楼的双生人那一块一样。

"你的衬衣和我的瘀青正好相配。"我告诉她。也的确如此。

那个女人不搭理我的评语。她搬了把椅子，放在我的床对面，然后坐下来，跷起二郎腿。我有一种感觉，过去这些天她只不过是在设法忍着不发脾气，因为她认为我还没有恢复正常。可能我的确是这样。

"我喜欢你的鞋。"我扭动一只脚，慢慢伸向她。她拿我当疯子看的时间越长，我能够拖延的时间也就越长。"他们连我的拖鞋也拿走了。你还有我原先的鞋子吗？牛津底漆皮鞋。我喜欢我的鞋。"

"今天又播了一个。"听声音，她累了。这我能从她的眼睛、她斜倚的后背看出来。她已经过了沮丧、甚至发怒的阶段。现在她只是感到疲惫。

"哦？"我说。说出这个字时显得有些漫不经心。我心里可没有丝毫的漫不经心。

那个女人一定也认为我显得漫不经心，因为她的倦意没了，涌出一股怒气。

"我可以告诉你，"她说，"尽管詹森这会儿正忙着打他自己的小算盘，我敢肯定他会腾出时间处理那个女生，是她提供了那段录像，惹出那么多的麻烦。"

录像惹出麻烦了？我感到一阵自豪，尽量克制着不表现出来。

她为什么不告发我俩？我问艾迪，等着，仿佛她会回答我似的，仿佛和我俩过去一样，你来我往地彼此回应。我俩在一起时想问题的速度快出一倍。

但是艾迪不在，我不得不自己一个人想问题。

大概她想得到奖赏。我说，弄清楚播放内容的来源……那要费很大的工夫。如果她把我俩交给詹森，她会因为找到我俩而得到奖赏，但仅此而已——而且就算是那样，她还有可能因为没有在一开始就注意到我俩而陷入麻烦。

我抬起头，仔细打量这个女人。她的脸上有绝望的痕迹，她的面具裂开了缝，正在淌血。回想七月，那时是她在负责吗？很有可能。所以夏天的那次惨败——孩子们有的逃，有的死——发生在她的眼皮底下。她不想在自己人生履历上再次犯错，尤其是她还在扔给她管的那些孩子身上进行药物试验。当然，这是政府所不允许的。

不过我料想这件事最终无关紧要，要是她真的有了突破的话。多了一种对付双生人的武器，政府只会开心得不得了。

"我不想把詹森卷进来，"紫衬衣女士轻声说，"而且我认为你也不想这样。"她微笑了一下，这一笑令人放心，还很谦和。"我可以让人来找你的，比如说，你母亲？我能找到她。要找到她的号码并不困难。我可以用飞机接她过来，如果你想见她的话。"

我张大了嘴，但喉咙发紧，说不出话来。

突然我产生了一个让人毛骨悚然的念头。

如果她能用我的家人来贿赂我，那么她也能用他们来要挟我。科尼温特先生不是也干过同样的事吗？没人会考虑莱尔是否会有并发症，他是否会最终重返病房。

如果他没能挺过去的话。

她知道她在做什么。这我从她的脸上、从她眼中流露出的得意神情看出来了。

"告诉我谁在幕后，明天我就能让你的家人过来。"她说。

告诉我谁在幕后，要不明天你的家人就可能出事，那可就全是你的错。

"詹森会一直派人监视我的家人。如果出了事他会知道。"

"关于詹森你知道些什么？"那个女人说。

我没有告诉她波瓦特爆炸的事。我们坐在瓦砾当中，他，艾迪和我。我们因为彼此的原因都还活着。我俩不能走路，他就背着我俩走向门口。也许即使没有詹森帮忙，艾迪和我也能

解放汉斯

逃出波瓦特。也许即使没有我俩的警告他也会在爆炸中幸免。不过我们永远也无法知道。

"艾迪——"那个女人说。

"我不是艾迪。"我说话时样子很凶，于是她不说话了。

后来，她终于明白了。

"伊娃。"她说，我打了个颤。她降低声音又叫了一声我的名字，"伊娃，告诉我吧。你别无选择。谁派你来这儿的？"

这时我的家人正处在生死关头，我拼死也不能说。但是我心里根本没底。上一次，我把事情搞砸了，不仅毁了我自己的生活，还连带着许多我所关心的无辜的人一起遭殃。

错误不能再重犯。

如果我不说，我的父母和莱尔有危险。如果我说了，其他所有人都有危险——赖安，哈莉，凯蒂，还有莱安纳医生。更不用说玛丽安和温迪了。很有可能甚至还包括杰克逊、艾米利亚和亨利，因为对他们的营救有可能取决于我们部署安排的结果如何。

当然，无论怎样他们所有人都处在危险之中。

终于，那个女人离开了，但是她并没有放弃。如果说有什么变化，那就是她喜笑颜开。为什么不笑？今天我没有告诉她，这并不要紧，明天她会再来，她知道我不可能坚持到永远。

我用毯子把我俩裹得更紧了。我还没有完全从过去那些天的失常状态中恢复过来，我很容易累，无法一直保持清晰的思维。我们要——我要不得已开始编谎话了，这样会短时间地对他们造成干扰，为我们争取一点时间。

我闭上眼睛。

当然，争取到时间是件好事，如果我能借此做点什么的话，否则便毫无意义。

艾迪。我快要入睡时嘴里低声说，若是你真能听见我说话……我需要你。你一定要回来。

过了一会儿，很可能过了好一会儿，随着门嘎吱嘎吱地打开，我醒了。光线已经变暗，肯定已经很晚了。

"终于好了，"有人长舒了一口气，"你不会以为这把锁比那扇窗更好撬吧。"

一个女孩的声音。

布丽姬特。

解放汉斯

22

　　我急忙下床，被床单缠住了。布丽姬特跑过来扶我站起来。她对着我的耳朵轻声地嘘了一下，"抓紧。我们的时间不多。"

　　我什么也没问。我抓着她的手，任由她连推带搡地出了房间。在最后一刻，她冲回去抓起我的毯子一起带上了。

　　我们沿着昏暗的大厅奔跑。我听见远处的叫喊声，不是因为恐惧或痛苦而发出的哀号，而是在叫喊——就像集会的人群或是游乐场里的儿童。在这声音之外，我还听到大人们努力想要维持秩序的嚷嚷声。

　　"出什么事了？"我说的话其实只是空气，听不见声音，但不知怎的，布丽姬特听懂了。

　　"怎么样？"她追问道，"我们带你闯出去。"

　　"他们来了？"话快要说完时我把声音提高了，声音都有点变了。玛丽安？赖安？

　　布丽姬特回头冲我皱了皱眉。"没人来，艾迪。"她说出的名字刺得我心痛，"我们干的，我们，这些女生，一帮病人。"

　　我眼睛盯着她。她猛地拉住我俩的手。我俩的肺火烧火燎的。

"12班?"我低声说。

她对我苦笑了一下。"12班不再是12班了。他们把我弄走之后,又把我放回原来的那间病房。第二天他们又把所有的人都轮换了一遍。不想让我到处讲故事,我猜。不过我已经讲过了。我给病房里的每一个女生都讲过你所有的事情,告诉他们你有多笨,你是怎样彻头彻尾的理想主义,又是如何的天真幼稚。"

我们快到电梯间了,布丽姬特迟疑了一下。"到他们轮换我们的时候,那个班里的每一个女生都把你看作是一个了不起的英雄。对此我有把握,我有把握她们懂得怎么去对新班里的同学说同样的事。这不,今天我们来救你了。"出口的指示牌亮着绿光。布丽姬特把耳朵贴在门上,然后猛地把门打开,一把把我推向楼梯。"快走。"

我们飞奔着下楼,布丽姬特趁空给我俩解释。她们预先想好了一个计划:接下来再次轮换的过程中,最早被允许走出病房的那几个班将会散开,大家会尽量制造混乱。被锁在里面的那些班也会加入这场骚乱。她们使劲地推着床,像攻城一样去撞门。当管理员们斗着胆子把门打开一条缝,不知所措的时候,她们一拥而上,团团围住。我估计她们的课程——如果有过课程的话——肯定不曾包括这一类的内容。

"可别低估这一帮乳臭未干的小女生。"布丽姬特对我打趣道。

趁着乱,布丽姬特顺利地溜了出来。她估摸着他们会把我关在和她同一层。

"我没想到再次轮换会这么快——才刚过一周。不过我猜他们是想要把大家弄晕。结果却让你得了便宜。"她勉强地微微笑了一下，用轻柔的声音说，"你总是有点小运气。"

"这……似乎太简单了。"我说。

布丽姬特耸耸肩。"谁也没想到。今晚那些女生中谁也没打算逃出这里。这一点她们清楚，管理员也清楚。所以她们不明白她们干嘛要扎堆弄这些个事。"

我们到了一楼，这时她显得犹豫不决，我意识到她是想不起出去的路了。她怎么可能记得住？自从她第一次走进正门已经过了好几个月的时间。

不过我已经记住了汉斯的布局，现在布丽姬特跟在我身后，我们一起悄悄地穿过走廊，嗞嗞的电机声和嗡嗡的空调声盖住了我们落脚时发出的声响。

进这个研究所只有两条路：正门，以及电梯间附近的后门。我带着布丽姬特经过后门，但是门有可能锁了。它正对着一个监控器，所以我不敢查看。对此我们只有一个机会。最好先探明前门的情况，然后再做决定。

我们在一楼都能听见叫嚷声透过天花板隐隐约约地传了过来。

大厅的光线比走廊稍稍亮一点。只有一个保安在站岗，他正在盯着监控板。在上面，我们看到了楼上的混乱局面。成群的女生，有些女生抓起枕头打那些管理员，俨然是一场恐怖的枕头大战。

保安室离门只有几码的距离，如果有人往门口跑很容易就能发觉。我使劲把布丽姬特拖回到走廊，等到别人听不见我们说话时，我才低声说："这里接下来会怎么样，如果我们走了？"

"哦，别自视甚高，"布丽姬特说，"过去我们挺过来了。

今后我们还是能挺过去。"

不是所有的人都能挺过去，我想，然后我意识到，"我们？你刚才说我们。"

布丽姬特用她所独有的眼神看了我一下，那眼神分明在说，你疯了吗？"怎么了？"

我一把抓住她的手。"你刚才说，过去我们挺过来了，今后我们还是能挺过去。我们。"

她的双肩沉了一下，不过她的目光却没有挪开。

"不，"我说，"你要和我一起走。"

我不会再丢下她不管。

布丽姬特猛地把她的手从我俩的手中抽了出去。"得有人留下，守护那些留在这里的女生。她们大多数都相当地笨，她们竟然同意了这个计划，不是吗？"她咧嘴笑了，嘴巴歪了歪，随后轻微地动了几下，"此外，得有人分散那个保安的注意力。"

我说不出话来。

"你最好别待着不动。"布丽姬特上下打量我，把毯子硬是塞给了我——还有她的拖鞋，刚才她费了好大的劲才把拖鞋从脚上脱了下来。我想都没想就拿在了手里。"要是所有这些麻烦结束之后我听说你在雪地里冻僵了，我会发疯而死的。"

"布丽姬特——

"哦，对了。"她说。她举起左手，我压根没有注意过——她的手指上套着的正是我俩的戒指。她把戒指褪了下来，塞进我俩的手掌里。"你可不能忘了这个。我们走了之后有一个别的女生捡到了，我帮你拿回来了。"

我把这枚戒指攥在手里，弯腰去穿那双单薄的拖鞋。

"继续你所做的事情，"布丽姬特边说边转身离去，"令事情有所改变。"

我飞快地想出要说的话，不过我却壮着胆子在她的身后大声喊了出来。

"我会的，"我说，"我会改变整个世界。"

她转过身，点了点头，只点了一下。

她跑了出去，冲向那个保安。

尖叫。大喊。

分散他的注意力，我趁机溜出那道门，走进雪地。

我冲进了一个白色的世界，我的第一个念头是，哦，天呐，我犯了一个大错。

布丽姬特说得对，成堆的积雪。

另外还有暴风雪。

我根本没办法在这儿活下去。即使有毯子也不行。雪钻进我们的拖鞋，冰得皮肤疼，鞋子湿透了。

我不停地跑。肾上腺素亦友亦敌，既是天使，又是魔鬼。我被它连推带搡地，逃出了研究所的地界。跑进了一片树林，了无生机的光秃秃的树林。

我跑啊跑，雪下啊下。雪下啊下，我跑啊跑。

我跑啊，跑啊，跑啊。

直到我累垮了。

我喘不上气来。冷空气刺透了我的肺，把我的两片肺叶撕成了碎片。肺叶无法张开。

我挣扎着站了起来，气喘吁吁。

继续走。我说，假装是艾迪说的。继续走，伊娃。

我照办了。

终于，雪停了，风静了。在干巴巴的树冠下面，地面分成一块一块的，界限分明。我尽量沿着雪浅的地方走，希望刚才下的雪已经盖住了我俩的脚印。

太冷了。我俩的手掌和脸颊火辣辣的。我俩的脚冻麻了。

我费力地前行。穿过那片林子，下山，这是我知道的唯一的前进方向。

黑沉沉的天空上有个半圆的月亮，是蛋黄色的。

我一直走到双腿发软。无从知道我离文明世界有多远，甚至不知道我是否走对了方向。

下面是城市，但是汉斯周围这一片人烟稀少。

我记起彼得曾给我们说过有关七月份发动的那次营救的故事。戴安娜和她想要救的那六个孩子在路边翻车了。只有四个小孩到了下面的那个小镇，他们花了多久呢，十个小时？十个小时，当时是夏天。

我倒在一棵树下。我闭上眼睛，然后开始想事情。我迫使自己又把眼睛睁开。我十分清楚体温过低时睡着没有什么好下场。

但是我必须要休息。至少，我得等到天亮。我已经走了好几个小时了，什么都不想，就一直走一直走，唯一需要我做的事情就是逃，逃离。不过现在我需要谋划路线。我得想好往哪个方向去，在哪儿能找到最近的城镇。

我需要睡觉。但是想要睡觉，我需要保持体温。我不能冒险地躺下，有可能再也起不来了。

我从树上搜集树枝，尽量找那些干燥的，然后清理出一小块地面，一直挖到出现干土为止。其中一半是凭借回忆，回想我们露营途中父亲的双手，另一半靠最近对于莱尔小时候的回想，艾迪和我想要做家庭作业时他总是不厌其烦地解释如何取火。

最开始看见火花从转轴的末端飞出来时，我那个高兴呀。给火添柴，直到它噼里啪啦、火光摇曳，直到我把脚从湿漉漉的拖鞋里拔出来，然后把鞋子摆好烤干。我那个高兴呀，脚趾慢慢恢复了知觉，眼见着脚趾和手指重新恢复了血色。我融化在火焰的亮光之中。

如果我们再见到莱尔，我对艾迪说，这时我睡着了，裹着毯子，我们会有好多好多的故事要告诉他。

23

清晨我找到了大路，主要是靠运气。笼罩着那片树林的不可思议的静寂,静到当有汽车驶过时，还离得老远，我就听到车的声音。

我需要待在路边。这是我在夜晚再次降临之前找到文明之地的最佳机会，但是靠近大路意味着被发现的风险增大了。

我继续艰难跋涉。很快，我的脸又完全麻木了，双腿冻得发痒。我们的拖鞋，本来是用来在光滑的研究所的地板上穿的，开始破了。我一瘸一拐地走着，尽力避开左脚鞋跟上那个越来越大的洞。我们的右脚脚踝，在波瓦特受伤的那个脚踝，骨头里面在作疼。

每次我听见有车过来，就躲进林子里，等车开过去。大多数车似乎是往山下去，但有几辆是往上走，去往研究所的方向。那个女人最终还是向詹森通报了？

这么长时间我第一次感觉饿了。与寒冷和体力衰竭相比，我最不发愁的就是饥饿。可是随着时间一个小时一个小时地过去，饥饿开始显现，饿得我胸口正下方生疼，腿发软，头发晕。

我一直走，直到听见这世上最美妙的声音。

车来车往的声音。

我认得这个镇子。我们第一次坐车到汉斯的时候路过了。艾迪和我怀疑这就是七月越狱行动之后那四个孩子现身的地方，当时他们浑身是血，满眼惊恐。

我身上没血，但我快冻僵了。而且我身无分文，连个电话也打不了。我不能走进一家店借他们的电话用。这里的人绝对记得这个夏天发生的那件事。他们可能认得汉斯的制服。

太阳又变低了，它沉到屋顶下面，将雪地染成绚丽的黄色。我在林边徘徊。

说一千道一万，我还是不肯抛下那片林子。

我觉得自己像是一个罪犯。我嘟哝着，然后笑了起来，我们确实是罪犯，艾迪。我忘了这事。

解放汉斯

笑声来得快，去得也快。等这一切全都结束的时候我更是一个罪犯了。我需要衣服和食物。这仅仅才是开始。

所幸的是，天气太冷，大多数人都不愿出门转悠。我等着，直到路上没有任何车经过，然后窜出树林，躲在一幢楼的后面。是一家餐馆，食物发出浓烈的味道，我对着吸气，好像这样真能使我们填饱肚子一样。

餐馆后门嘎吱一声开了。

我冲到垃圾箱后面。餐馆里传出一阵持续不断的嘈杂声：低吼声，酒杯叮当声。一台电视机闪着亮，正在播什么体育比赛。

我慢慢地围着那些垃圾箱打转，偷偷地观察。门口的那个女孩在她的服务生制服上穿了件大衣，她系好大衣扣，打了个冷战，出门，穿过停车场。

我任由毯子滑落到地上，赶在门关上之前把门抓住了。

如果我打算神不知鬼不觉地偷点东西吃，黑洞洞、闹哄哄的餐馆可能是下手的最佳地点。

那个地方很宽敞，我从后门进来时没有一个人注意到。餐馆前部是一个宽敞的酒吧，一群人聚在那儿看橄榄球比赛。就餐区比较空，有几张桌子和几个包厢。虽说太阳快落山了，对食客来说吃晚饭还有点早。

靠后的一张桌子客人已经走了，但还没有清理。一个三明治剩了不止四分之一，半固体的奶酪流了出来。我用红白相间的包装纸把它包起来夹在身侧，然后把留在桌上作小费的那些硬币卷走了。

一支球队进球得分了。酒吧四周围着的那群人爆发出欢呼声。见他们没心思注意我，我壮起胆子，往餐馆后部更远处溜了一点点。

有人把大衣挂在椅子上忘了拿。我向四周看了看，所有的人不是在专注地说话，就是在盯着橄榄球比赛，要么就在专心吃饭。我抓起大衣，迅速地撤到暗处。

这大衣真是大得过了头，不过这也比什么都没有强。我宁愿自己看起来像是一个借了男友的外衣穿在身上的女生，也不愿意看起来像是从精神病院逃出来的人。

桌上还有许多剩下的食物，但我不想冒险了，那件大衣的主人随时可能回来。我赶紧往后门跑，溜了出去，不停地走，直到把那家餐馆远远地落在身后。

我没花多长时间就找到了一个付费电话，虽说这个镇子小得不能再小。不过，电话是在一个大广场的附近，我犹豫了一下才慢慢走过去。

那个付费电话旁边有个男人在抱怨他的靴子里进了雪。两个女人在兴奋地聊她俩今天早些时候滑过的那条小道。一个小男孩在央求他妈妈买东西。各种圣诞装饰已经搭好了，临街的店面悬挂着万年青编成的圆环以及鲜亮的红色蝴蝶结。

住在研究所里，我已经忘了圣诞装饰之类的事情。

我把那件大衣紧紧地裹在身上，连忙跑进电话亭。我把偷来的硬币投进了投币孔。

亨利卫星电话号码的那些数字已经在我的心头过了无数遍，真的把它们输进去让我感觉像是在做梦。我们来了——赖安已经刻在了那枚新戒指上。但是他会以为我还在汉斯。我不能待在任何靠近研究所的地方——因为这时候警察会在几个小时之内搜遍这整个镇子。

我得联系他。但是电话发出提示错误的嘟嘟声，粉碎了我所有的希望。卫星电话连不上，要不就是赖安还没把它修好。

疑虑伸出冰冷的手指，在我的五脏六腑里慢慢地向上滑动。或许我把号码弄错了。它太长了，也许某天夜里在汉斯，我的头脑里调换了一个数字，这也并非不可能。

如果艾迪在这儿，我可以问她。可以来个双重核对。

但是她不在。

我准备挂电话。

听到鞋子踩在雪上的嘎吱声。

我旋风般转过身，手指紧紧扣在话机上。从我们身后溜近的那个人，无论他是谁，我都要面对。

24

他淡蓝的眼睛张大了。

我们四目相对。我握住电话,好像那是件武器。

我是在做梦吧?我仍旧在林子里,全身冻僵了,要不就是在汉斯的病房里,梦想着不可能发生的这一幕。

然后他咧开嘴笑了。像雪地里燃着了一根火柴,将我从里到外点亮了。我扔下电话,张开双臂抱住了他。

因为我不是在做梦。那人是杰克逊。

"伊娃。"他轻声说。他不是在问我,而是在确认。他往后退了几步,伸开胳膊抓着我,为的是好好打量我。"玛丽安在哪儿?她救你出来的?我——"

我摇头,满肚子自己要问的问题,快要炸了。"研究所其他的女生帮了我的忙。说来话长。但是我们不能在这儿久留。管汉斯的那个女人——她马上会来找我。"我瞥了一眼电话亭外面夜色中的人群,"我得离开镇子。"

"那么算你走运,"杰克逊说着笑了一下,"碰到了我。"

杰克逊给一个叫本的人打电话的时候,我就在电话亭附近转悠。他们的对话很简短："是，我找到了她——不，你需要马上过来——我们会去球场边。"

他挂上电话，转身回到我身边。他的头发现在更长了，几乎到肩头了，颜色比我记忆中的更深。而他的皮肤，却显得更苍白。他身上透出一股疲惫，哪怕他正在微笑。

"本是谁？"我问。

"同样说来话长。来吧，我们去个清静的地方。"

我跟着他来到镇子边上一个用链子上了锁的棒球场。废弃的卫生间门上的那把挂锁被砸烂了，杰克逊承认是他干的。

当我跟着杰克逊走进去的时候，他迟疑了一下。"这儿很脏，我知道。"

我向四处看了看。一条破烂的毯子铺在卫生隔间和洗手池中间的空地上，上面放了一个睡袋。"实际上，就公共厕所而言，这非常好了。"

"就是，厕所世界里真正的五星店。"他咧嘴笑了，"当然，没有暖气。不过墙和屋顶还行。"

看见杰克逊时最开始的那种压倒一切的轻松感已经逐渐消退，于是其他的情感开始渗露。于是我记起当我们最后一次见面时我们的生活状态。

早先在安绰特的那些日子里，杰克逊曾经是我们与外面世界为数不多的联系之一。但那全是从前的情形。现在我无法将杰克逊同艾迪对他的感情、塞宾娜的背叛，以及波瓦特剥离开。

"伊娃？"

我们的头刷地抬了起来。我已经忘了他那专注的凝视，他过去老是仔细打量我们的那副神情，或许是打量艾迪吧，我猜想。我努力地不让自己把目光移开。

"谁带你来这儿的?"我问。

"没人,"他说,"一周前文森和我甩掉了玛丽安的朋友。他们不会到这儿来。他们说要带我去见她,除此之外他们什么也不会考虑。"

"你知道我在汉斯。"

"只是因为玛丽安的朋友说这事的时候我偷听到了。"杰克逊确信我在看他,然后他继续讲,目光凝重,"当她告诉我她想帮我的时候,她丝毫未提做交易的事。她送你去汉斯这件事我一无所知——有关录像的整个交易——直到我出去之后。"

我把戒指套在手指上摆弄,感到内侧刻的字摩擦我的皮肤。在应对这件事的后果时,我没有时间好好地想玛丽安的背信弃义。因为事情就是如此,不是吗?她公布那段录像的时候肯定明白自己在做什么。

赖安呢?其他人呢?

他们不可能知道。我低声对艾迪说。

我的沉默肯定让杰克逊感到不自在了。和平时一样,当他觉得不自在的时候,他就开始说话。"我有很长时间不在这儿。十天前他们才把我弄出来——然后我不得不到这儿,而且——"

我挤出一个微笑。"你的计划是什么?你自己闯进研究所来救我?"

他也微笑了,这时我意识到我为什么感觉自己的微笑如此熟悉——杰克逊和文森常常就是带着这种微笑。一种勇往直前、绝不退缩的微笑,不顾及体面,也不考虑处境。这种微笑好像在说,假使让我们选择是下沉还是向上游,我们选择向上游。

"对不起，"他说，"你在取笑我的计划？就凭你，救这么一个跑进明知道快要爆炸的大楼的家伙？"

天呐，笑的感觉真好。笑的感觉很奇怪。我正打算要给艾迪说说这种感觉，猛地想起来她不在，于是我的笑声在喉咙里变了味。

"其实没什么计划，"他承认，"我只知道我得来找到你和艾迪。"这是他第一次提她的名字。那几个音节似乎在冰冷的空气中噼啪作响。他清了清嗓子，"不过看样子你自己过得不错。"

"凑合。"我轻声说。我给他说布丽姬特和其他女生的事情。她们干了些什么，以及离她们而去时我干了些什么。我给他说那个紫衬衣女士如何日复一日地来到我们房间逼问信息，她进行的那些试验的情况以及她所进行的恐吓。

我没对他说药物导致的神志失常对我们的影响，没提艾迪消失。

我不能说。

杰克逊为我填补上了汉斯墙外的那个世界。当玛丽安最初的那两段插播掀起轩然大波的时候他还没有被放出来，但是自那之后他却不仅看到，而且听说了许多，深知它们所造成的影响。

"播的我被捕的那　段……"他苦笑着说，"我没想到自己在那十五分钟出了名，你知道吗？"

"凯蒂偶然拍的，"我说，"而且玛丽安绝对不应该碰它的——"

他点头，"对呀，播它达到了她的目的。而且我猜这也达到了我们的目的。"

早在从前双生人就是热门话题——但是现在，大家都还在议论这个。

"汉斯录像公布之后事态逐渐开始平静下来,"杰克逊说,"那些女生呢?生病的那个——"

"汉娜和米莉。"我柔声说。他的眼睛有点黯然失色,他点了点头。

"詹森很可能气坏了,想要找出做这事的人。"

我耸了耸肩。那个紫衬衣女士会熬多久?也许撑不下去了就会对詹森说出实情。这下艾迪和我又再次成了他瞄准的目标?

"这也并不只是说空话。"杰克逊说。他告诉我以前有些人的孩子被研究所领走了,现在这些人又开始找——甚至包括那些他们多年前丢弃的孩子。政府不提供任何帮助,所以他们就抱成团。

有时候,他们得走大老远的路。不是所有的人都能掏得起钱住宿,人们开始敞开家门收留这些赶路人——自然是偷偷摸摸地,但是消息在那些同情双生人的人士中传开了,后来就建起了某个网络。

"是个安全之家之类的系统,"杰克逊说,"我逃离玛丽安的朋友之后就靠着这个过活。"

安全之家让我想到了彼得。

杰克逊不知道彼得的事。

我努力不让自己的脸上流露出蓦然的心痛。

"塞宾娜说会实现的,"我轻声说,"她一直相信双生人只是需要明白他们并不孤单。你还没……你不知道她在哪儿,是不是?还有克里斯托弗和科迪莉亚呢?"

杰克逊摇摇头。"没有被捕,就我所知。"看样子他像是还想说几句，却又咽了回去。

"什么？"我说。

他犹豫了，然后突然说出那些话，好像他需要赶在失控之前把话说出来。"你全家人——他们已经失踪了。谁也不知他们在哪儿。反正，我听说是这样。"

我的家人失踪了，早已失踪了？

"有多久了？"我追问。

"我不知道，"他说，"至少——至少有一两个月。"

"一两个月？"

他连忙解释："我不能确定——我听到的全都是二手的消息，老实说，我觉得更像是五手六手，甚至七手的。现在每件事都是乱糟糟的一团谣言和道听途说——"

紫衬衣女士肯定早就知道。她说她可以找到我母亲，她是一直在撒谎？

还是她一直都在说实话？

她能找到我母亲，因为他们已经把她关起来了？她成了囚犯，和我父亲一道。还有莱尔。莱尔需要医学治疗——如果他还没做移植手术，就需要透析，如果做了就需要吃药，以免身体对新换的肾产生排异反应。我明白所有这些情况——早已将我们小弟的需求记在了心里。

突然之间我满脑子都在想莱尔——莱尔在楼梯上咚咚咚跑上跑下；莱尔隔着墙敲摩尔斯电码发给我们；莱尔在读书；莱尔病了；莱尔健健康康的。

我的愧疚感由来已久，似曾相识。它总是恰如其时地压上心头，狠狠地刺伤我。它知道怎样引出那份痛楚，让我成为废人，却又不杀我。

144

解放汉斯

艾迪——艾迪，我们怎么——

"我——我需要呼吸一些新鲜空气。"我站起来，杰克逊也站起来，但我避开了他，我们的脑袋和心脏咚咚地响。

他迟疑了一下。"伊娃，我能和艾迪说句话吗?"

艾迪消失了，我本可以说。

我不知道她怎么了，我本可以说。

我不知道她什么时候回来。

我不知道是否——

"这会儿她潜隐了，"我说，"我——迟些时候，等她回来吧。"

过了好一会儿，他点了点头。

我转身逃了出去。

25

我绕着棒球场的边缘慢慢地走了五圈。天已经全黑了，尽管最晚才不过六点钟。天上有云，月亮半遮半掩。我伸出手指挨个地划过露天座位，维奥拉也正是这样将病房的墙一面一面地划过。

被我抛下的那些女生情况如何？也许那些管理员给她们用了药，全都昏迷了；也许他们认定继续把她们留下过于危险，既然她们已经尝到了反叛的滋味；也许她们全都不在了，被船运走了，去做试验品。没人会在意。任何情况都有可能发生，因为没人关注。

我应该想个办法救出大家。但凡我多想想，或是更努力地试一试，或是——

现在我又自由了，但是她们却没有。

走运。我挖苦道，我们总是这么走运，艾迪。

想到在汉斯抛下的那些女生，我很痛苦；想到爸爸、妈妈和莱尔，我就更加痛苦了。我几乎不敢想他们已经失踪了——只能围着这个想法兜圈，努力不让自己去碰到它。

杰克逊来找到我的时候，我正站在铁丝网围栏边，手指刺入那生锈的金属网，尽力克制住自己不去把它摇得整个垮掉。

他没问我好不好，换作是赖安他会问的。艾迪讨厌他这样问，她觉得这是他对我们缺乏信心的表现——表明人们发现了我们身上的弱点。

我喜欢结识对我嘘寒问暖的人。

我想他想得太厉害，都无法正常思考了。不只想赖安，也想戴文。我想念他的稳重，他凡事胸有成竹的样子，他时不时抖搂出来的冷幽默。我想念哈莉总是面带微笑的样子，丽萨坚定不移的忠诚，妮娜的闲言碎语，凯蒂时不时哼唱那些歌曲的样子，她哥哥经常用吉他弹奏的歌曲。

"我敢肯定你的家人没事。"杰克逊轻轻地说。

我点点头，凝视围栏远处，看月光在雪地上映出一闪一闪的亮光。

"其他人都和玛丽安在一起？"他问，"我指的是彼得他们。你知道，我无法相信彼得竟然答应让你——"

"彼得死了。"我低声说。我已经向杰克逊隐瞒了一个大秘密，我不能再编另一个谎了。然后我转身面对他，后悔自己说出这个消息时不够委婉。

杰克逊受了打击，他整张脸都变形了。我俩之间吹着寒风，冻僵了他的四肢。我轻声细语地告诉他自从安绰特那一晚之后他所不知道的所有事情：我们和彼得以及其他人一起四处奔波、东躲西藏的经历，玛丽安的到来，亨利的离去，艾米利亚失踪的消息，汽车追捕，我们正要跑，然后出事了。

彼得的死。杰米的被抓走。

当我讲完的时候，杰克逊已经两眼茫然。他双手握拳，我不假思索地伸出手，握住了他的拳头。

他没有说话，我也没说。但是那一刻，我们完全理解对方。

147

解放汉斯

本到了。他是一个皮肤黝黑的中年人，他的嘴紧绷着呈一条直线，每当他张口说话时我都感到一点点的惊诧。

"你对她有把握？"他对杰克逊说，就好像我不在场。

杰克逊点点头，"我有把握。"

本显得并不轻松。不过他点了点头，打开了他那辆老爷车的车门，我推测这等于是叫我们上车。

后座已经堆了些东西。我把一堆衣服推到一边——上衣、裤子、皱巴巴的衬衣——想找个放脚的地方。杰克逊打开一筒奶酪味的饼干叫我吃，就好像那是他的东西一样。我瞅了一眼本，不过他什么也没说，所以我就接了。

吃着饼干，挤在车里，旁边是杰克逊以及看似属于本的生活物件，我就这样开始了回归另一部分世界的行程。

本的面包车晃晃悠悠地停下了，把我从昏昏欲睡的公路和电台里舒缓的音乐中拖了出来。车的前灯照出一座殖民风格、外表呈黄色的旧房子，深色的斜顶上盖着成块的积雪。我睡眼惺忪地坐起来。

"我们到了。"文森说。

刚才坐车的时候我大多数时间在盯着窗外，记得我最后一次四下张望的时候，坐在我身边的依然是杰克逊。他俩不知什么时候换了，我很吃惊。过去在汉斯，大部分女生很少将主控权从一个灵魂换到另一个灵魂。反正，她们大多数我都不大了解，也分不出她们的两个灵魂谁是谁。

"这个地方过去是个提供住宿加早餐的旅馆。"我们走向大门的时候文森说。他抓起黄铜色的门环，咚咚地敲了两下。

一个小男孩，大概九岁或十岁的样子，应声开了门。他抬脸对着文森，然后对着我咧嘴一笑。"你就是他去救的那个人？谁也没想到他会这么做。"

"我也没想到。"文森的微笑比我料想的要浅，不过他在尽力让自己笑。我正在罗列他与杰克逊所有的不同之处：他走路更快；笑声更爽朗；他的眼睛不停留在我的身上。"不过，你没必要告诉任何人。"

那个男孩站到边上，让我们三个把鞋子上的雪跺掉之后进来。"这个家伙从这个国家的另一头大老远地过来了，"他说。"他听说他的兄弟在汉斯。你去过汉斯？"

文森对着我点了点头，"我没去过，她去过。"

那个小男孩看着我，神情专注，而且一本正经。"你见过大卫·伯恩斯？"

"我——我没见过，"我说，"那些男生我一个也没见过，只见过女生。"

那个男孩失望地撇了一下嘴，但是他的表情又迅速地转晴。"我想二楼有个人在找一个有可能在汉斯的女孩。我记不起她的名字了，不过我可以去问——"

"哇哦，"文森说，"你可以先给我们帮个忙，艾登。"

那个小家伙高兴了，身体也站直了。

文森瞥了我一眼，然后目光又回到艾登身上。"记得我给你描述过的那些人吗？去看看新来的人是否知道任何有关他们的情况。"

那个小男孩点了点头，冲我咧嘴闪出一个微笑，然后跑掉了。他转到那个拐角，然后上楼梯不见了。

"每个来这儿的人，"他一边带着我往过道走，一边说，

"都在找人。"

这家提供早餐的旅店里聚集的人不是很多。多数人自我介绍时只说自己的名，不提姓；有些人嫌麻烦根本不做自我介绍，只说他们正在找的人的名字。一对跨了两个州来到这里的老夫妇正在追踪一条线索，寻找他们三年前被人带走的孙女。一个与我母亲年龄相仿的妇女在搜寻和她一样长着一头亮灿灿橘色头发的女儿。

有几个人正好相反，被人找。这是几个像文森和我一样的双生人，他们没说自己是从研究所逃出来的，还是一直在躲着。他们的话比较少。

有些人，我有种感觉，认出了我。我身后有目光跟着，注视的目光停留的时间稍稍有点长。我不知道詹森他们是否不停地在新闻上播放我们的照片。

况且，我们在汉斯待了那段时间之后，也许艾迪和我看着都和照片不大像了。我们的头发长出来了一点，现出了深色的发根。过去我们一直脸色苍白，但是从来不像现在这种白——病快快的、发黄的面色让我们看起来像鬼。我们的四肢显得不正常，肌肉都萎缩了。眼睛周围有一圈黑色。

"你最好不要显露真名。"杰克逊对着我们的耳朵低声说。现在又是杰克逊了，我真希望不是他。每次当文森看我的时候我不会想到艾迪的消失。"你在汉斯用的是什么名字？"

但是我不想用达西的名字。达西确有其人，她的家人也真实存在，他们全都可能受到伤害。艾迪和我二年级时结交过一个女生，于是我偷用了她的名；八岁时我迷恋过一个男生，于是他的姓被我偷来给自己了。此时此刻，我叫摩根·谢莉。

我听着人们描述这些失踪者的情况，也试着描述我要找的人，玛丽安、赖安、哈莉、莱安纳医生、亨利、艾米利亚。不过实际上我并没有透露他们的名字，我也怀疑他们是否在用真名。万一有人认出新闻上通缉的某个名字呢，我不想冒那个险。

这些人应该是自己人。不过确保安全并没有错。

最终，没人听说过他们的任何消息。这令人失望，倒也并不意外。我也没听说过有关他们失去的亲人的任何消息。

当然。我向艾迪叨咕，我们不占优势，过去的一个半月我们被关起来了。

一片寂静，没有任何回音。

好像，我身体里有个我怎么也推不走的声音在低声地说：也许从今往后，只会是一片寂静。

我欲言又止。耳朵里突然响起嗡嗡声，淹没了整个世界，我奋力地想要摆脱。杰克逊和我在厨房，和房子里的其他人在一起。晚餐是一起吃的，人们在找盘子、叉子的时候或是取食摆放在巨大的瓷盘里的鸡肉烧烤时，一不小心就互相撞上了。房主谢伊太太催大家快点。

"赶紧回来。"我对杰克逊咕哝。或者说我希望自己对他说过了。话在嘴里变得有点含糊。

我跌跌撞撞地逃离他，逃离热气——迎面而来的拥挤的人群——逃出厨房，进到家庭活动室。我倒在长沙发上，蜷起双腿顶在肚子上，用双手捂住自己的脸。我对着艾迪所隐身的那片黑暗放声高喊。

艾迪消失了。

"嗨，"杰克逊说，"没事的。"

我猛地抬起头。他肯定是从厨房一直跟着我。他关上身后

151

解放汉斯

的玻璃门，隔开了吃晚餐的人们的谈话声，然后在沙发边踟蹰了片刻，随后紧挨着我坐下了。

"塞宾娜过去有恐慌症，经常发作，你知道吗?"他没有等着我回答，为此我十分感激，"克里斯托弗曾经告诉过我。她被关着的时候发作了，她出去之后又持续了好多好多个月。不过她——"

"她不见了。"我低声说。

他皱起眉头。"塞宾娜?"

我摇头，闭上双眼，但是这样却让事情变得更糟。我转而去看壁炉。壁炉冷冰冰的，木头焦黑，没有生火。

我眼睛盯着木头上的涡纹和裂缝，散落的木灰。

"艾迪不见了。"

"你说什么?"他的声音变得很平。他简直像是换了一个人，真吓人。

我的第一本能是学他的样保持镇静，克制我自己的各种情绪，让自己的内心变硬。

"在汉斯，"我说，"他们给我们喂药。我不知道喂的是什么，各种东西调在一起的混合物。艾迪和我……我们的反应很严重。我——我出现幻觉，而……当我再次清醒的时候，她不见了。"我深深地吸了口气，呼了出去，"起初我以为她会回来。我——我认为无论药物产生任何反应，反应都会逐渐消失。但是日子一天天地过去，而现在我——我不认为——"

我转身面对杰克逊，我直勾勾地盯着他的眼睛，好像在这个世界上唯有这样才能使我稳住。这儿，至少，有个人能够理解我的一份痛苦，我的失落。

"我觉得她不会回来了。"我低声说。

26

那一刻我的话语凝固了。

这一切似乎变成了真的，直到我大声地说出口，直到我向别人、向自己承认这件事。

我能感觉到我的喉咙又在缩紧。我的心快速地咚咚直跳。

现在只是我一个人的心脏了。

直到房间开始变得模糊我才意识到自己哭了。直到杰克逊猛地从恍惚中醒过来。有一阵，他显得茫然无助。

那种状态，在所有事情之中，我最是了解。

"你并不确定，"杰克逊的声音很轻，但是语气强烈，"你无法确定。"

我没告诉他我头脑里的感受。没告诉他现在的情况与艾迪独自潜隐时是如何完全不同。

他是杰克逊，他必须得心存希望。我不能拿走他的希望。

通往厨房的门被人打开了。人们蜂拥而出，拿着盘子找坐的地方。杰克逊将身体转向旁边，眼睛盯着空中。他在和文森说话吗？

文森最知道该对他说些什么。别人无从知晓，因为没人像他一样了解杰克逊。其他人不曾与他一生共享同一个身体，合用同一双眼睛观察世界。

艾迪和我曾经共享了一段生活。现在，像杰米的第二灵魂一样，她消失了。

这个想法让我彻底崩溃了。

我逃到楼上，进了谢伊太太分给我们的房间。爬上床，关掉灯，在黑暗中躺着，感到我人生中从未有过的孤独。

我还是双生人吗？

艾迪就这样消失了，我还是双生人吗？

我饿醒了。饥饿和什么东西张大嘴巴吃人的噩梦，我刚一醒，它们就支离破碎地变成了一堆混乱的碎片，只剩我在那儿不停地发抖。

房间很暗。我床边的钟显示刚过半夜。我听见杰克逊轻微的呼噜声。他躺在我身旁的那张床上，我看见他身体的影子。

我溜出房间，走下楼梯，慢慢地摸着黑移动。厨房灯已经亮了。我偷偷地向走廊四周看。我以为自己悄无声息，但肯定不是这样，因为本正在回头看我。他坐在餐桌旁，一点一点地吃一盘剩的鸡肉烧烤。

"你也饿了？"他说。我点点头，这时他向冰箱走去。"有那么多人跑来跑去的，我吃不下。全乱成一团。"

我似笑非笑地作了一个表情，"你肯定不喜欢餐馆。"

"不大喜欢，不喜欢，"他说，"我也讨厌餐馆，坐在餐馆的椅子上，就像患了痔疮，让人浑身难受。"他叉了一块鸡肉，冲我挥了挥，看样子大概是叫我吃。我轻手轻脚地走近，爬上他身边的那个高凳。

昨晚在慌乱不安中，我没有想到问杰克逊有关那个开车人的情况，他是临时得到通知的，却一路开车上山去接一个他几乎不认识的男孩和一个他根本不认识的女孩。他自己是双生人吗？他的家人是吗？

"不断地寻找，打听。"他说，我吃惊地看着他，他的身体在椅子里挪了一下，"这形成了一种奇怪的生活节奏，是不是？你把它深深地植入了你的身体——别提你失踪的儿子，别告诉人们他出了什么事。然后，突然之间，你周围的人都在说胡话，说他们所失去的孩子、兄弟姊妹，诸如此类的等等，而人们只是期待着你……分享。"他哼着鼻子说，"但是如果保持沉默，我就找不到我需要的东西。所以我就问。"

"你有儿子？"

"我有过一个儿子，"他应声道，又吃了一口鸡肉，边嚼边沉思了一会儿，"我老是希望我儿子现在就在我身边，但是我越来越觉得这是个奢望，我有过一个儿子，但是我永远失去了他。"

"我——对不起，"我说，"我没想到——他叫什么名字？"

"威廉，"他说，鸡肉塞在嘴里，"现在他该是十八岁了。我应该给你描述一下他的长相，但是自打他十一岁以后我再没见过他，所以我能说得上的只是他有一双棕色的眼睛，棕色头发，下巴上有道伤疤，是他在牧场给我帮忙时摔下来落下的。"

我没告诉他在汉斯大孩子们是如何消失的。我不确定其他地方是否也是这种情况，此外，他很可能已经知道了。威廉多年以前就已经逃走了，也许他正在这个国家某些幽暗的角落里流浪，寻找失去的家人。

也许某一天他们会再次重逢。

"从我所偷听到的——"本用他的叉子对我打了个手势，

"你正在寻找两个长得像外国人的兄妹，年龄和你一般大，还有一个女医生。"

我点头。每个人我都提到了，但是我能描述得最清楚的是赖安、哈莉和莱安纳医生这几个人。

"我发现你丝毫不曾提到父母。莫非那个女医生是你的母亲？"

我摇头。他一下子明白了。"已经知道他们在哪儿？还是没兴趣找他们？"

我迟疑了一下。"我猜……我有别的必须首先要干的事情。之后我才能考虑回家。"

本摇摇头。"要干的事情。你这年纪的女孩子这么严肃地说话，我真想笑。不过过去这几个月情况变了。炸掉波瓦特研究所的人也只不过是些小毛孩。"

我不动声色。

"来这儿之前我所待过的地方，"本继续说，"有个小女孩，比艾登那个小子大不了多少，她独自一个人四处跑，说是正在努力寻找她的家人，找她的哥哥。"他小声地一笑，"你觉得我们当中有多少人将会真的找到我们要找的人？如果那个女生没有找到的话，她将来会怎样？谁会收留她？即使是像她一样，漂亮的小仙女一般的孩子。"

我愣住了。"她叫什么名字，那个女孩？"

本皱起眉。"你觉得你认识她的哥哥？"

"我——"我抓住桌子立稳身体，"只是——她叫什么名字？"

"我一般记不住的，"本说，"不过这个名字很好记——凯蒂。"

27

那一晚剩余的时间我全用在了本的身上，缠着他回忆有关凯蒂和妮娜的一切。他向我保证她当时看着很好。安静，最主要的是，坚定。他到那儿之后她紧跟着就到了，和一个她好像不认识的女人一起开车进来的。那个女人很快就离开了，但是凯蒂留下来了，询问她哥哥的消息。本得到的印象是那个过去一直住在附近的男人，不过也许后来不住了，在怂恿凯蒂寻人。

他一点也不知道为何她孤孤单单的一个人。

本上床睡觉之后，我又在厨房待了一小会儿，想呀想。我把电话从桌子上一把抓下来，再次拨打亨利的卫星电话，数字"哔"地每响一声，我就应声说一句"拜托"。

"拜托快通吧。"

电话不通。

你应该把电话修好的，赖安，我绝望地想。你为什么不修好呢？

几个小时后，当杰克逊醒来的时候，我已经回到了我们的房间，他猛地弹了起来，倒吸一口气，身体抖了一下。他迅速地恢复了常态，闭上眼睛，又倒在枕头上。

他直到再次睁开眼睛才注意到我正盘腿坐在另一张床上。

"嗨。"我说。

"嗨，"他同样轻柔地回答，"昨晚我上来的时候你已经睡着了。"

"我猜我是累了，"我说，他点了点头，"刚才我在和本说话，他提到了凯蒂。"

杰克逊坐了起来。"他见过她？他对我什么也没说。哪儿——"

"她在格伦特尔平原的那个安全之家，"我说，"她是一个人。不过那是几周以前的事。他不知道其他人在哪儿——也不知道她为什么没和他们在一起。我又打了那个卫星电话，但还是不通。"

"有个线索也总比我自己琢磨强，"杰克逊说。我也在说："一切都乱了套。"

我的声音发颤，但是我还是得说——得告诉个人，而且又没有别的人。"有时候，我琢磨着……如果我们没干我们在兰开斯特和波瓦特所干的那档子事，那么——情况就不会像现在这样。我们所有人都将还在安绰特。我们所有人都将在一起。彼得会依然——"

"别这么说，伊娃，"杰克逊柔声说，"你无法回到过去，分析每一件事。我们不可能知道哪件事会产生何种后果。"我想打断他，但是他抢在我前面飞快地接着说了下去，"此外，如果我们没有做我们所做的事，也许其余的一切什么也不会发生。所有这种变化——所有这些以前被压制的关于双生人的议论。人们开始大声发言，这是几十年都不曾有过的情况。这很好，不是吗？也许现在全都乱七八糟，但是至少发生的这些混乱情况，表明他们没有坚定的立场，而这表明他们可能会被争取。我并不是在说这样做值得，或者这样就抵销了，或是这一类的其他什么意思。我只是……"我切身感受到他的焦虑不安。"事情已经发生了。现在没有后悔药。"

我没提艾迪，他也没有。也许我们俩都知道对此再没有什么可说的了。

我们都知道就好，而且两个人都明白。

他把毯子推到旁边。"格伦特尔平原开车至少要六七个小时。我想我的钱不够我们单凭自己的力量去那儿。我们看看最近是否有人往那个方向走。顺着往下两个门住着那对夫妇，我记得听他们说过——"

我深深地吸了口气，他抬起头，聊着聊着突然停住了。他咧开嘴笑了。他笑得比之前，比波瓦特之前，比这一切之前，更加局促不安。不过这可以理解。

正因为这种局促不安，我有那么一点点更爱他的笑了。因为它的那种脆弱映照出了我能够在自己全身上下所感到的那些瑕疵。我们俩在相互扶助。

"我们会把她找回来的。"他说，我点了点头。

我没有问他他所说的是哪个她。

杰克逊提到的那对夫妇，弗兰克和伊丽莎白，实际上就要去往格伦特尔平原。他们计划第二天离开，由此给我留了整整二十四个小时的忧虑紧张。我知道多待一天不会有多大的区别，想一想自从本离开格伦特尔平原已经过了好几周了。但是我就是摆脱不了那种感觉，总觉得不能再多耽搁哪怕一分钟的时间，更别说是多待一整天了。

我尽力让自己忙活起来。经历了汉斯的荒凉之后，这家小小的提供住宿加早餐的旅店简直就是一个杂耍场。谢伊太太很感激有人搭手帮忙。我算不上是擅长做饭，但是我喜欢和她一起待在厨房，喜欢她对我笑，喜欢她告诉我有了我生活变得更加轻松。

直到正午时分，当我走进储藏室去取一罐豆子，看见那本日历挂在挂钩上的时候，我才突然意识到一件事。

文森发现我站在那儿，一动不动。

"怎么？"他从我身后探过头来，"发现有妖怪藏在这儿？"他对我咧嘴一笑，我却没有回他一个微笑。

"我十六岁了。"我说。

他转动眼睛，看着我。"怎么？"

"我的生日到了，"我麻木地说，"两天前，十二月十四日。我没意识到。"

他的嘴咧得更大了。"迟到的生日快乐。"

但是这个生日并不快乐。

我的十六岁生日是我整个人生中第一个没有和艾迪一起过的生日。

第二天我们吃过午饭就动身了，那时候房子里的房客大多都还聚在厨房里帮着洗碗。我在门廊里等着，弗兰克和伊丽莎白则把他们不多的几件行李放进后备箱。谢伊太太想给我们路上再多带些吃的，文森过去帮她拿。

安全之家里的其他房客从他们自己的衣箱里挑选了一套新衣服给我，算是一个惊喜。谢伊太太给了我一双大小合适的鞋子——旧的，但尺码完全合适，可以更好地抵御风雨，免受寒冷。伊丽莎白送给我两件衬衣，稍稍大了一点，还有一条裤子，我用本的一条皮带给系住了。

本发现我一个人站着。"要找到那个女孩。"他说。

"我会找到的，"我许诺道，然后补了一句，"祝好运。我是指，找到威廉。"

他点了点头。谢伊太太和文森回来的时候手里的塑料袋里装满了食物，还有些她存下来的点心。她把一个袋子硬塞进我的手里，然后在我的脸颊上温柔地亲了一下，我的眼里涌出了眼泪。

爬进文森身旁的后座时，我已经眨巴着眼睛将眼泪挤干了。然后，我在翻检那个装着一个一个包好的三明治的袋子时发现了一个白色的小信封，里面装着一张皱巴巴的十元钞票，我又忍不住流出了眼泪。

格伦特尔平原让我想起了鲁普赛德。路上走了几个小时后我们驶入了它的郊区，除了房屋的风格不一样之外，这里真可以与我原来的住处轻轻松松地搭在一起。到处都是单层的平房，向四处铺展开，宽阔的房顶，房子里面四四方方的。

天已经黑了。我们借着街灯和黄色的月亮辨认方向。

"这儿?"我把声音放低了，"你确定? 人都在哪儿?"

我们所停靠的这所房子并不比我家过去的房子大。车道上没有车。

"他们很可能是在指示我们去别处停车，"伊丽莎白扭头说道，"他们房子边上一直停一大堆汽车会引起怀疑。"

文森溜下车去按门铃叫门。我看着他在门口和一个男人简短地说了几句，然后回到车上，让我们顺着路往下把车停到一个购物中心那里。

伊丽莎白坚持要我在这儿下车，省得让我再走回来。从她瞅我的样子来看，我猜自己依然是一副病态。

房屋的主人名叫卢卡斯，他看起来还不到大学毕业的年龄。他从他的叔叔手里租下了这个房子，他向我们保证他叔叔住在这个州的另一头，绝对不会突如其来地出现，过来查看他。我看得出来房子的布置让文森感到不安。他不停地朝门口看，这时卢卡斯在解释没有多余的床和长沙发，但是地板上的空间很大，枕头足够多，如果我们有睡袋的话。

"实际上，"当他提出带我们四处转转时我犹犹豫豫地说，"我们是在找人。一个名叫凯蒂的女孩，她十一岁，小个子，有一头特别长的黑发——"

卢卡斯满脸笑容。"凯蒂。有的——但是她大约一周前离开了，去往布林特。她在找她的哥哥，一个叫泰的吉他手。她从某个人那儿听说他几个月前搬到那里去了，在城里的一些酒吧里表演……"见我一脸的失望，他渐渐地没声了，但迅速地补充道，"这里有公交车去布林特，用不上几个小时。不过我觉得这么晚没有车了，你得等到明天。"

我们和凯蒂错过了，差了一周。所以归根结底，我们在那家提供住宿加早餐的旅店多待的那一天并没有造成任何影响——不管怎样我们都和她错过了。

但是我们每耽搁一秒都意义重大。这一次我们与凯蒂差了一周，但是下一次呢？

下一次，或许是一个小时，或者三十分钟，或者更短的时间。

一个人上车只需一分钟，十分钟就能把她带到许多许多英里之外。

28

那一晚，我惊醒了，不是因为我，而是因为杰克逊做了噩梦。他刚刚站起来，我的眼睛也一下子睁开了。客厅一片漆黑。我弄不清是几点，但是我坐了起来，低声地喊："杰克逊？"

我能听到他刺耳的呼吸声，仿佛他一直在奔跑，喘不过气来。

"我想出去一下。"他嘟囔着。

"我和你一起去行吗？"我问，他迟疑了一下，然后点点头。

我们偷偷地出了屋子，开门关门时尽量轻手轻脚，出门时抓了件外衣。夜里寒气凛冽。寒气激得我打了个冷战，让我清醒了。

杰克逊也在发抖，但他绝口不提回屋。总之，他似乎乐意品味寒意所带来的这种警醒状态。我们从房子走向远处，在附近那一片转悠。我看着所有那些熄了灯的窗户，想象窗后熟睡的那些家庭，他们的静谧平和令我惊讶。

杰克逊瞥了我一眼。寒意给一切赋予了一种紧迫感和清亮度。离得最近的街灯有半个街区远，但是它看起来好像是我所见过的最为明亮的东西。

过去在那家包早餐的旅店，我曾经发觉杰克逊有时就用这种神态看我。仿佛他想从我走路、切苹果，或是用拖把清理污迹的样子里搜寻到艾迪的踪迹。

我也注视他。我尝试着用艾迪看他的方式去看他，我尝试用艾迪看世界的方式去看世界。短时间地成为她，只片刻的时间，仿佛那将会把她带回来。

我有那么一丁点理解了，艾迪怎么会爱上这个男孩。更重要的是，我理解他了。当他凝视远方、盯着空中时，我理解。当有人碰到他的肩头他猛然一惊时，我理解。当他用微笑隐埋一切时，我理解。

"如果明天所有这些全都了结了，你会做什么？"他问。

"你指什么？"我不敢肯定他指的是寒冷，是我被猛然惊醒这件事，还是两者兼有，以及其他难以言状的事情，但是我感觉我自己既像在做梦，同时又感到前所未有的无比清醒。

"假如明天，突然之间当双生人不存在任何问题了，而且所有人都认可，你能完全和其他人一样，你会做什么？"他低声地说。我们不想搅扰任何人。不过我们也无法知道是否有人在听。有谁也许听到了这些无心说出的话，并且因此而追捕我们。

"我将会和其他人一样。"我说。

他的嘴唇颤动了一下。"会别无所求？"

"我不知道，"我说，"我从来没这样想过。但是那将是一个起点，然后我会从那儿继续向前。"我将目光转向旁边，又开始审视那片黑暗。"说实话，关于这事我基本上没能力去想。它似乎是那么遥远。有这么多的事情要做。"

"但是假如你不是一直在梦想着那个结果，做事有什么意义呢？"他的口气很严肃。

"如果所有的梦想阻碍了你实际的行动会怎样？如果没有时间去实现梦想又会怎样？"

"一直都有时间去实现梦想，"杰克逊说，"如果它让你开心，那么就有时间。"

"我猜，"我微微地一笑。"你总是满脑子聪明的小想法，是不是？"

"不包括波瓦特。"他说。

"不包括波瓦特，"我点了点头，一本正经地说，"因为天呐，那太蠢了。"

一阵静默。月光和街灯混合起来，在他的头发里投下倏忽摇曳的亮光，他的脸上映出奇怪的阴影。

我想吻他。

我想吻他，而且这种愿望感觉很正常，感觉理所当然。我向上去够，踮起脚尖，我的双唇离他的嘴只有一线之远，然后我才明白发生了什么事。

他一动不动。

我也一动不动。

他屏住了呼吸。如果他在呼吸，我会感到他蹭着了我的肌肤——我离得是那么近。

我往后退，用手指按在太阳穴上，努力让自己的想法驶入正轨，将自己的情感压回熟悉的区域，把它们收拾得服服帖帖。

艾迪，我想，这些是艾迪的感受——准是艾迪的感受。但是当我大声喊她时——在静默无声的大脑里喊她——一切空荡荡的，除了寂静和回声。

"对不起，"我说，我的声音在发颤，"我——我不——"

我不看他。他一言不发。

"我们就当那事没发生过。"我低声说，强迫自己的眼睛去搜寻他的目光。过了一会儿，我抓到了。

他盯着我，看我，把我看了个透。

他声音沙哑。"她真的不见了，伊娃?"

我喉咙发紧。"我干嘛——干嘛要说她不见了，如果她在的话?"

他中断了目光接触，摇了摇头。"我不知道。我猜我只是——当你——"

"那是一个错误。"我不安地说。我的心竭力说服自己相信事情并非那么简单，相信那是一种信号，证明艾迪依然存在于这副身躯里面的某个地方，只是睡着了，但是还活着。虽然我努力地尝试过，但我还是感受不到有关她的任何蛛丝马迹。

这只是我的想象?

我不愿意相信艾迪消失了。

我的心将会不遗余力地使我相信她并没有消失。

一辆车隆隆地驶过，音乐砰砰地响，震得我骨头都散了架。

"只是一个错误。"杰克逊重复道。

我心烦意乱，都没注意到第二辆车转向驶进了这片居民区，没意识到它怎么连灯都没打开就慢慢朝我们开了过来。

然后我突然意识到了，我一把将杰克逊拉到灯影的暗处。"警察。"

我的第一本能反应是返回屋子——杰克逊的反应是朝另一个方向跑。我们的手连在一起。我们互相一拉，都停下了。

166

解
放
汉
斯

"我们得提醒他们。"我低声说。

他使劲想把我拽走。"太迟了——等我们把他们叫醒，警察早已把那个地方包围了。"

他比我强壮，但是我不停地反抗，最后，他终于不再拉我了。我扭头看，又有一辆警车到了，和第一辆一样，悄无声息。是谁给他们通风报信的？起疑心的邻居？卢卡斯的叔叔？

现在这些无关紧要。对那些睡在屋里、一无所知的人来说无关紧要——他们将在醒来时发现有人破门而入。

杰克逊说得对。我们离得太远，而且我们只能从前门回屋——正好在警察的眼皮底下。最有可能的是，我们才叫醒半屋子的人，就全都被捉住了。

但这只是最有可能而已。只要他们有一丝得救的机会，我就强烈反对逃跑的想法。我对于小概率并不陌生——我的生存，我的整个生活，一直是一系列的小概率，冒险。

"伊娃，"杰克逊低声说，"我们不能。"

警车门打开了。

我可以救他们。我也许可以救他们。冒一切风险——重新找到凯蒂、赖安的机会，帮助艾米利亚、杰米和布丽姬特。

"你是对的，"我低声说，我咽下了嘴里的话，转身离开那座房子，尽力不去理会那种钻心的疼，"我们走吧。"

起初我们一门心思地偷偷摸摸贴着暗处移动，尽量不发出声响。然后出现了叫喊声——尖叫声和砰砰声——于是我们不再偷偷摸摸，开始全力加速。

我们拼命地跑。出了那个居民区，上了静悄悄的废弃的郊外公路。我们跑啊跑，直到跑不动为止，然后我们走。尽量远离那座不再安全的房子和警察，以及我内心的愧疚。先是彼得和杰米，然后是汉斯的那些女生，现在又是这个。不管怎样，我老是在逃离，我老是弃大家而去。

"我们无能为力。"杰克逊说，此时我俩相对无言，令人窒息。

"我知道。"我说。

但这是个谎言。我说给自己的陈词滥调，因为我没有足够的勇气留下。

太阳慢慢地升起来了，地平线上一条黄线慢慢地向上渗入飘过的云朵。破晓时分，杰克逊和我都不清楚我们身处何方。我们冒险迅速钻进一个加油站，抓了一张当地的地图，找汽车站，结果发现在镇子的另一头。

"我不喜欢这样，"我们缩在外衣里面，急匆匆地穿过街道，这时杰克逊嘀咕，"我们太显眼。"

的确如此。但这比待在黑暗里好。现在，随着太阳升起，路上车多了，不过几乎没有其他人在外面步行。谢天谢地我们都没有穿睡衣睡裤，睡觉的时候穿的也是平时的衣服。谢伊太太的十元钞票安安全全地塞在我的裤子口袋里。

当我们终于到达那个汽车站的时候，我全身都麻木了。那是个老旧的车站，墙上残存着蓝白色的漆，看见它像是从噩梦中醒来。我们赶紧进去，扑面而来的一阵暖意使我身体发抖，使我急忙吸了一大口不会横冲直撞刺穿我肺叶的空气。

柜台上的那个女工作人员眼睛都没抬一下。她正忙着调换电视上的频道——那是一个小小的方形机器，不停地将每一个其他频道由模糊转入静止状态。

"我去买票，"我对杰克逊说，"和你相比，我与本来的样子差别更大。"

他好像打算反对，但是我已经朝着柜台走过去了。我扭头瞥了他一眼，见他正担心地看着我，不过他还是待在原处。

我突然忆起他的嘴唇紧贴的感觉。他的手指在我的发间游走。回想在安绰特，那天我在他的房间醒来时天色已晚。但是我记得灯光亮起时他那双蓝色的眼睛。那一天，我发现了他和艾迪的事，当时我大为光火，转身就走。

但是昨夜——

昨夜我失态了。我对艾迪低语。自从向杰克逊承认她消失了之后，这是我第一次对她讲话。

没有回应，与汉斯以来一直的情况一样。

"去哪儿?"柜台的那个女人问。她已经将频道固定在了那个国内新闻频道，这是为数不多的几个能将节目比较清晰地传送到几乎全国各地的频道之一。我尽力不去看电视，害怕它会播放有关我的报道。自我逃离汉斯以来已经过去三天了。詹森已经得到通知了吧?

"布林特，"我说，"两张票，劳驾。最早的班车是什么时候?"

她正要回答，这时电视又一下子进入了静止状态。她叹了口气，用手掌拍电视的侧面。拍了第二下，图像啪的一下回来了。

不过这可不再是那个新闻台。那个女售票员和我都盯着——
在看亨利。

29

亨利活着。

亨利活着——在海外。他回来了。他滔滔不绝地说着话。在这个脏兮兮的汽车站，我从模糊的电视屏幕里看着他，他在解释自己如何秘密地回到美国，看到了这个国家长久以来向世界其他地方所隐瞒的内幕，解释他是如何发现人民在这里——在学校里，报纸上，故事中——所被灌输的谎言。

"你们海岸边之外的世界，"他说话时那音乐般美妙的声调现在听来十分熟悉，"不是你们所认为的那个样子，不是你们的政府告诉你们的那个样子。"

他说他要给我们解释真相。

但是我的眼睛却被吸引到了别的东西上。在屏幕最靠边的角落里，藏在亨利的一张文稿下面几乎看不见的地方，是一个二十五美分硬币大小的芯片，它闪着微弱的红光。

它的样子和我的芯片差不多，也和赖安的像，不完全一样，也不可能完全一样，因为我们的芯片不在亨利那里。但是有人花了不少工夫做出了一个复制品，为的是吸引我的注意力。

亮光不规则地闪着。像——

像摩尔电码。

C——

A——

L——

L——

它闪了一遍，然后又是一遍。

拨打电话。

然后它又闪出另一条信息——这东西很长，直到它重复了一遍我才认出，是一串数字。

一个电话号码。

电视画面变了，切换到一个年轻人，他说着我们听不懂的语言。他正站在一个街角，对着摄像机微笑，挥手将我们的注意力引向一座我们从未见过的城市，满是巨型的、闪着亮光的广告牌和不熟悉的灯光。然后是另一段录像、另一个人，女人、男人、儿童、城镇、学校、家庭、餐桌和生日聚会，还有一些陌生人急切地想要与我们分享他们的世界。一些说英语，一些不说英语。电视画面突然被切断了，回到了静止状态。电视台的人已经夺回了控制权？把什么东西盖住并切断了录像？

那位售票的女士和我盯着雪花屏，好像它会揭示出更多的秘密，然后那个女人身子向后靠在椅子上，仿佛脱离了一场梦境。

"好了。"她似乎不知道还有什么可说的，她的目光与我相遇，"很明显那是假的，对吧？"

"什么？"我吸了口气。我正在脑子里一遍又一遍地重复那串数字，把它们印刻到我的记忆中。但是我一直在分心，回想亨利露了一下脸之后的那段画面——在视觉上证明了另一个世界大致的样子。

"那段录像，亲爱的，"她说，仿佛她认为我有点迟钝，她皱起眉头，"你还好吧？"

一只手紧紧抓住了我的肩头。我跳起来，转了个圈——却发现原来是杰克逊。他对着那个女人微笑，"我想刚才播的内容有点吓着她了。"

"是的——"我迅速地说，找回了自己的声音，"我只是——那太古怪了。还有所有这些强行插播的内容，那让我紧张。我只是——我纳闷他们下一步打算要干什么，你知道吗？他们是谁——"

"当然是外国人。"她的眉毛高高扬起，都快伸进发际线了，"这刚刚播过，已经证实了这一点，难道不是吗？这全都是外国的宣传，想要……好了，天知道他们准备干什么。无论如何，这肯定与双生人有关。"她眼睛看着我，"但是如果你担心所有这些，你就不应该前往布林特。现在那里正乱着呢。"

我心想她是否知道几分钟车程之外有安全之家。乱子离她自己的生活仅仅一步之遥。

"布林特出什么事了？"杰克逊问。

"无政府状态，"她说，"抗议者，捣乱破坏。人们吓丢了魂。我姐姐住在那儿。她强迫儿子退出篮球队，除非万不得已，她不想让儿子上街。"她又看向我，"下一趟公交车半小时后发车。你想不想买票？"

"我们一会儿再来。"杰克逊还没来得及说要买票，我就抢先回答。

杰克逊将心中的疑惑掩藏得很好。他对那个女人微笑了一下，然后和我一起走回车站门口。我等着，直到确信没人偷听为止。然后我告诉了他播放的录像里暗藏的信息。我开始咧着嘴笑，而且笑个不停。亨利活着，而且很好。赖安和其他人肯定已经和他联系上了。我得到了一个新号码。

杰克逊赶紧和我一起去最近的电话亭。谢天谢地，他有几枚硬币。他拉开门，斜倚在门上，让门一直开着，这时我拨打电话。

电话响的时候我们俩都一动不动。

然后铃声停了。我听到咔嗒声，表明线路接通了。

没人说话。

继续沉默。杰克逊轻声地说："怎么了？"这时如果我不说话，电话也许会被挂断。

我说，呼吸急促——"喂？"

"伊娃？"

他不得不又说了一遍，然后我才终于张开口回答。即便那时候，我所能说的也只是，"是——是，是我。"

我喘着粗气，一半是因为大笑，一半是因为涌出的尴尬万分的泪水。

"伊娃，你还好吗？"赖安·穆兰说，就好像我支离破碎的世界最终又恢复了原状。好像周复一周地一直有什么东西紧紧地夹住我的肺，而我却不曾意识到——不曾真正注意到事情有多么糟糕，直到突然之间我又能够顺畅地呼吸。

"我还行。"我笑了，用手捂住自己的嘴，被自己的笑声吓了一跳。我勉强把手放了下来。"你呢？大家呢？"

"大家很好。"他说。我能听到他声音中的轻松宽慰。然后我能听到另一个人的声音——一个女孩在说："赖安，是她吗？"

"是哈莉吗？"我好久都没有这么开心过了。

"他们在哪儿？"杰克逊也笑了，但是却掩不住他眼中的焦虑。

赖安问了我一模一样的问题。

"我们在格伦特尔平原，"我说，"你在哪儿？凯蒂和你在一起吗？"

"你听说凯蒂的事了？"赖安的声音立刻紧张起来，哈莉在电话后面催问"在哪儿"，但是他向她嘘了一下，"从谁那里听说的？你听到了些什么？"

我给他说了本的事，以及他向我转述的故事。

他沉默了一会儿，时间很长，所以我说："她怎么和你们分开的？"然后又后悔不该问。

我看不见他的脸，但是我分明听出了赖安声音里的愧疚感，他说："现在我们在布林特。她哥哥在这里的某个地方。我们会找到她。"

"他们在布林特。"我对杰克逊低语。

"谁和你在一起？"赖安问。

我迟疑了一下。"杰克逊。"

"哦。"赖安说。有一个停顿——哈莉又在说话，不是她就是别人。他压过他们的声音高声说："他帮你逃出汉斯的？"

我正要回答，但是最后在电话后面的叽咕声中很清晰地冒出一句话来，打断了我想说的话："不能继续待得太久。告诉她在哪儿和我们见面。"

"莱安纳医生。"我脱口而出。我发现自己特别想见到她。想念她令人欣慰的轮廓分明的脸庞，想念她薄薄的嘴唇。电话那边传来沙沙声，接电话的换人了。

"你多快能到这儿?"莱安纳医生说,公事公办的口气。假使我不像这样了解她的话,我也许会因为她的冷淡而感到受伤。不过我很了解她,而且目前,这样很起作用。这使得我收敛情绪,归于平静。

"几个小时,"我说,"我们就在汽车站,下一趟车三十分钟后发车。"

"我们会在这儿的车站和你见面。"莱安纳医生说。

我点点头,刚要说"可以,好的",这时她又说话了。

"听到了你的消息真好,伊娃。"

然后她消失了,赖安又回到了电话旁。"我们不能一直在电话里说。"他说,话语很急。

"我现在就买汽车票,"我说——我还有很多话要说,"我将在车站——"

"我会等着。"他说。

我握着电话,微笑着,好像我将一直笑下去不再停,我的余生。

"一会儿见,伊娃。"他说。

"一会儿见。"我说,等着他挂电话,因为我不想挂。他都已经挂断了,我还在听那表明电话断线的嘀嘀声。

我猛地抬眼看向杰克逊的脸,如果说我忘记了他的存在并不完全属实,我更像是出了神。我消失了几秒钟,去了某个地方,那里不仅没有杰克逊,也没有电话亭,没有我们站着的这条公路,也没有我们周围的整个这座城市。

什么也没有,只有这部电话将我和那个曾经低声讲故事的男孩连接起来,当时我一动不动地躺在他的长沙发上,挣扎着努力摆脱鬼魂一般的生活,回归正常。我记得是他紧握的手让我在这个世界靠了岸。我记得当我第一次在自己的控制之下睁开眼睛，看见他凝眸回望的情形。

我想他，艾迪。我说，有种昏昏沉沉、头晕目眩的感觉。天呐，我想他。

终于，我要回到他的身边了。

30

汽车缓缓地进了站，令人痛心疾首地迟到了十二分钟，车闸声嘎吱嘎吱的，我怀疑是不是出了什么问题。不过在这一刻，即便汽车只有三个轮子我也会钻进去，只要它还能将我带到布林特。

杰克逊和我找到了挨在一起的座位，然后等所有其他的人上车，又是令人撕心裂肺的十分钟。我的心怦怦怦地一秒一秒地计时。

终于，我们上路了。我从布满污点的窗户往外望去，看着城郊刷刷地向后倒，然后我们上了高速路。过去几个月我走了那么多的高速路，四处奔波。

真是奇怪，以前我几乎没有出过门。直到我被迫隐匿——直到我逃逸——我才开始见识到我的国家。

我偶然地闯入了汉斯外面的那个小镇，然后是那家提供住宿加早餐的旅店，还有格伦特尔平原安静的郊外，现在进了布林特。我吃了一惊，我们四周高楼林立，赫然耸现，银光闪烁。巨型的广告牌拔地而起。街上人潮涌动。

我们经过贴着各种假期装饰的商店橱窗，招牌上醒目地写

177

解放汉斯

着促销价和免费店内包装的字样。很奇怪，我感觉自己远离所有的这一切。我的生日、假期，在其他一切东西的面前它们丧失了意义。

汽车一声尖叫，停在了站上。我向窗外望，但是没有看见任何一个我认识的人。

"也许他们在里面。"杰克逊说。

"也许。"我说，但其实我并不真这么想。赖安不会愿意在里面等，那样我们到的时候他会看不到。

终于，轮到我们下车了。我们跌跌撞撞地到了街上，我转来转去四处走，张望，搜寻。

"我没看见他们。"杰克逊一直紧跟着我，这时其他乘客慢慢散开了，有的与亲朋团聚，其他人则走到街边叫出租车。

我还是没看见。

后来我看见了。

先是哈莉，哈莉——或许是丽萨——她离得太远分不清。她把头发扎起来了，戴着一顶羊毛织的米黄色帽子。杰克逊听见我的喘息声转了过来。我想说点什么——却只是咧嘴笑了一下。有人伸胳膊从身后抱住了我的肩膀，把我拉住来了一个拥抱，弄得我都心跳失常了。

"找到你了。"赖安对着我的耳朵低语了一句。

当时我简直说不出话来。

最终，我又找回了自己的声音。那时候，哈莉也已经走到我们跟前了。是哈莉，她咚咚的脚步声，她眼中闪烁的亮光——她没说抱歉便将我从赖安身边拉了过去，将我死死地拥入她自己的怀中。

"这不安全，"我不停地说，"你们俩不应该都到这儿来。

如果有人看见怎么办——"

赖安微笑。"每个人都这么说，但是不管怎样我们还是全都来了。"

"每个人?"杰克逊说。

"莱安纳医生在街的那头不远处。"赖安听着确实不怎么友好，不过他对杰克逊说话的时候眼睛在看着他，这是他俩自上次对话以来的一个进步。

"她守着车。"至少哈莉冲杰克逊咧嘴笑了一下——不过其实她平时老是在笑，"我们该往回走了，免得她担心。"

赖安和哈莉把我夹在中间，我们匆匆地离开车站，走向一辆我认不得的破破烂烂的旧车。

不过，我倒是认识坐在方向盘后面的那个女人。她把棕色长发扎了起来。她没有笑。哈莉去拉前门，这时她打开门锁，只说了一句，"遇到麻烦了?"

"没。"哈莉兴高采烈地说。

莱安纳点点头。"好了，进吧。抓紧。"

"玛丽安去哪儿了?"杰克逊说。他是最后一个上车的，他犹豫了一下，仿佛害怕赖安不给他让地方他上不了车。当然，赖安让了，但是杰克逊依然觉得不自在。"整个这段时间你们一直和她在一起?"

莱安纳医生在后视镜里迅速地与赖安对视了一眼，这一幕被我看见了。"不是整个这段时间，不过也差不多。"

"过一会儿我们可以说一说这事，对不对?"哈莉说，她在座位里扭过身来面对我们。看她的表情开心得不亦乐乎。她会怎么说，我想，如果她知道了艾迪的事? 就算到了那个时候，她是否也能挤出一个微笑来? 我硬是把话咽了下去。

"过会儿我们没有机会谈它。"赖安的手指和我的手指扣在一起，自从在车站见了面他就一直没有松开过我的手，"玛丽安在旅店等着呢。"

"温迪呢?"我问。

"玛丽安不能送她回家，因为播了那段录像。但她也不想一直把她带在身边。所以她把她撂到了某个安全的地方。"他停了一下，"反正，她宣称是这样。"

哈莉不作声。一下子大家全都不作声了，后来我打破了沉默。"你知道凯蒂在哪儿吗?"

"我们希望，她在这儿。"莱安纳医生边说边驶离路边。

"反正，她大哥在这儿，"哈莉说，"但是她别的兄弟姊妹好像不在这儿。玛丽安的一个联络人说他们后来分开了……对了，是在凯蒂被抓之后。所有的小家伙都和一个姑姑什么的住在一起。但是泰搬到这里来了。"

我知道凯蒂和妮娜的艰难往事。父母早早过世了，抛下他们由一位姑妈照管，家里的长子，泰，就搬了出去。凯蒂最爱说的事莫过于泰弹吉他，他是怎么开始教她的，又是如何允诺要一直教她。

赖安解释说当他们一群人快到格伦特尔平原的时候凯蒂和妮娜溜走了。我在电话里听到的那种愧疚感又回来了。他的手紧握着我的手。她没完没了地说他们离她的老家有多近，但是谁也没想到她真的会跑掉。一开始，他们担心她被抓了。不过在附近的安全之家打听过后就看出了她的用意。

于是他们抱着找到泰·霍林德的希望来到布林特——顺藤摸瓜，找到凯蒂和妮娜。不过这可不是一件简单的事。泰没有在任何一本电话簿上登记。就连玛丽安动用了她所有的关系，还是没能找出地址。

"我们觉得他是这儿抵抗组织的成员。"哈莉说。我们已经上了主干道，在车流中穿梭。

"那算不上什么抵抗组织，"莱安纳医生回答，"只是一伙毛孩子，在楼房上信手涂鸦，张贴标语，唬一下人，还给自个儿带来无谓的危险。"

"不是无谓的。"赖安平静地说。莱安纳医生叹了叹气，却并没有争辩。"关键是，这事不容易，不过我们会找到他的。"

"玛丽安一直在琢磨抵抗组织的总部可能会在哪儿，哈莉说，"因此如果泰真是和他们在一起——"

"玛丽安关心找凯蒂的事？"杰克逊说。

"我认为她只是想找新闻素材。"此前我从来不曾听见赖安说过如此尖酸的话，"你知道，十一岁女孩与英勇的抵抗者团聚，最好是有人中枪。"

话里的刻薄，虽说是在讥讽，还是让我吃惊。这像是戴文可能会说的话，不过这次说话的不是戴文。

在我们分开的将近两个月的时间里，赖安也已经变了。我不知道我怎么就会自恋到认为唯有自己才会变，莫名其妙地认为当我们重逢时我所抛下的那些人依然会一成不变。

"情况有那么糟？"我轻声说，"有人受伤吗？"

哈莉点点头。她也变温顺了。

"会好的。"赖安说。他举起我的手仔细看戴在我手指上的那枚戒指，然后笑了。之前我很想听见他的笑声。"你不必一直把它戴着。反正，玛丽安会要提取影像。"

"我会交给她，"我说，"不过结束之后我想要回来。我喜欢它。"

"你当然有权要它。"赖安说。

哈莉转动眼睛,凑过来对着我的耳朵低语。"我告诉过他把自己的首字母刻在戒指上送给女生是极其冒昧的。尤其是当时她又不可能拒绝,因为戒指作为绝密的间谍录像机兼有双重功用。"

我忍住了笑。

赖安怀疑地瞪了他妹妹一眼。"说什么呢?"

"没什么,最最亲爱的哥哥。"她一本正经地说,然后冲我挤了挤眼。

31

　　我们待的那家旅店处在这座城市比较安静的地段。这儿的楼房不是太亮眼，街道少了喧嚣，更为幽静。莱安纳医生把我们放下，然后去找地方停车。

　　我们走进大厅时我瞟了杰克逊一眼。尽管他个子很高，但他的身影渐渐变小，消失在背景之中。我们静静地往房间走的时候，哈莉不停地叽里呱啦，没话找话。他们住在一楼——万一出了什么事，莱安纳医生不希望被困在楼上。

　　哈莉挎住我的胳膊。"你跟赖安和我待在一起。莱安纳医生和玛丽安一直住另一个房间。"

　　"这样的话就把我留下和他们一起喽？"杰克逊说。

　　"当然不是，"她说，语速快得有点过了头，"你也可以和我们凑在一起。有一个扶手椅，应有尽有——我的意思并不是非要你睡在那儿。只有两张床。我们得——"

　　"我睡哪儿都行，"杰克逊说，歪嘴笑了笑，"无所谓。"

　　赖安不由分说便叫我们停在了一个房间门口。他正要开房门，门晃悠悠地打开了。

　　是玛丽安，和我记忆中一模一样，淡棕色头发，面容刻

解
放
汉
斯

板。她想对我笑，而且基本上做到了，她精致的脸部线条被别别扭扭地重新一布置，简直滑稽可笑。"我听到你们都在说话。进来吧。"

我曾经设想当我再次与玛丽安面对面相见时我会情绪激烈，但此时我反而只是觉得厌恶。我们鱼贯而入，全都束手束脚的，一言不发。我怀念汽车站的轻松自在、热情洋溢。

"有吃的，"玛丽安边说边四处张望，但就是不看我，也不看杰克逊，"我不记得在哪儿——"

"在我们房间，"赖安说，"我去取。"

"我和你一起去。"我迅速地说，而且谢天谢地，没有别人提出也去帮忙。

我们溜出门，赖安带路顺着大厅走，然后我们找到了第二个房间。他把我们身后的门关上，我正要打趣说几个月过去了哈莉和丽萨却一点也没见变，这时他却身子一转与我面对面。

"我不知道她存了那种打算，伊娃。"他语气那么急迫，我只好停住不动，"我根本不清楚，否则我是不会让她——"

"我信你。"我说。

他一下子不作声了。外卖袋子在梳妆台上，但是我俩谁也没伸手去拿。"他们伤着你了吗？"

他们伤着我了吗？

我想回答，但是我无法回答。它像一个橡皮塞，堵在我的喉咙里。

是的，是的，他们伤了我。他们伤我伤到不能再深。他们偷走了我最宝贵的东西。

赖安一下子急了。"伊娃？怎么回事——他们干了些什么？"

"你记得艾米利亚对我们说过的话吗？"我低声说，我们已经在一张床上坐下了，"有关双生人如何只能潜隐几个小时——最多半天的事？"

他点头，显然很疑惑。

毯子被我攥在两只手里变皱了。"艾迪已经消失一周多的时间了。"

我结结巴巴地对他说了当我醒来时迎接我的药物、狂乱以及孤独。我不得不把这些话吐出来——因为话语引发出回忆，对于疼痛与惊恐心存余悸的回忆。

赖安站着。他手插在头发里向后推，朝着梳妆台来回踱步，然后眼睛向下直盯着我，好像他不知道除此之外还能做什么。

"天呐，伊娃。"他声音沙哑地说。

"我没告诉他们，他们所做的恶，"我低声说，"他们不知道。所以他们不会再对别的人干这种事。"

"她会回来——"

"已经一周多了。"我已经开始发抖，"要是她真的消失了怎么办？要是我在余生孤单一人怎么办？"

他在我身旁坐下，捧着我的脸，"我不能肯定地说艾迪会回来，但是此刻我能告诉你：你不会孤单一人的。"

他吻了我，这时我信了。我愿意相信这话，胜过一切。

我闭上双眼。"我爱你。你知道吗？"

一开始我害怕他不会回我同样的话。我害怕，我害怕，然后他说了。他说得那么清晰，那么肯定，所以我想不通自己先前怎么竟然会害怕呢。

赖安和我返回来了，又与其他人待在一起，这时莱安纳医生已经停好车回来了。外卖袋子转着圈往下传的时候她的眼睛停留在我的身上。在波瓦特爆炸之后的那段日子里，当我们受伤的后遗症慢慢显现的时候，她也是用同样方式仔细打量艾迪和我。

　　她并非唯一的一个让我强烈感受到其凝神注视的人。我想与杰克逊对视，但他把目光移开了。"莱安纳医生只是想告诉我们亨利是怎么又给他们弄到一部电话的。"他说。

　　我看向赖安。刚才我们赶在有人过来查看之前赶紧把食物取了回来，现在我有一种感觉：我们俩都表现得过分随意，令人生疑。"他是怎么联系到你的?"

　　"遇到了好多麻烦。"赖安苦笑道，他解释说亨利返回海外之后惊恐不安，而且他发现他再也无法通过卫星电话呼叫他们。他花了好几周的时间，不过最终他通过双方共同的关系成功地追踪到了他们的大致区域，并且又送来了一部电话。

　　在那之后，就是一个如何让我知道新号码的问题。我想象得出将我们的海外关系透露给玛丽安曾经是一个多么难做的决定，但是对于那个女人似乎没有什么别的东西比这更让她感到兴奋激动。

　　"我们不得不想办法把它藏到播放的录像中，"玛丽安说，"其他人向我保证你知道摩尔斯电码，所以我们把它藏进了亨利的一段录像。海外的那段录影做得有点仓促。"她听起来对此真心实意地感到后悔，好像它是一件艺术品，如果有更多的时间，本可以加工、修改成一件更具震撼力的作品，"不过它起到了它该起的作用。"

解放汉斯

她转向我，她的笑容消退了一点。不过，她的眼睛真诚得令人心慌意乱。"正是你从汉斯送出来的录像帮亨利征集到了影像资料。所以从某种程度上说，你促成了对你自己的营救。"

我怀疑地盯着她。"那些没有一样与我的得救有丝毫的关系。"

她根本不知道是那些女生才使我有可能逃出，她们为了我而置身危险之中。房间突然变得静悄悄的。玛丽安和我，我们彼此看着对方。

"亨利的录像已经掀起了轩然大波，"莱安纳医生说，"而且不会很快就平息下去。如果泰与布林特这里闹事的组织有牵连，他自己很快就会被关起来，要是他不小心的话。"

"我们将会找到他以免出事，"哈莉说，但是我能读出她脸上的不安，"还有，凯蒂。"

"情况肯定会变得很复杂。"玛丽安打破了我俩的目光接触，"这是革命。"

往日在照相馆上面的小阁楼里，艾迪和我曾经梦想着革命。那总好像是一件让人胆战心惊的事情。像是一波海浪逐渐加速，直到完全失控，将挡道的一切东西击得粉碎，什么也不剩，只能热诚地祈祷，希望废墟里的重建会比原先更好。

并非总是如此。对此我十分了解。

毕竟，从前，是单灵人反抗双生人，建立了美国。

最近在亨利播放录像之后，有关双生人的喧闹随即产生了一次猛烈的、不寻常的转向。新闻里充斥着亨利的录像是伪造的证据——证据应有尽有，有人指出部分背景分明是二维的，还有人认为那段录像实际上就是在美国拍摄的。我不知道怎么会有人相信那些，因为我已经看出那段录像里的技术远远超出

187

解放汉斯

了我在家里或是大街小巷所见到的。但是这个国家很大，大多数人都过着相对隔绝、偏狭的生活。我估计他们可能会信。

有时，我担心我们已经助长了排外的情绪。当恐惧和仇恨如此顺畅地联手并进时由不得我不担心。不过我们正在努力将真相输入一个掩盖真相多年的国家。我料想一准会产生某种不适反应，好比病好之前必须发个烧一样。

不过，就目前而言，最重要的是保持低调，任何接近泰的行动都必须谨慎进行。另一波打砸抢行为开始出现了，商店橱窗被砸了，墙上满是乱涂乱写。现在，除去针对政府、双生人制度和治疗的谩骂之外，那些墨迹未干、喷漆的句子也谈及亨利的录像，赫然写着：

为什么我们不了解真相？
还有多少我们不知道的？

玛丽安推测这个组织里至少有一个成员熟悉这片区域。他们所针对的商店都没有监控摄像。他们只有一次出了错，监控拍到了一个男孩模糊的身影，年龄最多只有二十或二十一岁。

"没法看清他们的脸，"玛丽安说，"不过这能起点作用，开了个头。"

我能感受到赖安对于她的热心的反感。他曾经给我解释过玛丽安劫持电视频道靠的是通过网络将那段录影发送给她认识的电视台的工作人员。但是他们不能永远这样下去；他们发现系统漏洞后很快会打上补丁，安保会越来越严密。

"她一心想要搞到一个天大的新闻素材。"他连讥带讽地说，我知道他心里想到了凯蒂和妮娜。

我真希望自己能够向他保证我们不会让玛丽安利用她俩。但是无论玛丽安出于什么动机，在寻找泰的过程中她的帮助让我们受益了，赖安和我都无法否认这一事实。

很奇怪，杰克逊和文森多次缺席了我们的会议。即便有人发现了，他们也闭口不提。但是终于，一个下午，我溜出玛丽安的房间，沿着大厅走到我们的房间。

见我进来，杰克逊抬起了头。他终归已经适应在扶手椅上睡觉了，但这会儿他却没有坐在那儿。他坐在地上，背靠着墙。

我在他身旁坐下，他浅浅地笑了一下。"其他人去哪儿了？"

"在玛丽安的房间，决定下一步的行动。"

他点点头。"你应该加入他们。他们会奇怪你去哪儿了。"我不去想他眼中的含意。"尤其是赖安，尤其是他，他知道艾迪消失的事情。"

"情况复杂，"我说，"他也明白这一点。"

"仅仅是逻辑上而已。"杰克逊笑了，"这几乎不起任何作用。"

"你也应该加入我们。"我说。

"好，我会的。"

但是他并没有起身，我也一样。

"艾迪告诉我出海航行的事了。"最后我说。我不清楚自己为什么说这个，唯一的原因是我不想把他一个人留在这里。其实并非如此。我们在诺南德初次见到他时，正是他一直在竭力找寻我们——一直在发动彼得的地下力量。在安绰特，他花了好几周时间告诉我们其他人的情况，最后还把我们介绍给塞宾娜和她的团队。

正是他一直在邀请我们加入一个朋友圈，而现在他一个朋友也没了。

杰克逊回答的时候，我在他的声音中听到了艾迪的回声，当她和我说起那次旅行时她说过同样的话。"我怀念那片海滩，我怀念安绰特，我没想到自己会如此地怀念。"

"你怀念往昔时光，"我说，"我理解。"

他咧嘴笑了，显出无奈。"只有我在不停地谈论世事变迁。"

我将目光移开。"好吧——"

我内心有什么东西——我的一部分，但又不是我的一部分——颤了一下，发抖。

我僵住了。

艾迪？我低声说。

我大脑的边缘再次颤动了一下。自从我在汉斯神志恍惚、孤孤单单地醒来之后立起的四面高墙好像突然之间变软了。

接着我听到她的声音，一个颤颤巍巍的声音，一声低语，似乎半是想象—— 一半是缺乏理智的愿望。

她说，这是真的吗？

32

她的声音像回声一样进入我的耳朵。像是话语在水中涟漪微荡。我狠狠地吸了一口气。

是的。我说，是的，这是——

她打断我：布丽姬特！她的混乱状态在我体内横冲直撞。她的焦虑撞向将我们分开的那堵墙，把它撞成了碎片。布丽姬特后来怎么样了？

我感到那一刻她意识到了我们眼前的景象：布置寒酸的旅馆房间；印有花纹的壁纸。先是一阵释然，像是照进了一道光线。接着她的恐惧犹如沉甸甸的花朵绽开了。

我消失有多久了？

我迟疑了一下。一周多，将近两周。

她的喘息声不是发自肺部，而是从嘴唇里发出来的。它纯粹取决于心境，它像重锤机一样撞击着我。

那怎么可能？

我给她说了在汉斯那个女人告诉过我的话，说了他们在我们身上用过的那些药，说了我们的种种出人意料的反应。

她抗议道，可是艾米利亚说过——

艾米利亚说的不对。我低声说。

"伊娃?"

听到杰克逊的声音艾迪吓得一哆嗦。当然不是指身体哆嗦——这时候是我在主控——不过我照样能感觉到。我意识到，同样杰克逊也能看得出来，我话说到一半突然没声音了。慢慢地，我转身面向他。艾迪是无以名状的、无言的情绪。

"怎么了?"杰克逊说，皱着眉。

别。艾迪说。不要，伊娃——拜托，别告诉他。现在不要说。这会儿不要说。我——我不能。

于是我说了谎，因为艾迪要我这样。而且在我心里，她一直是第一位的。

"我只是想起了什么，"我对杰克逊说，"我——我很抱歉。我得去找赖安。"

我急忙离开房间，尽力不去想他看着——我们——离去时的那种眼神。

当然，我没有去找赖安。我跑到旅馆的一个僻静处，躲在那个角落里，安抚艾迪，她的恐惧感越来越强烈——到后来我几乎能尝到它的味道，在舌根上，又酸又涩。

我什么也记不得了。她说，我——

没事。没事，艾迪，我保证。

我极尽温柔地宽慰她的心。她忆起曾被关在单独的房间里，她忆起针头刺穿皮肤的感觉。恍惚的梦境。

只不过对她而言，那些梦从来不曾做完，直到现在还没有结束。

我给她讲了我们的逃跑，布丽姬特的帮助，折磨人的下山之行。当然，还有，我如何再次偶遇杰克逊。

艾迪依然脑袋发晕，我能感觉得到。这么多天以来一直只是顺着我自己的心情——我自己的存在——现在感受到她的棱角觉得既不安又欣慰。

两周。我从未……我从未意识到两周之内会发生这么多事情。她停了一下。你以为我可能不会回来了。

我担心。我——我害怕。我迟疑了一下。不过，杰克逊……他相信你会回来，对此他从未怀疑过。他一直想要和你说话。

我无从知晓艾迪心里的想法。她和杰克逊的事情一直与她和我共享的生活是分开的。她想一直那样维持下去，即使在他被捕之后。

那天在照相馆阁楼里，我觉得自己被彻底出卖了，当塞宾娜和其他人透露说他们所有人全都知道在波瓦特谋杀来访官员的行动计划的时候。当他们——由怒气冲冲的克里斯托弗领头——把我们打倒在地，还把我们绑起来的时候。但是对于艾迪来说情况更糟。

他们曾经是我的朋友。对于她，杰克逊不仅仅是朋友。虽说他最终赶回来帮着我们救出了那些官员，自那之后他和艾迪再也没说过话。

我可以离开，如果你想独自待着。此刻这是我最不愿意做的事情，但是我照样会做，如果她需要的话。

不要。艾迪厉声说，别——难道你没注意到吗？

我不明白她在说什么，我的沉默便是回答。

我一直想取得主控权，只是想看看自己是否能行。但是我做不到。我——我觉得此时我无法和杰克逊说话，伊娃。我觉得除了你我无法和任何人说话。

这个想法搞得人晕头转向。我生来是隐性人——这是一件我已然学会接受的、无可改变的事实，尽管我并不认为自己因此就该消失。

在我们的生活中这是第一次，我比艾迪强势。

这只是暂时的。我已经告诉过她，你消失了将近两周，药物产生的作用。可能它还没有从我们的身体系统排出。

你说得对。她说。不过她并没有信服，这我知道。

"伊娃?"丽萨从旅店的门厅里犹犹豫豫地走过来，眉头紧锁，"你好吗? 出什么事了吗?"

我挤出一个微笑，摇了摇头。她似乎想要说什么。但是她却没说，只是伸出胳膊搂住我们。力道很大，把我们肺里的空气都给挤了出来。

"不会有事的，你知道。"她轻声地说。

我告诉过她艾迪消失的事情，此外再没对别人说过。这是一个精心保守的秘密，只有她、赖安、杰克逊和我们知道。连莱安纳医生都不知道。

我可不可以告诉她? 我问艾迪，因为看到丽萨为我难过让我感到难过。

但是丽萨首先开了口，她一脸不安。"詹森已经弄清了那段汉斯录像的原委。知道了它是怎么从你那儿来的。"

丽萨和我到达那间旅馆房间的时候新闻报道几乎快播完了。我们的照片又出现在电视屏幕上。那张照片是艾迪为了申请驾照而拍的，负责拍照的那个女人告诉我们不要笑，所以闪光灯捕捉到的是我们凝固住的严肃表情。几个月之后我们就去了诺南德。我们的照片还被洗了出来，所以我们的脸色显出不自然的苍白。

我们从来没喜欢过那张照片。艾迪推断，一旦我们拿到了真正的驾照，就会有一张新照片。但是我们却来了这里，时间过去差不多一年了。拿到驾照的想法成为笑谈。而且那张我们最不喜欢的照片正在电视上播放，传遍美国的每一个角落。

我们的名字也是如此。我们俩的名字：艾迪·塔姆辛和伊娃·塔姆辛。

我这一生都渴望得到认可，但不是这种方式的认可。

当然，和我们的照片一起出现在屏幕上的，是詹森。衣着无可挑剔，一如既往。我所见过的他最不济也是穿着一件西装外套。他身上总是带着一种冷冷的拘谨，还有一种粉碎一切来犯者的杀气。

艾迪和我很危险，他说，危险，暴力，而且心理不正常。在逃出诺南德的过程中我们残忍地袭击了一名工作人员，在安绰特的时候我们引发了兰开斯特广场的混乱，还在波瓦特制造了苦难——政府的财产损失多达上万美元，暂且不说人们的生命受到威胁。而且现在我们正试图通过非法播报来分裂这个国家。这样一通谎言和谴责。

他承认我们年龄小。

也许我们是受人指使。

他还说，一方面他同情我们，因为两个精神失常、不大稳当的灵魂挤在一个身体里，我们时时在挣扎。但是这并不能否认我们是危险人物这一事实。而且这一切证明有必要进行治疗。这种治疗不仅会给我们的国家带来安宁，还会帮助其他双生人摆脱他们自己。

帮我们摆脱自己？我讥讽道。过去两周我刚刚经历了孤零零一个人活在我们身体里的日子。我永远不想这样再来一遍。双生人命运多舛——我不否认这一点，不过其中也有许多快乐。

詹森冷冰冰的目光告诉我他不同情我们，因为大家认定我们双生人的大脑不够稳定。他觉得我们可怜，因为一旦他把我们抓进牢里就会处置我们。

他停住了。然后，他轻声地——仿佛他知道艾迪和我正在某个地方听着——说："塔姆辛一家受到政府的保护，正全力配合我们的行动。他们认识到，正如我们所有人一样，有必要抓住艾迪和伊娃，以免她们造成更多伤害。"

报道结束了，画面闪回到主持人，继续播报说如果有任何信息或线索请拨打某个电话号码。

他在撒谎。我说。我已经双腿发软。他在撒谎。那不是真的。

你指他手里有我们父母和莱尔？艾迪柔声说，指他们配合？

"他为什么遮遮掩掩？"玛丽安说。她的问题猛然间提醒我们看过那个电视节目的不止我俩。我忘了房间里还有其他人。隐隐约约地，我意识到戴文和丽萨都在看着我们，丽萨满脸毫不掩饰的忧虑。

文森冲着玛丽安皱了皱眉。"这是双生人事务，难道不是吗？他是负责人。这有什么要紧的？"

"是的，但是他只是第二部分的负责人，"玛丽安争辩道，"我觉得奇怪，宣布今夏加强安保的是他，而不是总统本人。不过这也有道理，因为事情与治疗直接相关。目前……似乎这已经超越了他的权限——他们在谈论安全隐患。"

"双生人一直被看作是某种安全隐患。"莱安纳医生把电视调为静音，转过身对着我们，"目前的重点是我们需要离开这座城市。"

这把我从迷糊中敲醒了。

"什么？"玛丽安说。仅只一次，我完全赞同她。"我们不能离开，恰恰因为——"

"凯蒂怎么办？"我追问道。

"我只需要再多几天的时间。"玛丽安一脸沮丧，"我十分清楚泰可能会在哪儿。我知道其他地址不对，不过对于这个新地址我的把握要大很多。这时候我的联络人还没有最终摸清底细，是否多给点时间？"

我意识到之前自己从未听见过玛丽安提高嗓门说话——也没听过莱安纳医生大声说话。此刻似乎两个人都差不多是这样。此前我一直在留心赖安对玛丽安的敌意，忽略了莱安纳医生的分量。

"你可以按你的时间来，"莱安纳医生说道，她声音缓和，表情收敛了，我从她的下巴看出她精神紧张，"你可以待着继续找他。但是布林特已经马上就要成为另一个安绰特，如果说詹森已经盯上了这座城市，我丝毫不会感到吃惊。我想让大家去一个更远的地方。"

"如果你们没有一个人在这儿，我该怎么和泰联系？"玛丽安追问道，"那个男孩藏得很深。他不会信任我——"

就算玛丽安能够独自找到他们，我也不会对她信任到让她去找。她不像我们一样关心凯蒂和妮娜。

"你会想出办法的，"莱安纳医生说，她看向玛丽安的神态锐利而辛辣，"你在我们门口出现的时候成功地让我们相信了你。"

艾迪的虚弱无力感染了我，使我无法清晰地思考。这一切让她难以承受。怎么可能不这样？在她的头脑里，我们刚刚还在汉斯。她费力地逃出一间八十平方英尺的房间，转而应付这事。我努力让自己平静，不让她见到我焦虑。

"我们明天就走，"莱安纳医生说，"戴尔有一个安全之家。我们可以先待在那里，然后想好下一步去哪儿。"

她的意思是，下一步往哪儿逃？我疲惫地说。我也累了，逃得累了，被詹森追捕得腻了。

我厌倦了失去自己所爱的人，厌倦了弃人不顾。

得有人通知泰，警察正在围捕他。我说，我不能冒险让他被捕。这时候凯蒂和妮娜也许和他在一起。

那我们怎么办？艾迪的信任浸润了白天的伤口。我拥有艾迪对我的信心。足矣。

我在房间里四处张望，搜寻戴文的眼睛。为了我们的家人，我将恐惧扔到一边，事后再说。此刻我输不起。

玛丽安有最后一条线索。我说，今晚，我们帮她探个究竟。

解放汉斯

33

我瞥了戴文一眼，于是散会之后他跟着艾迪和我进了门廊。他们走到我们身边的时候，他已经换成了赖安，不到一口气的工夫他们就换了过来。

"我很难过，"他柔声说，"我是说你的家人。"

我只好点头。我不想让人安慰，我需要行动，差点就要摇头了。不过我也知道，我已经把事情想透彻了。风险无可避免，但是我得确保这些风险值得去冒。

赖安碰了碰我的胳膊。"你有什么计划，伊娃？因为我知道你有件事情正在计划中。"

我犹豫了。"我知道我不能拯救每一个人。我知道有时候我想救人，但是却把事情弄砸了。但这一次是凯蒂和妮娜。如果她们出了什么事，而我知道我本可以做点什么的话——"我说不下去了，甚至找不出该说的话来，"我不能不管，赖安。特别是因为莱安纳医生为了我而想让我们离开布林特。"

"事情不是那样。"赖安说。但是情况就是如此，我们全都明白。我们全都处在危险之中，不过艾迪和我才是詹森重新开始重点搜索所要抓的人。

"我将从玛丽安那儿要到地址，"我说，"今晚，我去看看泰是否真的在那儿。如果他还能信任什么人的话，那一定是我。就公众看法的走向来看，我大概是一个最最亲近双生人和反政府的家伙。"

赖安仔细打量我们的脸，我们嘴巴紧闭。

"我要和你一起去。"他说。

"你用不着去。我——"

"不，我得去，"他说，"快点，咱们去找玛丽安。"

我说服赖安，告诉他我想和玛丽安单独谈话。说真心话，玛丽安和我慢条斯理地讨论细节问题时我不想有他在场。说不准她也许会说出什么惹他生气的话，我不想让他的敌意阻挡我们今晚的行程。

所以后来那天傍晚我溜进了玛丽安的房间，当时我知道莱安纳医生不在屋里。玛丽安好像正在收拾行李。桌子上散落着各种相机器材——一个小型三脚架，两个不同的镜头，一个像是底片铁壳的东西。

看到我俩玛丽安惊住了，但她迅速地恢复了常态。"那个女人真的认为目前只有布林特一座城陷入动乱?"她的脸刷地红了，"昨天在罗科，发生了一场'忠于上帝'的暴乱。"

我盯着她，见我吃惊她面露喜色。"是因为亨利的录像。当然，还有你的。人们有了反应。我知道他们会的。"

"新闻上什么也没有——"

"当然没有，"她说，"他们不想让人们知道任何情况。他们不想让人们知道这个国家正在四分五裂。"她迟疑了一下，不安爬上了她的脸庞。但是她又抹去不安，啪地换上了一副真诚的面孔。"伊娃，我为什么要提前发布你在汉斯的录像，你知道其中的原因，对吗？"

我感到艾迪在往后缩。

"我来不是为了讨论那个。"我轻声地说。

她仿佛没有听见我的话，继续说道："我会错失良机。有一个总统讲话——"她微微一笑，正在回想，"播放的第一段恰好在那个中间，我等不及然后就播了第二段。我知道你会全力支持这项事业，所以我想你不会介意——"

"不介意这可能要了我们的命？"我厉声说。我过来不是想和玛丽安讨论这件事，但是她提起了这个话题，也激起了我压抑在心中的怒火。怒火熊熊，烧得艾迪退向了旁边。

伊娃。她说，听到我自己的名字，我摇摇晃晃地回过味来。不再火上加油，而是给怒气降温。

玛丽安的眼睛又落在那件相机器材上。"我并不清楚他们会查出是哪个研究所，或者查出摄像的人是你——那座楼里有几百个女生。"她瞅了艾迪和我一眼，"会有人来救你们。我已经把事情安排好了。"

汉斯已经过去了。现在对此发火没有意义，这时候我需要头脑清醒。

"我想要泰的地址，你觉得他正待的那个地方，"我轻声说，"今晚，其他人都睡着之后，赖安和我要去看看泰是否在那儿。"

我发觉玛丽安两眼发亮，嘴巴动了一下又止住了。但是她掩住微笑，继续保持庄重的表情。"我可以和你们一起去——"

我摇头。玛丽安只会成为又一个未知变量。"赖安和我足够了。而且我不想让其他任何人知道这事。"

看到我们脸上的表情，她不再继续争论。她给了我们地址。

"还有一件事。"我们正要离开时我说。我盯着玛丽安，她定住了。"动用你所宣称的无处不在的联络人，查出汉斯的动态，那里情况如何，是否有人受伤。"

因为我，因为协助我逃跑。

不过我并没有把这些话说出口。

玛丽安点点头。

回想在安绰特的时候，我曾经梦想天黑后在街上游走，去看熙熙攘攘的闹市区，那里酒吧和店面的灯光整夜亮着。

艾迪和我从来不喜欢人多。一想到在黑暗中跳舞，挤在成百上千的人中间，承受他们的体重、能量，以及恣意无边的压抑，似乎很吓人。不过呢，音乐另当别论，毕竟音乐充满了朝气。

这会儿我们和赖安正向着市中心行进，这个城市与安绰特几乎差不多大，不过此行的目的却与跳舞观光没有任何关系。依据玛丽安给我们的那张地图，现在我们离得不远了。

其实我们不了解泰，对吗？我一直在仔细观察街上涌动的人群——警惕会有人认出我们，虽说我们穿着那件从赖安那儿借来的鼓鼓囊囊的连帽衫。但是在这条律动的、灯火通明的大街上根本没人注意我们。

我们知道他并不想让凯蒂和妮娜走。艾迪说，而且她们足够爱他才来找他。

玛丽安的地址把我们引到酒吧区比较安静的那一片，这里
人群减少了，只有几群发出咯咯咯笑声的女生，还有一对对的
恋人在寻找一点点私密空间。"圣诞快乐！"有人冲着我们醉醺
醺地大喊，虽然圣诞节并非再过几天就会到。

　　站在门口的保安怀疑地看了我们一眼。赖安和我都没有任
何证件，更别提有任何东西说明我们够二十一岁。

　　"我们只是找个人。"我试着越过他偷偷地向黑洞洞的酒吧
里面看。酒吧不大，不是太满。一个酒保在柜台边擦拭酒杯，
扩音器里播放着低沉舒缓的音乐。一个女招待用柜台上的电话
闲聊。门边坐着一个男人，与我们目光相遇，皱起了眉头。我
移开自己的目光。

　　"他在这儿上班？"那个保安说。

　　我迟疑了。"我不知道。他的名字是泰。"

　　"这儿没人叫泰。"那个保安立在门口，把守得更紧了，
"我感到抱歉，但是你不能进入，除非有身份证。"

　　那个之前引起我们注意的男人仍然在盯着我们这个方向。
他体格结实，双颊红润，浓密的黑发。他的眼里闪出亮光，像
是认出我们了。

　　如果保安不让我们进去，我们就别再逗留。艾迪不安地说。

　　我对着保安淡淡地笑了一下，将赖安拉离门口。

　　"玛丽安没告诉我这是一家酒吧，"我们刚走到别人听不到
的地方我就嘀咕道，我们转过拐角，来到那个酒吧和旁边商店
中间的一条窄巷，"我还以为是个公寓。"

　　或许她也不知道吧。艾迪说，现在怎么办？

　　我咬着嘴唇。扩音器里传来的音乐暂停了，在歌曲转换的
空当里，我听见了另一首歌，不过声音很微弱。漫不经心的吉

解放汉斯

他弹奏声，还有一个温和的男声。

一开始，我无法判断声音来自何方。然后我的目光落在了这座大楼离巷子稍远的那一侧的一扇门上。光线暗淡，之前我们没注意到。

凯蒂过去经常唱那首歌。我说。

解放汉斯

34

"泰？"我壮起胆大声叫他的名字。我走近那扇门，赖安紧跟在我的身后。"泰，请——我认识你妹妹。"

音乐停了下来。

我们等着，心咚咚咚地跳。

侧面的门开了，刚好够一个黑头发的年轻人走出来。他一只手抱着吉他，半当防护，半当应急的武器。

"你认识薇拉？"他外形粗壮，没想到声音却很小。

我迟疑了一下。"不，不是薇拉。你是泰·霍林德，对吗？"从他转动眼睛上下打量我们的样子来判断，他也已经猜出我们是谁了。"我是伊娃。伊娃·塔姆辛。"

我准备告诉他一切——凯蒂和我如何在诺南德成为室友，我们如何一起逃跑，她如何逃之夭夭，而我需要知道她安然无恙。

接着，房间里面，一个女孩的声音大喊："伊娃！"于是我所有的话都显得多余。

她穿过门道，从她哥哥身边挤过去，向我们一路飞奔而来。她用胳膊抱住我——她力气大得超乎我的想象——也或许只是我呼吸不畅而已。

"你回来了！"她说个没完没了，声音很大，上气不接下气，脸蛋泛红，黑色长发四处飘散。她松开我们，又伸胳膊抱住赖安。最后，她转向泰，咧开嘴给他来了一个大大的笑脸，我们从未见她如此开心过。

"我告诉过你，他们会找到我们的。"她说。

后面的屋子改建过，用来做了卧室。有两个睡袋，一台收音机，几个喷漆瓶扔在角落里，一把折叠椅，还有泰的吉他琴盒，他小心地把乐器放进去之后才再次转身面对我们。

凯蒂想要我告诉她所有的一切，本来我也愿意如此，如果泰当时不在场的话。实际情况是，我尽力迁就她，不说任何怪罪的话。不过很快地，显而易见凯蒂已经几乎对她哥哥全盘托出了。

"让你们待在这儿的这些人是谁？"赖安问，"在墙上做标记、张贴信息的是谁？"

泰瞟了一眼角落里的那堆喷漆瓶。瓶子弄脏了地板，颜料流出来，星星点点。"几个月之前我遇见了他们，那是我第一次进城之后的事。我不知道凯蒂在哪儿，她是否安好。那时，他们已经把她带走有一年半时间了。"

凯蒂已经止住了微笑。她面带那种略微迷茫的表情，我开始既怕又恨——这意味着她在极力不去想任何事情，推开那些伤害她的事情，免得自己痛苦。

泰一定也注意到了，因为他就这个话题大说特说。"实际上他们没有一个人是双生人——至少，我认为没有。他们主要是觉得气愤，对政府气愤，对许多事情气愤。凯蒂到了之后我一直在考虑离开，就是不清楚我们该去哪儿。"

"你们不能待在这儿，"赖安说，"不能待，警察正全力搜捕我们。今晚，和我们一起走。"

门上有敲门声，推门而入的是个与泰年龄相仿的金发男子，窄窄的下巴上有一圈胡楂。他的眼睛狐疑地转向艾迪和我。"我想我听到后面这儿有动静声。你们都还好？"

"是我的朋友，"凯蒂说着突然又咧嘴笑了，"我说过他们会找到我们的，密歇尔，是不是？"

密歇尔的微笑显得更加犹犹豫豫。"你说过。"

"我们只需要一会儿时间，"泰告诉他，"然后我会向大家解释。"

我不觉得他有必要向他解释。艾迪说。她说得对。密歇尔肯定完全知道我们是谁，而且怎么会不知道？想一想今天早些时候才播过的电视新闻。

但是密歇尔只是点了点头，又把门关上了。

"我们可以去接薇拉和其他人，"凯蒂边说边羞怯地走向她哥哥，"我想见他们。"她的双唇抽搐着，"还有杰姆。"

她不会和我们待在一起。我柔声说，即使我们现在说服他们过来，他们最终还是会跑掉。

意识到这一点让我很受打击。确切地说，这不是失望，也不是难过。无以名状——好像是无比的失落感。

艾迪的声音很温和，这我们应该早就料到。

说到底，泰是家人，而我们不是。说起这事，我们认识凯蒂和妮娜才不过一年，虽说感觉好像我们已经认识她们好长时间了。

"我们会见到的。"泰说着，淡淡地笑了一下。

"你们加入我们，咱们一道？"赖安开始说——

门猛地开了。这一次，不是密歇尔。是那个透过酒吧门一直用眼睛看艾迪和我的壮实男人。他的脸发红，眼睛发亮。

"你们全都需要离开，"他嘘声说道，"马上。"

泰一把将凯蒂拽到身后。"你是谁？"

"洛根·纽瑟姆。"那个男人把手伸向我们。一开始，我以为他想和我们握手。

随即我意识到他手里握着东西。一个白色信封。

"我一直在找你们，"他对我们说，"我有你父母的东西。"

艾迪声音颤抖了。我们的——

我抓过信封，把它撕开。

里面的卡片是素白色，中间压着一朵金色的玫瑰花。我感到艾迪突然之间心潮澎湃，我俩心里七上八下，喉咙里涌出巨大的希望，让我们喘不过气来。

我们认得这张卡片。艾迪在我们离家之前几个月买了这套卡片，送给妈妈庆贺她的生日。妈妈总是说卡片太漂亮舍不得用。

卡片上面印着一张照片。照片的尺寸被剪小了，修了边。不过我还是照样认了出来，它在壁炉台上放了许多年。照片里，一个金发成绺的小女孩蹲在一顶深绿色的帐篷旁边，太阳照在她的眼睛上，她眯着眼，她没看相机。她所有的注意力都放在两根拇指夹着的那一片草叶之上。

我们一直想学父母的样子用它吹口哨。

卡片上有两行字，是我们母亲的笔迹。

一行字已经褪色：艾迪和伊娃，五岁。

照片底部边缘写着另外一行字，是新写的，墨迹又浓又黑：甜蜜十六岁。

"现在警察正在往这儿走，"洛根说，只有这种话才能将我的注意力从我们手里的那张卡片引开，他看向泰，"你们队伍里有卧底。他只是作备用。"

"那不可能，"泰说，"我了解所有那些——"

"你从来没觉得警察用这么长时间才找到你不是很奇怪吗？"洛根追问道，"你真的以为你藏得有那么好？他们老早就找到你了，他们一直在等待。"

他看着艾迪和我。

而我明白。警察正在守株待兔，等着我们来。

现在我们来了。

"我的车就停在外面。"洛根说。

伊娃？

我不知道。我低声说。

我不知道这是否是真的。我不知道我们是否能信任这个人。我不知道。我不知道。

洛根眼中的故事我领会不来。这个陌生人带来了我母亲的笔迹，我们和他一起走？

似乎，得由艾迪和我来做这个决定。

我们走。我柔声说。

我们走。艾迪应声道。

我将手伸向后门，猛地把门扭开了。我们冲了出去，外面天寒地冻。我们还没跑到洛根的车那儿，就听见警车隐隐约约的鸣叫声。

"泰开车。"我说着做出了一个匆忙的决定。我们得信任洛根——不过不能全信。而且无论赖安还是艾迪和我都不如泰了解这座城市。

洛根犹豫了一下，然后把钥匙扔给泰。

我们根本没见到警车开过来。那个时候，我们已经汇入了布林特深夜的车流。

解放汉斯

35

泰开车的时候艾迪和我坐在后座，回忆我们父母捎来的那封信，品味每一个细节。那张卡片在手上沉甸甸的。那印刷光洁、突显的金色花朵，我们母亲用过的墨水的印记，两者都是黑色的，但是新钢笔的笔尖更宽：字母比较粗，单词"sweet"和"sixteen"里面的字母"e"圆圈几乎都封住了。

洛根告诉我们，我们的家人并没有像詹森声称的那样被抓。我们的家人没有配合他的行动。

我们的家人正在寻找我们。

我们的妈妈已经给十二个不同的人分发了十二张卡片，希望其中某个人能联系到我们。洛根来到布林特最初是因为泰所在的组织。目前为止他一直监视他们有将近一周了，却一直没有暴露自己的身份。

"你们参与了抵抗活动，这不是什么秘密，"他对艾迪和我说，"而且如果我怀疑这里的团体可能与你们有瓜葛的话，警察很可能也已经产生了同样的怀疑。"他瞟了泰一眼，"让我大为诧异的是，我没费吹灰之力就找到了你们的落脚处，而警察却没有。"

泰默不作声，双手紧握方向盘。那个人是密歇尔，那个过来查看我们的年轻人，洛根看见他给警察打了电话。他用的是柜台上的电话，以为不会有人注意到。

我知道被你当作是朋友的人完全背叛是种什么感觉。

当我们与赖安目光相遇的时候，他腾出一只手来紧紧握住我们的手。他知道这张卡片对于艾迪和我的意义，这证明我们的父母依然爱我们。

我们两个。

不过他的眼睛，他绷紧的双肩，也含有警告。我也明白其中的意思。

这可能是一个陷阱。我说。不知道洛根会把我们带向何方。也许有人逼着她写的这张卡片。想到这些让我们心里难受，但是如果只往好处想，我们承担不起后果。

洛根带着我们离开酒吧走了几个街区，来到一个安静的街道，他把车停到了路边。他转身面对艾迪和我—— 一开始表情郑重。然后他略微笑了一下，好像他认识我们似的——好像他是一个我们小时候见过面的叔叔，而且他听过我们成长的所有故事，这让人忐忑不安。

"你长得很像你弟弟。"他说。

我们尽力忍着不说话。他说这个是为了让我们愿意信任他，而且起作用了。

"你愿意和我一起回去吗?"洛根轻声地说，"回你们家。"

我捏住赖安的手。

"我想打个电话，"我说，"然后我才能做决定。"

电话响过四次之后莱安纳医生接了电话。我想象她在第一次铃声之后醒了过来，然后盯着电话，接下来又响了三声，一直决定不了接还是不接。

谢天谢地，她到底接了。她保持安静，让我从头解释，在那条黑暗的城市街道上站在电话亭里低语。我说完之后，等着她说"天呐，伊娃，你总是这么鲁莽"，要不就说"我告诉过你待在这儿会有危险"。

与此相反，长时间沉默之后，她说："无论如何我们将不得不离开布林特。你信任这个人吗？"

"你告诉过我说我太轻信人。"我低头看那张仍然攥在手里的卡片，"我想信任他。我特别想信任他，我不知道我是否能信任自己的判断力。"

"你在哪儿？"她问。

我告诉了她。还不到二十分钟，她就停在了我们身边，玛丽安在前座，杰克逊和丽萨在后座。每个人都已经收拾好了。他们已经给我们退了旅店的房间。不管怎样，今晚我们全部都要离开布林特。

唯一的问题是：我们要不要和洛根一起走？

洛根的公寓是他从一个朋友那里租来的，地方寒酸肮脏。莱安纳医生想要了解个一清二楚——多久之前他见过我们的父母，他为什么要热心帮忙，他想要带我们去哪儿。

洛根耐心地逐一回答了我们的问题。大约一个半月之前他第一次联系到我们的家人，当时他们待在同一个安全之家。他本人不是双生人——也没有任何双生人近亲——但是在他看来那并不是认定我们有错的前提条件。他想带我们去首都北面两小时车程远的一个小镇，我们的家人就藏在那儿。

"如果我们现在开车出发，"他说，"明天中午我们就能到。"

这么一说让我头脑发晕，排除了一切别的想法。

洛根答应给我们一些时间仔细考虑。但是艾迪和我一想到再次看见家人便几乎全身发抖。大家都知道最终的决定得由我们来做。

"我想去，"最后我轻声地说，"你们不一定需要全都去——如果这样不安全的话——"

"我们会去的。"丽萨说。

于是就这样决定了。

过了一会，其他人都聚在客厅里，注视着一张地图，讨论驾车线路，这时妮娜把我拉到一边，去了过道，她说："泰和我要去找我们的家人。所以我们不想和你一起走。"

当晚发生的事情让她变严肃了，反而更坚定了。十一岁的年纪，她已经被从家里带走，被社会抛弃，被多次背叛。所以毫不奇怪，有时候，她和凯蒂更愿意避开那些给她们带来痛苦的事情。

我努力克制自己，没有冲动地抓住她，永远不放手。"政府很快会搜寻你——"

"政府已经搜寻我很长时间了，"妮娜说，她的手指在摆弄一缕头发，然后停下来不动了，"他们也许正在搜寻我——我不知道他们会搜到什么时候。"

也许她和家人一起比较好。也许会同样活得最最幸福。艾迪说，这我们能理解，伊娃。

我们确实能理解。

"确保泰严守诺言教你弹吉他。"我柔声说。

她笑了。她的眼中少了一点阴郁。"我会的。"

解
放
汉
斯

我用肩头撞了撞她的肩头，她笑得更欢了。我曾经那么强烈地思念她，眼泪只能咽进肚里。这不是寻常的分别。不是当一个朋友离去时，彼此交换地址和电话号码，说好要电话联系。我无法确知她最终会结局如何，她是否会安然无恙，我是否能够再次见到她，当所有这一切结束的时候。

　　所有这一切是否会结束？

　　这是一次生死未卜的离别。

　　"伊娃，"杰克逊说，他在过道口出现了，"你准备好了吗？"

　　他和莱安纳一起来了之后一直没怎么说话，他的面容格外僵硬。他站在那里，正好在门框里面，显得非常孤独。

　　"我准备好了。"我说。他点点头，转身要走。

　　我想试试。艾迪柔声说，我的意思是，活动活动。

　　这一次，当艾迪伸手接管的时候我尽力想要退出去。一开始，我根本无法做到——这像是猛撞橡皮薄膜，却不停地被弹回来。

　　但是慢慢地，慢得不能再慢了，我们身体的掌控权换了过来。

　　我们——艾迪——身体打晃。

　　走了一步。

　　又一步。

　　我们手脚发软。我们摔倒的时候艾迪大叫。

　　"伊娃！"妮娜和杰克逊先后喊出了声。

　　等到杰克逊抓住我们，那时又归我控制了。其他人从客厅跑了进来，赖安冲在前头，率先跑到了我们身边。

　　"我还好，"我哆哆嗦嗦地说道，杰克逊帮着我们重新站了起来，"我绊了一下，仅此而已。"

"是脚踝吗？"赖安说，他和莱安纳医生过去经常说我们脚伤没好，不该急着恢复正常行走，"踩空了？"

杰克逊一个劲地盯着我们。艾迪不吭声，她的焦虑在我们胸口里面四处扑腾。

我摇头，挤出了一个微笑。"不是的。是我笨手笨脚。"

对不起。艾迪低声说。

不是你的错。而且你比几个小时之前强多了，你走了好几步，你还说话了，了不起。

我尖叫了。

更棒了。

她不出声地笑了，我也渐渐笑了起来。

即便所有的一切在我们耳边坠落，轰然崩塌划过我们的手指——艾迪和我只要彼此在一起，一切都无所谓。这可不是小事情。

216

36

我们开呀开呀，追着洛根的尾灯。太阳爬上了冬季灰色的天空。艾迪和我坐在后座，当其他人睡觉的时候，我俩练习轮换控制。经过几个小时的练习，变得越来越轻松，艾迪每试一次都有长进。自从她回来之后，外面的世界乱糟糟的，没有时间顾及其他事情。这段漫长的车程给了艾迪和我时间，我们关注彼此，关注我们自己。

有两周的时间，我失去了艾迪，不过艾迪失去的是整个世界。

就像我们小时候，我担心你会出什么事。当我提起这件事时她轻声说道。我想要确定她在事后安然无恙。伊娃——

你回来了。我说，你回来了，而且我们在一起，这才最要紧。

正午时分，洛根在一栋漂亮的大房子前停了车。

你真的认为我们的家人在这儿？艾迪说。

我知道她的担心源于恐怖，过去一年旧痛未愈，又受新伤——好东西总是从我们身边被夺走。即使我们永远重复杰克逊那句要心存希望的咒语，我们的每一个希望还是最终被打落到泥沼之中。

他们会在这儿的。我说。

当然，我们都很紧张。但是在我们住院之前我们的父母至少花了成年累月的时间与艾迪相处过。

自打我十二岁以来他们再没和我说过话。

不过如果再次与他们相见，我将成为那个主控的灵魂。

我有几分担心他们是否会注意得到。

我们下车的时候赖安站在我的身边。大家都默不作声，也包括玛丽安，当她以为我们不在看她的时候她一直用眼睛盯着我们。人行道边上栽的树光秃秃的，只剩下枝干，在寒风中摇摇欲坠。

他们会在这儿的。我重复着，不会有事的。

不会有事的。艾迪跟着重复。

洛根按响门铃。我们等得遥遥无期，等了千万年。然后门打开了。

妈妈。艾迪说。这个词在我们体内回响。

玉米穗丝般的头发，苍白的肌肤，不褪色的雀斑。妈妈的样子与我们记忆中的一样。

"艾迪！"她说。

这让我受伤。

本不该这样。或者本不该伤得这么深，因为我本该有所准备。我以为自己准备好了，但是却并没有。

母亲没有认出我，这让我受伤，深入骨髓。

我什么话也没说。妈妈发出哽咽的喘息声，眼泪马上就要流出来了，她的脸走了样，我心里想，拜托，拜托别哭。过去我老是讨厌看见母亲哭，讨厌知道经常是因为我才惹得她哭。

她伸出胳膊抱住我们。我犹犹豫豫地回抱了她一下。起初只用了一只胳膊，因为我们的另一只胳膊挽着赖安，紧紧抓住他，怕得要命。然后，慢慢地，我们的手指从他的身上滑落。我用两只胳膊抱住妈妈的双肩，闭上双眼，她在我们的怀里感觉好瘦小，但我尽量不去想。

"艾迪？"一个男孩的声音说道。

我们的眼睛猛地再次张开。穿过妈妈的肩头，我看到一个小男孩，顶着一头黄发，眼光狐疑不定。

我身子摇摇晃晃。妈妈对赖安和其他人做了个手势。她的眼睛似乎不想离开艾迪和我，不过她还是对他们说道："请进。外面冷。"

我们曾经许多次听见她说类似的话。对家里的客人说，对我们家的朋友说，对来家做功课的艾迪的同学说。

莱尔溜回大厅，走了。从我们身边溜走了。

世界上最奇怪的事情是看着自己的母亲，却感觉我们像是陌生人。知道她在躲开我们的眼睛，知道她因为对我们做过的事情而内疚——而且那不是一件小事，一件能随意忘记的事情。正是那样一个决定使我们分离了半年多，改变了我们的全部生活。任何东西都不会永远不变。

她的内疚令我感到几分欣喜。想让她内疚令我感到几分内疚。

我全身心地想要她看看我，认可我。

喊我伊娃，而不是艾迪。

"你爸出去了，不过他很快就会回来。"她边说边领着我们穿过门廊。她瞥了一眼赖安。我们同时遭到绑架之后这几个月的时间里她和穆兰一家说过话吗？失去孩子让他们走到一起了吗？还是由此而疏远？艾迪多年来在学校一直这样避开哈莉，因为她怕引来更多不必要的注意。

"你饿了吗？"妈妈说，"他们才开始准备午饭。"

"我还行。"我说。

"我要吃饭。"莱安纳医生说完用眼睛看着其他人，接着他们全都开始嘀咕吃饭的事。妈妈指了指厨房，让他们去那里。

他们一点也不给我们帮忙。我焦虑地说，像这样剩下我们孤零零的。

就连最能读懂我的赖安也只是稍稍微笑了一下，还点了点头，便和其他人一起离开了。

"你想冲个澡吗？"妈妈问道，"你一整天都在路上——"

"我不需要冲澡。"我说。

她点了点头。

"莱尔做移植了吗？"我突然冒出一句。这是除了"看看我"之外我能想到的唯一要说的要紧事。说出我的名字。拜托。

妈妈身体晃了一下，然后点了点头。最后她的目光与我们相遇。"他好了许多。他得吃免疫抑制药，不过这也比透析好。艾迪——"

她说出这一声艾迪时，我已经开始哭了。

即使在泪眼模糊之中我也看到妈妈的喉咙在上下跳动。"艾迪……"

伊娃——艾迪说。

"我要去找他。"嘴里的话赶着往外跑，我语无伦次了。我急忙用手捂住眼睛。谢天谢地，眼泪止住了。"莱尔——我想和他说话。"

不等妈妈开口阻拦，我便赶忙沿着大厅跑了。

我不确定她是否想拦我。

37

要找莱尔说着容易做起来难。这幢房子从外面看真是够大的，而我一直心不在焉，不曾用心观察过。现在穿过房子，艾迪和我感受到了它的装饰空间的整体效果，墙上挂着绘画和照片，各个房间都通风。对于一个十一岁的男孩来说可以藏身的房间多得没法说。

他们把他治好了，艾迪。我说。从外表看，现在我们情绪镇定，没有泪痕。但是我知道，艾迪能够感觉到我仍旧在发抖。她比我更镇定。他们把他治好了，好像——

好像他们永远也治不好我们。

不该说话。也不该思考。

我们一直想要这样。艾迪说。

我们当然想。我很高兴——我很高兴他做了手术。如果——如果我们离家之后所经历的一切全都是为了换来莱尔的手术，那很值得。

那一晚科尼温特先生来带艾迪和我走，他威胁我们的父母说否则莱尔就得不到必需的透析治疗，然后用提升莱尔在移植名单上的排名来打动他们。

我只是——我靠着墙，把眼睛闭了一小会儿。我情绪纠结，无法解读任何事情。我不知道。

艾迪和我发现客人的痕迹无处不在。卧室塞满了衣箱，办公楼层铺满了睡袋。卫生间有因为太多的人共用而留下的痕迹。毛巾挂得到处都是。一管一管的牙膏躺在洗脸池的四周，旁边是各式各样颜色鲜亮的牙刷。几件女人的内衣掉落在马桶后面。

从能看到的那些照片判断，这幢房子属于一个五口之家——一对比我们父母年龄略大的夫妻，三个上大学年龄的孩子。现在他们在这儿吗？他们为什么选择对陌生人敞开家门？

就在我们几乎要放弃寻找莱尔的时候，一个女人从一间卧室里探出头说道："艾迪，对吗？你的家人住在把头的那个房间里。"

大厅尽头的那扇门关着。我短促而间断地敲门，过去艾迪进莱尔的房间之前总是这样敲门的。

"谁?"弟弟的声音传了出来，我慢慢地推开门。

莱尔坐在一张床上，手里是一本破旧的平装书。"哦。"他见是我们说道。他又回头看书。不过他的眼睛并没有移动，老长时间一直盯着书里的同一部分内容。

"是哪本书?"我问。莱尔举起书好让我们看清封面。我认出那是家里他书架上的书。"那本书你已经读过至少十遍了，难道不是吗?"

莱尔耸了耸肩，还是不看我们。

"这儿没有别的小孩?"我说。

"再也没了。"

"妈妈说你不用再去透析了。"我微笑着说，"太棒了。"

终于，莱尔抬起头不再看书。他再次耸了耸肩。好长一会儿，我们都一动不动，也不说话。我不知道如何跨越我们和小弟之间出现的这条鸿沟。

因为是我所以这样？我说。

不是因为你。即使我主控也是一样。

但是我不确定是否真的如此。

继续说话呀，伊娃。坐到他身边。

可笑。我说着笑出了声。过去当你遇到麻烦时我常常告诉你该怎么做。我——我从没想到要知道该怎么做会有这么难。

你知道该怎么做。艾迪柔声说，最难的是相信自己知道该怎么做。

"抱歉手术时我不在场。"我坐到床边，莱尔挪了挪身子，适应床上重量的变化。

"你不想离开，是吧？"他从眼角看着我们。

我不清楚他的这个问题有何用意。他是在问我们是否想抛下家人不管？抛下他不辞而别？当然不是。绝对不是。

他知道科尼温特先生那晚对我们父母说过的话吗？知道我们的离开与他的移植手术有关吗？

他是在问我们离开时是否心甘情愿，即使知道这样对他有益？

我们当时并没有那么无私。我肯定是那样。如果有选择的话，我会宁愿赖在家里，尽管家人并不认可我的存在，也不会离开去诺南德。

"我多希望自己当时能在场帮到你。"最后我说。我犹豫了一下，然后伸出手抚弄他的头发。他扮了一个鬼脸抽身躲开了，不过我发觉他隐隐约约地笑了。

他放下书，连页码都没折好。"你想看那道疤吗？"我点了点头，于是他撩起衬衫。伤疤比我预想的长，不过现在已经褪成了亮白色。

"很疼吧？"我说。

莱尔耸了耸肩。"有时候。不过他们给我用了许多药。"他微笑着，露出那颗稍微有点长歪的下齿，过去妈妈总说一旦他再稍微大点就用牙箍把它们固定住，一旦我们有了钱。"我真是个傻瓜。"

"是吗？"我笑了。然后莱尔将目光集中在我们的额头上，于是我不出声了。我知道，我们那里有道疤，在诺南德从房顶摔下来之后就有了。我们可能会摔死，要不是下面的不远处有一个伸出来的东西挡住的话。

我重新整理头发，把伤疤遮住。不过还不等我说什么，莱尔已经问我了："你怎么有的那道疤？"

"摔的。"

谢天谢地我们穿的是长裤。我说。我不想别人问到我们在波瓦特留下的那些伤疤。

"艾迪——"莱尔说。

我想了想，回答道，"我不是艾迪。"

我一动不动。

莱尔抬头盯着我们，似乎会永远沉默下去。

莱尔脸上的诧异慢慢变成了埋怨。"你一直都在？在家？你为什么不告诉我？"

我们的嘴张开了，又合住。我曾经预想过——我并不确定一旦莱尔知道他真正的谈话对象是谁他会作何反应。恐惧？也许，厌恶？

相反地，他听起来有点伤心。

"我在。但是我无法说话，莱尔——"

"那艾迪为什么不告诉我？我不会告诉任何人的。是因为我得病了？"

"这和你得病毫无关系。"我不确定他是否相信我的话，"莱尔，抱歉发生了这种事。爸妈带你离开了家，学校，还有……还有所有的一切。你现在到了这儿，一切全都失常了。"

莱尔移开目光，耸了耸肩。

"伊娃？"他说，这个词从他的嘴里出来是如此地自然，如此地轻松。好像他过去一直在不停地叫我的名字一样。"新闻里说你干的那些事情，真是你干的？"

我想转移话题，聊点轻松的事儿。但是艾迪说，也许我们应该告诉他，至少是一部分情况。他想知道。他不应该被蒙在鼓里。

我在犹豫，莱尔等着。

"这样吧，"我柔声说，"我从头说起，告诉你一切。"

我对他说了那些艾迪和我早就想为他讲的故事。午夜初次逃离诺南德；我们从塞宾娜和科迪莉亚的照相馆出逃。我也对他说了些我从未想到自己会对他说的故事，说了我们在汉斯遇到的那些女生，说了诺南德的艾利和卡尔，说了塞宾娜，以及我们如何想要同样的东西，却用了不同的方法。

莱尔问我的有些事情我不知该如何回答。杰米出了什么事？艾米利亚怎样了？我们要去救他们吗？布丽姬特和汉斯其他的女生情况如何？

我正要对他说在布林特找到泰和凯蒂的事，这时有人敲卧室的门。

"进来。"我说。杰克逊探着头往里看，他看到莱尔时迟疑了一下。

"楼下还有午饭。"他对我们说，"不过很快就会没了。所以你们大概得下来一趟，除非你们可以靠着椒盐卷饼充饥一直忍到晚餐的时候。除非你们忙着有事。我没意识到你们在——"

艾迪乐了，笑声温柔甜美。他有时候的确爱东扯西拉的，难道不是吗？

"我想吃午饭。"莱尔转身对我们说，"你也来吧？"

让我和杰克逊说说话，艾迪说。

当然我想让她和他说话。但是我也不想。或者说我想这样，不过我希望情况比我所料想的更轻松顺畅。

你不想让我先告诉他？你回来了？

没关系。她说，我会解释的。

你想让我离开吗？

我还是走不动，走不稳。如果出了什么事……我不想瘫在那儿等着你回来。

我领会到她的话外之音。如果有人进来——比如说我们父母——她不想让他们看见她那种样子。我瞥了一眼杰克逊。好的。

"你先走，莱尔，"我说，"我想和杰克逊说句话。"

莱尔犹豫不决，不过还是点了点头，离开了。杰克逊关上门，他笑了笑，摸不着头脑。"有什么事，伊娃？"但是我无法回答。见我仍然不说话杰克逊脸上的笑意渐渐褪去了。"伊娃？"

当心！我说，这时艾迪正在费力地进入掌控状态。她在床上往前倒，差点没保持住平衡。杰克逊冲上前，艾迪用手指紧紧扣住他的胳膊。

他们四目相对。沉默，我们心如鹿撞，连着疾跳了三下。

"别怪伊娃，是我不让她吭声的，"艾迪低语，"我——我想自己告诉你。而我做不到，一时半会儿做不到。"

杰克逊只是瞪眼看着。

"好，说点什么吧，"艾迪说，气喘吁吁地，"那个说话有问题的人其实是我。"

好长好长一阵，他没说话。然后他咧开嘴笑了。

"我明白了，"他说，"我明白了。"

解放汉斯

38

和她在一起的时候，他有一点点的，不一样。之前我从来没见过他俩像这样单独待在一起过——哦，当他俩知道我也在时，会尽量不表现得过分亲密。我心想文森是否也这样。他是否也和我一样有同感。

艾迪在我们的身体里行动笨拙。不过即使是笨手笨脚，我还是感觉到她在杰克逊身边时举止不大一样。她更爱微笑，更爱放声大笑。

他们没有聊波瓦特、汉斯，也不聊艾迪有时候含混不清的话语。他们回忆往昔在安绰特时一起去过的地方，他们的所见所闻。他们大笑，说的笑话我听不懂，因为当时我不在场。

他们聊出海航行。

似乎他们能够永远这样下去，一起坐在那儿，后背顶着床头板。然而他们被打断了。

莱尔砰地开了门。艾迪猛地站起来，然后身体直打晃。杰克逊抓住我们的胳膊想把我们扶稳，这时候已经是我在主控，用不着他帮忙了。

"发生了一起枪击案，"莱尔说，脸色苍白，"在一个研究所里。他们想要杀掉所有的小孩。"

汉斯。

这是我的第一个念头，我最担心的。

我耽搁的时间太久，没能兑现对布丽姬特的诺言，现在为时已晚。

"电视在播。"莱尔已经又转身掉头了——准备飞奔回去，"又是一次强行插播。"

楼下的客厅已经聚了一群人，大多数人站着，有几个人坐在黑色的皮质长沙发上。丽萨和戴文在房间的另一头，丽萨的手按在嘴上。

屏幕上那段录像晃动着，镜头时而清晰时而模糊。一开始，我不明白自己看到的是什么。随后我意识到那些一会儿入镜一会儿出镜的人是急救医护人员。他们抬的东西是担架。

担架上躺着孩子们的尸体。

那不是汉斯。尽管录像的质量差，但我知道我不认识这个研究所。那个地方草木葱茏，虽说是十二月——那是南半球的某个地方。

录像结束了。沉默笼罩着房间，令人窒息。

玛丽安站在门廊里，和我们其他人一样纹丝不动。

"这你知道吗?"我追问道，"这是你播的?"

她木然地摇了摇头。空气似乎变得稀薄了。

"我要找出是谁干的。"玛丽安嘟囔着，走出房间不见了。

"艾迪?"这是爸爸，妈妈在他身边徘徊着。他的拥抱压得我们透不过气来，感觉特别像我们最后一次见到他时他给我们的那个拥抱。就在艾迪和我上科尼温特先生的汽车之前的那个拥抱。

一瞬间，我又成了那个女孩——半年多前的我。一辈子
以前。

一个希望父亲会来救她的女孩，因为他答应过她。

爸爸松开了我们。"艾迪——"

他不知道。我低语，他没想到是我。

他知道，伊娃。他只是——他不知道说什么——

他只需要说出我的名字！

我深深地吸了一口气。艾迪使劲地想要抓住我。我能够感
受到她——听见她说，伊娃——但是我不去想它。

和父母一起站在这儿让我感觉像是被扔进海里，又忘了如
何游泳。

"对不起。"我从父亲身边向后退了几步，"我——我得弄
清楚是谁播的那段录像。我得去找玛丽安。"

玛丽安在楼上接电话。我们走近的时候她抬头瞟了一眼，
示意我们别出声。"下一次，给我预先打个招呼。"她生气地冲
着听筒说道，挂断了电话。

戴文，丽萨，和杰克逊从客厅一直跟着我们。

我们的父母没有跟过来。

"是谁?"戴文问。

"是在哪儿?"丽萨低声问。

玛丽安的嘴唇很薄。"事情发生在罗科。昨天深夜——要
不就是今天凌晨。谁也不清楚。没有官方报告。一个记者和他
的朋友听到有关这次袭击的传言，开车过去看。正是他们找人
播出来的——他们把东西给了我在新闻台的联络人。他以为东

西是我的。"

"罗科,"我说,"听着耳熟——"

玛丽安点了点头。"在我播出亨利的录像之后罗科发生了暴乱。"

她告诉过我们。艾迪说,过去在布林特的时候。

亨利的录像——我们的录像——引发了这场袭击？这是某些丧心病狂的家伙不顾一切向双生人反击的方式？

我站不住了。他们比我们强壮。说到底,双生人只占人口里的一小部分。我们会被消灭掉,如果他们特别想要这么做的话。

除非。艾迪说,这是一场蛮力的角逐。

恐怕不久之后就会成这样。

"死了多少人?"杰克逊说。

玛丽安摇了摇头。"我不知道。"

"他们抓住肇事者了吗?"戴文问,"多少个枪手——"

"我不知道。"玛丽安说。

丽萨欲言又止。她的喉咙发颤。"罗科在哪儿?"

"很远,在南方。"戴文说。不过这场袭击发生地的远近有什么要紧？研究所肯定有上百的小孩。我头脑里不停地浮现出我在汉斯认识的那些女生——布丽姬特,凯特林,珍妮——在逃窜——逃窜到哪里去？她们无处可逃,无处藏身。

我看到她们被逼到墙边,钻到床下。黑暗中枪火闪亮。

"我告诉过你这会蔓延,超出我们的控制。"玛丽安听起来几乎是在自我辩解,"我说过其他人会乐意帮忙的,只要事情开了头。只要他们理解了。"

我好一会儿才明白她指的是那个抓拍录像的记者,而不是枪手。

"而且——而且这，"玛丽安说，"这会使更多的人看到真相，使他们关心。"

"不应该付出这种代价，"我柔声说，"仅仅是为了让人关心。"

解放汉斯

39

玛丽安用卫星电话呼叫亨利，正好赶在他睡觉前联系上了。她打算一拿到罗科的录像就发送给他。她说他可以以此来关注美国。

艾迪和我想和他说话。自从那天他离开之后我们一直没有得到这种机会。听见我们的声音亨利似乎舒了一口气，和我们听见他的声音时一样的反应。语句不是十分清晰，但是我能很好地领会他的意思。艾迪和我听到了他和玛丽安的谈话，知道他打算等人一聚齐就把一条有关罗科的消息播出来。

有那么一小会儿，我们免谈任何重要的事情。尽量假装自己心绪宁静，可以闲聊几句，但是很快就无话可说了。

艾迪和我蜷缩在楼上的一间办公室里。我们不想让屋子里的其他人知道那部卫星电话，所以我们和玛丽安就躲到上面这里了。不过，她已经走了，所以现在只有我俩。

"过去在安卓特的时候，"我对亨利说，"你说过世界上的其他人不关心美国双生人的遭遇，因为他们有更加紧迫的忧虑。情况还是如此吗?"

他沉默了一阵。"我认为人们正在开始关注。而且我认为关注度会上升。你和艾迪过得还好吧？"

"我们感到难过，"我轻声说，"所有发生的一切——我们只是感到难过。"

罗科袭击案使整座屋子陷入无声的哀悼。艾迪和我发现自己在大厅里徘徊，忐忑不安，漫无目标，只需彼此，不想任何人陪伴。到第二天我们才听说守夜的事。文森解释说是一个名叫达米安的人组织起来的。国会离这儿只有两个小时多一点的距离，达米安已经与驾驶距离范围内的其他安全之家通过电话，召集大家今晚在国会大厦前面集合。

这次守夜不仅仅是为了罗科的那些儿童，也是为了所有目前下落不明的人们，为了消失的家人，为了被带走的孩子。

我想起我们与塞宾娜的初次相见，那时她已经制定好兰开斯特广场抗议行动计划。当时我们称之为一场纪念活动。我们用爆竹和传单纪念死去的儿童，极力以此象征一种除此之外无法表现的痛苦和痛恨。

而在这里人们想要再次一试，想要说出一个感觉无法讲述的故事。这个故事不仅包括那些从家里被抓走的儿童，也包括他们所抛下的家人。还有那种藏在内心的对于数十年体制化的伤痛与畏惧，这种畏惧之心甚至会延续数百年。

"达米安说有几百个人答应要来。"文森说。我们独自在楼上的图书馆里。现在赖安和哈莉两个人都知道艾迪回来了，不过他们似乎知道要给我们一点点空间。"双生人。双生人家庭。朋友。"

几百个人？艾迪的口气有些怀疑。她说出口的话却是，"你不打算去，对吧？"

解放汉斯

我们全都明白这个问题并不只是针对文森。

文森迟疑了一下。他想去，我能看得出。我想去。不过像那样在国会前面集会……似乎像是一次无谓的冒险。

"他们将佩戴兰花，"文森边说边摆弄一本破旧的平装书，"我不知道隆冬季节在这儿他们将从哪里弄到兰花。"

自那次插播以来，我们在一天之内对于罗科的了解比我们整个一生知道的都多。那个地区因兰花而闻名，特别是出产一种名为圣诞兰的品种。这让人觉得反讽到残酷的程度。

"文森——"艾迪准备说话，但是他打断了她。

"我们不会去，"他说，"杰克逊不想去。因为他知道你不会去。而且如果出了什么事……"他耸了耸肩。

如果真的出了什么事，艾迪低声说，他不想让我们再次分离。

我午夜醒来，从头到脚都在担心，害怕我们的出逃只是一场梦境，害怕我们仍旧困在诺南德，四周是别的双生人儿童，消毒剂的味道，还有与绝望无助相伴而生的让人作呕的恐惧感。

艾迪！我伸手去找她，哆哆嗦嗦地舒了一口气，她就在那儿。这时我发觉她也在伸手找我。

汗水把我们的衣服和毯子贴在我们滚烫的皮肤上。我踢开毯子。

没事。艾迪低语，没事，我也梦见了。

艾迪和我不是总做相同的梦，不过当我们做同样的噩梦时，好处在于知道害怕的是什么而用不着去解释。

什么东西发出嘎吱声，有脚步声穿过门廊。我直起身，在房间里四处张望。尽管不大自在，我们还是决定和家人待在一起，赖安和哈莉则在大厅边图书室的一个僻静处临时落脚。不过我们一直等到父母和莱尔入睡了才爬进被窝。他们三个还在熟睡中，妈妈和爸爸睡在床上，莱尔和我们睡地铺。

床头柜上的钟显示刚过午夜。我们听见隐约的低语声，接着是更多的脚步声从楼上下来。

他们正要出发去守夜。艾迪说。

达米安已经在晚餐之前对行动计划做了说明，当时屋里聚了许多人。感兴趣的人可以在午夜到楼下会合，然后拼车去城里。他希望所有人在凌晨两点之前到达那里。

他说，罗科的儿童，在那一夜最黑暗的时候，遭到袭击。他想在相同的时间为他们点燃蜡烛。

当赖安找到我的时候，我向他保证过艾迪和我不会去。

我合住双眼，但没有重新躺下。达米安的话在我脑中回响。那一夜最黑暗的时刻。四十八小时以前，被关在一座楼里的儿童像这样从床上醒来，瞪大眼睛看着枪管，赤手空拳，魂飞魄散。

我飞快地用手捂住嘴，以免发出哽咽声。但是那个情景挥之不去，泪水流进了我们的喉咙。

我要去送他们。我处于半狂乱状态，黑暗沉甸甸地压在我们身上。只不过是送送他们。

艾迪没有反驳。

我溜出门，尽量不弄出任何声音。大厅空无一人，我顺着嘈杂声赶紧下了台阶。我们发现达米安的团队聚在光线昏暗的前厅里，已经穿戴齐整。总共大概有十五个人，有几个人还在系鞋带。

我看到了洛根·纽瑟姆，他冲着我们扬了扬眉毛。达米安，高个，沙色头发，他看见我们了，说："你最好找件大衣。那里外面很冷。"

　　"哦，我不——"我的声音越来越小。

　　然后我认出那个紧挨着门，戴着米色帽子的女孩。

　　那是哈莉。

解
放
汉
斯

40

哈莉连忙跑到我们身边，把我们从人群中拉到一边。

"我们快要出发了，女孩子们。"达米安说。

"马上就好。"哈莉扭头说道。她对着艾迪和我，低声说："我知道，伊娃，我知道。对不起我没有告诉你，也没有告诉任何人。不过苍天知道无论是你还是赖安在那方面好像都不占优势。"

"这是——这是一种无谓的冒险。"我噼里啪啦地说了出来。

我做梦也没想到会在这里看到哈莉和丽萨。我对艾迪说。

可是，她们该不该来这儿呢？艾迪说。

我已经习惯了哈莉和丽萨作为一个起调节作用的理性声音。在我比较冲动的时候缓冲一下。不过曾经有一次，正是哈莉冒险伸手去抓艾迪。丽萨曾经坐在她的卧室里，告诉我们说我们并不是唯一的一对双生人。

她们也曾经花了一生的时间盼望比现在拥有更多。她们也曾经想要世界发生变化，不过她们绝对不想看见任何东西在进程中被毁。

也许她们从来不曾认为有这种必要。

"这比不得你们做的那些事，几乎没什么危险，"哈莉说，"丽萨和我……我们想干点事。你和艾迪进过汉斯，你把那事揽在自己身上。而且——而且我知道这事和那根本没法比。不过我想参与这事。"她咬着嘴唇，"这是一次守夜，伊娃。已经有过这么多次惨剧被搁置一边，被隐瞒，或者被迫遗忘。而且是头一回，人们将要公开哀悼。"

我意识到她不仅仅是想让我们放她走，她想要我们和她一起去。

"赖安——"我正要张口说话。

哈莉摇了摇头。"他会极力劝阻，不让我们去，而且他们快要走了——"

这时，洛根语气柔和地喊道："你们俩来不来？如果你们没带外套，我保证你们能从壁橱里借用一件，不过一定要拿回来。"

"我就来了。"哈莉说。她看着艾迪和我。

我深深地吸了一口气。艾迪？

我们想去。她柔声说，我们一直都想去。

"我们也马上就来。"我说。

达米安不是在开玩笑，的确天寒地冻。大多数汽车停在几个街区之外，为的是不让人对安全之家起疑心。艾迪和我走路的时候缩在我们的外套里，紧挨着哈莉好取暖。

街道静悄悄的，只有我们的脚步声。突然，洛根向外挥了一下手，示意我们停下。

我们全都不动了。我听了听，一、二、三秒。什么也没有，只听见轻柔的风吹的声音。

达米安继续走路，过了一会儿，其他人也开始跟着走。但是我走了几步之后又停下了。这一次，我也注意到了。我们往汽车跟前走的时候最开始的那个队伍已经分散成了一些小队，我们听到的轻柔的脚步声与任何人的步伐都不相配。

　　我们先是感觉到了他，然后才看见他本人。

　　"莱尔？"我说，"莱尔，我知道你在那儿。出来。"

　　他从路边树行的暗处现身了，很不开心，嘴巴抿成了一条线。

　　我们更不开心。"回去，"我说，"马上。"

　　他摇着头，走近我们。"我要和你们一起去守夜。"

　　"你不能去，"我说。

　　"为什么不行？"他质问道，"达米安说那里会有别的小孩。"

　　其他人也全都止住了脚步，看着我们说话。

　　"他能行，"达米安说，"为什么不可以？"

　　"因为他才十一岁！"我说。

　　达米安目光坚定。"那些孩子到了十岁就被带走。"

　　"我想去，"莱尔说，声音异常响亮，街灯照在他的眼瞳上，使得它们闪出亮光，"如果你让我回去，伊娃，我会叫醒所有人。"

　　达米安飞快地看了我们一眼，扬起了双眉。

　　"看样子是拦不住你了。"我气恼地说。

　　不过这会拦住我们。而且最有可能，拦住哈莉。她双唇紧闭着，目光焦虑。

　　"不会有事的，"洛根说，"这个小伙子想去，我们会照看他。"

　　"好啦，伊娃。"莱尔说，过去他常常这样求艾迪和他一起表演他的某个故事，或是和他一起去图书馆，或者当父母不在家的时候晚睡一个小时。

于是我没了主意，犹豫不定，不过我还是让他跟在我们后面上了车。

我给他放行了。

我们开车进入一座安静的城市，这里大多数人还在梦乡之中。以前艾迪和我从未来过国会，虽然我们在电视上时常看见。总统经常站在国会前面发表演讲，而且这样做了几十年了。

达米安把车停在离广场几个街区远的地方，我们在那里等着，后来我们团队的其他人也到了。然后我们聚在他的后备箱旁边，由他分发蜡烛。他还有兰花，尽管花儿有点发蔫。我们把花别在外套上面，花瓣粉白两色相间，软得像天鹅绒。哈莉和我将多余的兰花放进口袋，好留给那些兴许没带兰花的人。

静悄悄地，我们向国会大厦行进。艾迪和我身边的人群刚开始只不过是十几个人，但是当我们走街串巷的时候其他队伍加入我们汇合在了一起。

尽管时间已晚，外面仍然有人在走路。当我们经过的时候一群群冬季度假的学生暂时止住了笑声。猛然间我意识到，这是正儿八经的圣诞前夜。

我们没有标语牌，也没人喊任何口号，我们只是走着。一些人的外套上别的兰花是用布料或纸做的，不过别的仍然是兰花。

哈莉的手碰到了我们的手，被我握住了。

我真希望赖安在这儿看到这一幕。我说，我们真该把他

解放汉斯

叫醒。

因为说一千道一万，这情景实在太美妙。

仿佛直到此刻我才意识到我这一生曾经感到多么的孤单。我的痛苦、我的挣扎，太微不足道，人们转头即忘，无人过问。直到我看见国会大厦前面聚集的人群。

达米安曾经说过会有数百人，他说得没错——是数百人，还有他们手中小小的荧光棒。

这使得我们呼吸加速。

我举起手。玛丽安的戒指仍旧在手指一圈闪着亮光。我向下按住那颗小宝石，设置到录像。这不是为了录像，不是为了玛丽安在新闻上播放；不是为了考验并且动摇任何人的想法和决心。

我想拍下这一幕，其原因与我在汉斯拍下其他女生讲述的故事一样。因为这很美，因为我想把它永远保存下来。

"这全都是些什么人？"哈莉低声说。

一直跟在我们身边的洛根说道："他们中的一些人肯定是从中午就开始开车，为了大老远地来这儿。"

不过他们已经到这儿了。

蜡烛不够齐整。长短不齐，颜色各异。带香味的蜡烛熏得我们昏昏欲睡，好像进了一个味道浓烈的百花园，薰衣草、松树、圣诞早餐曲奇饼干的味道，应有尽有。艾迪和我手里握的这根蜡烛短粗肥硕，而且是深紫色。莱尔的蜡烛是绿色的，又长又细。他一只手握拳，把蜡烛紧紧攥在手里。

没人说话。我们身上蕴含的沉寂具有某种威力。

很快，我们被好多饱含力量和温暖的小小火焰所包围。我不只想到了罗科的孩子，我想起了彼得，以及汉娜，还有维奥拉；想到了布丽姬特，以及艾米利亚，还有杰米。想到了所有研究所里的所有孩子，以及所有逃脱抓捕的孩子。想到了他们终身东躲西藏然后长大成人的样子。

如果不是现在这种情况，他们每一个人都配举行这样一个纪念典礼。不过这正是战斗所起到的作用，将一个人的恐怖死亡变为令人费解的千人悲剧。

一股风悄悄地在人群中吹过，使得烛光摇曳。

我们沉浸在个人的思绪之中，直到哈莉的手紧紧钳住我们的手，我才注意到人群在骚动、我抬头看她，她正在朝相反的方向看，皱着眉头。

"怎么？"我低声说。也许，过于安静了，因为她没有回答。

然后我也听到了——隐隐约约的警报声。

她的眼睛猛地回过来看我们。我一把抓住莱尔的胳膊，紧得让他大喘气。

"出什么事——"他从我们的肩头看过去，话停住了。在远处，人们四散奔逃。人群变了形，好似山崩地裂。先是踟蹰犹豫——当人浪涌到跟前时在半暗半明之中变为一片混乱。不到一秒钟的工夫，仅仅才一秒钟——

要决堤了。

"不要放手。"我冲着莱尔大喊。

每个人都在喊叫。魔法破除了。莱尔仍旧攥着他的蜡烛，但是当我拉他过来的时候，我们看见地上扔着十几支蜡烛。

一个路人猛地撞到我们身上，我们绊了一跤。

就在那一瞬间——一次心跳的间隙——我们弄丢了哈莉。

我们的头转过来转过去，前看后看，想要重新找到她，但是人群太密集——太混乱——

"艾迪!"莱尔尖叫。

艾迪和我全身的每一个细胞都钉在了我们的小弟身上。有个人的蜡烛打翻了,蹭到了他外衣的帽兜,碰着了那干燥柔软的面料,把它点燃了。

我们大叫,让他待着别动。小时候给我们教过的口诀跳进了脑子——停住,躺下,打个滚——不过在这样的人群里没法照办,在这儿躺倒在地会丢了性命。

我们扯下自己的外套,想用它把火扑灭。

拜托,拜托,我心想,哦,天呐,拜托。

火苗熄灭了。又过了几秒钟我们才敢喘气。莱尔站着,气喘吁吁,眼睛睁得大大的。

"你没事吧?"我终于说出话来。见他不回答,我开始再次问他,声音更大了——不过随后我意识到他正在惊愕地盯着我们身后。他正在盯着什么东西看,在看什么人。

我旋风般地转过身。

有三名警员,他们戴着头盔,深色套装,这使得他们看起来都是一个样。遮着脸,穿着制服。

我用胳膊搂住莱尔,把他拉到我们身边。他没有挣扎,他一言不发,四肢冰冷。

"你们不能抓他,"我低声说,然后我尖叫道,"你们不能抓他。"

他们还是抓了他。

他们也抓了我们。

41

　　被围捕的不仅仅只有我们。我们四周各处，警员们把人们一群一群地赶到面包车和警车上。人太多，装不下。有几队人站着纹丝不动，警员看着他们，似乎不知道拿他们怎么办。

　　地面上散落着熄灭的蜡烛和践踏过的兰花。

　　"会好起来的。"我对莱尔低声说。警员押着我们走向一辆面包车——我们快走到车边的时候被另外一个人截住了，他冲我们皱了皱眉头，对一个警员嘀咕了几句。

　　我们被换了手。新来的那个警察押着我们去的不是面包车，而是警车。

　　我们要去哪儿？我们钻进车里的时候艾迪低声说。

　　我不知道。我太紧张，猜不出。哈莉和丽萨去哪儿了？最初的那波恐慌之后我们再没见过她们。她们也被捕了？

　　拜托，希望平安无事，我绝望地想。

　　他们只是想要哀悼一下。

　　车程持续了半个多小时。他们没有送我们进监狱，而是停在了一座房子前面。房子有两层，很气派，一块无可挑剔的草坪，前门廊挂着一面旗子。那些警员赶我们下车时，草坪里安

解放汉斯

的灯具射出一道低低的白光，照在我们的腿上明晃晃的。

莱尔看着艾迪和我，仿佛我们理应知道是怎么一回事一样，但是我只能摇头作为答复。

一名警员抬拳敲门。他没必要敲，门开了。那个警员赶紧放下拳头。

"进来吧。"马克·詹森说。

两个警员只待了一会儿。等詹森装模作样地刚一开口问他们要喝点什么，他们便说自己需要返回事件现场。詹森说："当然，我理解。谢谢！"

"目前暴民正在动用许多资源，"一个警察说，"不过我会看看能找到什么人，再派一些人过来守卫这座房子。"

随后他们走了。

我确保莱尔待在我们身旁。詹森看着我俩，盘算着。

"这是你的？"我轻声地问，"这座房子。"

詹森离开了，走向厨房台面。他甚至看都不看我们。尽管此时是凌晨三点，他却穿戴齐整，黑色正装鞋，样样齐全。他的黑发精心打理过，透出几分威严。

我们离门不算太远，我低声说。

我们会正好撞见外面的警察。艾迪说，我们不能冒这个险。

我们谁也没说话，但是我们都明白。如果只有我俩，也许我们会冒这个险。但是不行，因为莱尔在这儿。莱尔原本压根就不该来这儿。都是因为我的错。

有时候，好像我们的所有决定到后来都成了失误。

"从某种意义上来说，"詹森回答了我问题，"房子属于政府，不过当我在城里的时候就住在这儿。"

他显得很平静，简直处变不惊。

"你知道的，对不对？"我低声说，"有关守夜的事。你知道我们是谁，我们为什么集合。"

詹森端起他之前要倒给警员喝的那壶水，给自己倒了一杯。"我曾经希望你会现身。有传言说你在这一片地区——并非所有的双生人安全之家都像你们这些人所想象的那么安全。不过有时候，放长线，能够钓大鱼。我们离得很近，在布林特。非常近，城里的警察告诉我的。"

"这无关紧要，你知道的，"我说，"我不重要。这丝毫不取决于我——你什么也阻止不了。"

"你重要。"詹森走向那套时髦的沙发，小心翼翼地坐下，解开他的正装外套的扣子，"你重要，因为我让你变得重要。我以你为中心精心创作了一个故事。当然，你的胆大妄为，所作所为，帮了我的忙。如果换成别人我不可能做成这件事。"

他从玻璃水杯里抿了一小口。我心想，他看起来和他在电视里站在讲台上时的样子很像。不过是在做不同的演讲。"自从那天你从诺南德逃跑，在地下室袭击那个负责人以后，你就被卷入了一个又一个暴力行为：在兰开斯特广场以集会为目标使用炸药——"

"爆竹。"我抗议道，但是詹森仍旧继续说，仿佛我没有打断过他似的。

"——炸毁波瓦特的研究所。使用的材料，我也许要补充一下，是你从医院偷来的。"他目光坚定，我也竭力保持镇定，因为他说得没错，"我们本来可以最终抓获你的。不过我很高兴今天实现了这个愿望。对于你的故事来说这是一个更好的结局。"

我把莱尔抓得更紧了。"更好的结局？"

他不会伤害我们的。艾迪说，她的声音很紧张。有警察在屋外守着——他们也许认为我们是罪犯，不过他不可能就——尤其不会对莱尔——

他们会拦住他？我低声说。

詹森放下玻璃杯。"请坐下。"

我们没动。

他抬眼看了看钟，然后转回身对着我们。

将会拿我们怎样？我想问。不过我又怕知道，怕让莱尔知道。

"暴力倾向常常会加剧，"詹森说，那套沙发正对着一台电视机，他伸手去拿遥控器，"一切是如何在今晚的袭击中达到最高潮，这一点可以让人理解。如果我们归罪于别人，事情照样会如期进展。但是现在人们将会有一个清晰的叙事线索以便追查。"

他说的是些什么呀？艾迪低声说。

由不得自己，我上前一步。"什么袭击？"

詹森调换电视频道，新闻频道已经在播了。

"刚才刺杀总统的那个袭击事件。"他说。

42

艾迪和我木然地看着,莫名其妙。不知不觉地,我们滑动脚步离电视越来越近,直到砰地撞上了詹森沙发的靠背。莱尔走过来和我们待在一起,这时候我才注意到。

总统死了。他在位的时间比我们活的时间还长,在他之前是他的叔父。我们见过他发表独立日演说,在我们学校的课本上,在邮票上见过他。我们看着他一天天地变老。当然,大多数时候,我们不会想到他。他是总统,他和他的世界似乎遥不可及。

不过,我们爱他,从某种意义上来说。他是国家首脑,我们接受教导要爱他。我们爱这个国家,无论它对我们做过什么,因为它是家乡。

总统死了,尽管新闻主播宣称没有任何确切消息,但是他们却在谈论聚集在白宫周围的双生人。谈论那些传言,说这仅仅是个障眼法,是场阴谋,为的是给刺杀行动创造机会。

"事实不是那样的!"我大喊道。

詹森瞅了我们一眼。"别担心。我们不会让你承担所有的罪责。你还嫩了点儿,组织不了对于国家最高领袖的刺杀行动。我们会说有整整一队人马配合你行动，他们才是主谋。你只是被当作枪使。他们把你瞄准，扣动扳机。利用了你的年轻和缺乏定性。你可以装出一副可怜的受害者的样子从整个这件事里脱开身。

"因为现在，我们将需要再选一个总统。"詹森说。

"副总统——"

"副总统会接管，"詹森表示赞同，"不过谁知道那是不是长久之计？你知道这个政权，总统的叔父起初是怎么上台的吗？大战开始了，美国民众害怕了。那个家伙发起运动，许诺保障安全。他和他的侄子明白，如果你让人们害怕某样东西，然后向他们保证只有你才能保证他们安全，他们就会被你捏在掌心里。"詹森抬眼盯着我们，有些懒洋洋地："人们比过去很长时间里更害怕了。那些坏蛋就是双生人。他们会寻访找出某个人来。他了解双生人，多年来一直致力于保护民众免受其害，而且还一直研制治疗方法，以永远清除他们。"

他微笑着。

詹森叫进两名警卫带我们去楼上的一间卧室。然后留下至少一个人在大厅里把守着，就在那扇关着的门外。

我静不下来。那间卧室，尽管装修豪华，却比艾迪和我在汉斯时被关在里面的那个牢房还要糟糕。那时候，至少，我认为我的朋友和家人是安全的。

这个谎言牵扯了多少人？我柔声说。我需要知道我们正在面临的局面有多么严重。

我不知道。够了。我们将要怎么办，伊娃？我们怎么脱身？

墙上的钟显示是四点半。大概在几个小时之后人们才会醒来，发现我们不见了。然后某个人才在新闻上听到发生了什么事情。

当人们这样做的时候，赖安会意识到他妹妹和我们失踪了。

莱尔坐在床上，看着我们。自从我们来到詹森的房子之后他一直一言不发——自从我们在国会广场被抓回来之后。但是现在，他轻声说："我们要逃跑吗？"

我对他微笑了一下。我带着自己所有的信念，同时又有一些没把握，说："是的。"

我继续踱步，但放慢了脚步。这间卧室比我所见过的大多数卧室要大一些。有两扇窗，不过这种房子很可能有报警系统。我可不想弄出什么动静来——至少得等到我完全知道我们在做什么才行。

是不是太高了，跳不了？艾迪说。

我们偷偷向玻璃窗外面望，竭力想在一片黑暗中看出点什么。旁边没有任何树可以爬上去。不过，倒是有根排水管，房子侧面是粉刷的灰泥。兴许，我们可以弄到足够的牵引力，以便有能力向下找出一条生路。

除此之外，只有黑暗和忐忑。

"我们要跳吗？"莱尔说。他已经溜下了床。

我忧心忡忡地对他微笑了一下。"这或许是唯一的出路。"

"那些警卫怎么办？"他说，"那儿好像有特工吧？"

顾不得许多了，我感到喉咙后面发出了一阵笑声。"特工保护总统，你从书里学来的？"

"是呀，"莱尔说，"但是他们认为你杀了总统。"

这很快让我又变得清醒了。我摇了摇头。"詹森竭力想让其他人相信这一点。我认为他还没有让很多人知道我们此刻在哪儿。也没几个人知道他们是在守夜活动中间，而不是在国会大厦里抓住的我们。我认为外面不会有很多警察。"我转身又回到窗边和沉沉的黑夜，"我们只需要使个分心计。"

"比如放把火？"莱尔说。

这一次，我的确笑了出来，因为干嘛不放火？放声大笑并不会使我们处境变糟。"好啊，那很可能行得通。我多希望我已经想到了带个打火机。"

"你不需要打火机。"莱尔爬到梳妆台上面，于是他够到了那只钟，然后拿了下来，把它翻过来，取出电池。

"别告诉我，"我说，"这是你在书里读到的。"他微笑了一下。我忍不住给他回了一个微笑："难怪说不是一家人，不进一家门。"

"我需要一把小刀。还有导火线之类的……"

我伸出手等他把钟递给我们。然后我从床上抓起一个枕头，剥去枕套。我用这布蒙住表盘，使劲地砸，尽量不发出声响。然后莱尔和我都站住不动，听了听，不过似乎没人听见。

一个长条的表盘碎片正好用来划开枕头。

"看这个，"我边说边把里面柔软的绒毛扯出来，"这个就是你的导火线。"我把那个表盘碎片竖了起来，"而这个是你的小刀？怎么，你不会觉得只有你一个人心灵手巧吧？"

莱尔打算自己动手，尽管遭到了我的抗议，他还是坚持由他来小心地割破一节电池。我们搜遍了房间，想找到一个小小的金属之类的东西卡进电池里，后来商定就用我在床头柜抽屉里找到的一个纸夹。

艾迪最终说服了我留下莱尔自己去鼓捣，而我们就开始把

解放汉斯

梳妆台移到门的前面。它看着不起眼，却重得很。后来连莱尔也过来帮忙了，花了不知有多长时间才把它搬到位——尤其费劲的是我们还要尽量保持不弄出动静。

他转身回来弄导火线的时候我冲他皱了皱眉。"莱尔，这个你在家没试过吧，对不对？"

"从来没有，"他说，语速快得不得了，"看，就快好了——"那一丁点枕芯燃着了。莱尔对着火星吹气，说道，那表情大概是兴奋得过了头，"赶紧，再给我一些让火着起来。"

几分钟之后，床燃着了。

烟雾警报器开始发出尖叫声。

火猛地蔓延开，火势熊熊，莱尔似乎有点被惊住了。我一把抓起他的手，把他朝窗户的方向拉。台灯又沉又结实——砸碎玻璃窗绰绰有余。

我是对的。房子里响起警铃声。第一轮铃声还没结束，第二轮铃声又响了起来，声音太大了，莱尔用双手捂住自己的耳朵。我则忙着想要把窗户上的玻璃清理干净。

谁先走？艾迪说。在这种境况下，她的声音显得很镇静。我发现我也出奇地镇静。我们的心咚咚咚地跳，我们的血液轰隆隆地响。但是我的头脑是清醒的。

有人砰砰地砸门。毫无疑问他们用不了多久就会把门撞倒。如果莱尔先走，他就有更大的机会赶在警卫进来之前逃出这座房子。但是如果他先走，他落下去——没人在那儿接他。

下面那儿可能有警卫，在看着。我说，这样就完了。

我把身子探出窗户的时候莱尔紧张得直打转。我们身后火势越来越大，在四处蔓延。透过火焰我几乎看不到门。即便警卫破门进来，他们的路上也会有一个大障碍。

如果我们不迅速及时地逃出这里，我们的路上也会有一个大障碍。

小心。我伸手去够排水管的时候艾迪倒吸了一口冷气。我们的双脚在窗台上差点就打滑了。我把胳膊撤了回来。我们看着莱尔，他也盯着我们。我们勉强能够着那根管子。这种情况他会怎么做？

现在回去为时已晚。我深深地吸了一口气。我们把手指绕在管子上，把一只脚甩了出去，顶在墙上探寻支撑点。

干吧，伊娃。艾迪低声说，没时间了。就放手吧。

于是我放手了。我从窗户弹了出去，紧紧抓住那根排水管，往下滑——往下——往下直到我们碰到地面。摔倒，滚过潮湿的草地。

我大大地喘了口气，强撑着站了起来。莱尔正把身子探出窗外。我不敢大声喊，只好对着他向上挥手。他抬起一只脚踩住窗台，和我刚才一样，不过他犹豫了。

房子里面什么东西在砰砰砰地响。莱尔扭着身子转了过去。当他转回身朝向我们的时候，他脸上的恐怖告诉了我们需要知道的一切。

我忘了要尽量保持安静，我冲他尖叫："跳！"

他依然在犹豫，他再次往身后看了一下。

"跳，莱尔——"

他跳了——

朝着我们落下来，四肢飞舞，充满恐惧，我们接住了他——可以说是我们接住了他——他落着落着被我们拦住了。我们四肢朝天躺在草坪上，肺里猛地吐出一口气来。莱尔第一个站了起来，他也拉我们起来。

"赶紧，"他气喘吁吁地说，"赶紧，伊娃——"

我们跑进黑暗之中，跑过呜呜呜响着警报赶过来的消防车，跑过聚在外面、瞪着眼睛的人群。

我们跑啊跑，直到世界又归于沉寂，它将我们完全罩住了。

解放汉斯

43

我们在黑暗中匍匐前进，莱尔则紧跟着。很快，我们到了市中心，蹑手蹑脚地穿过鬼城般的街道，终于找到了一部样子破败的收费电话。

"替我望风。"我低声说，莱尔点了点头。

我拨打那个新的卫星电话号码。然后电话响了，我屏住呼吸，一声、两声、三声——

"喂?"赖安睡意未消，声音焦躁。太阳都还没升起来呢。他肯定是凭着本能接的电话，因为当他再次说话时，他的声音变得有穿透力了，好像他猛然一下子就醒了："是哪一位?"

"是我。"我低声说。

"伊娃?"我名字的两个音节中半是疑惑，半是关切，"你在哪儿?"

"我在国会附近，"我说，"我——"

我说了一半停住了。因为正在那时，黑洞洞的电话亭里有什么东西开始发亮，闪出明晃晃的红光。

戒指。艾迪说。

我定睛细看，光线来自戒指下面——玛丽安说过什么来着？记忆卡存满的时候红光会亮。

哦，伊娃。艾迪也意识到了，她低声说道。

国会广场的突袭，坐车到詹森家，詹森说的话。

艾迪和我全都录下来了。

"伊娃？"我正在发愣，赖安的声音传了过来。我听见他起了床，弹簧嘎吱嘎吱的。"你一切都好吧？出什么事了吗？你在守夜？"

"我和莱尔——以及哈莉一起来的。莱尔现在和我在一起，但是我不知道哈莉在哪儿。我们在——我们在威里斯大街，就在快到詹姆森的地方。"

"就在那儿等着，"他说，"我马上就来。"

汽车到的时候莱尔快要睡着了，精疲力竭，天气又冷，催人犯困。我试着让他去电话亭里打个盹，那里稍微暖和一点，但是他想和我们待在一起，所以最后是我们在附近的一片树林边坐了下来，他的头搭在我们肩上。

起初我没有认出这两辆车。第一辆车减速停住了，爸爸走了出来，和赖安一道，这时我把莱尔摇醒，准备跑过去。另一辆一直没熄火，低沉的隆隆声盖住了赖安跑向我们的脚步声。

"我们还好。"我迅速地说了一句，冲过去迎他，他张开胳膊抱住了我们，在这一刻只有他才存在，任由世界其余的一切消失。

关于詹森我只字未提，还不是时候。我一旦打开话匣子，便会说个没完没了，解释个没完没了。现在还是不说为妙，他只是以为我们顺利地甩脱了警察。

"哈莉在哪儿？"他说，不过从他话里透着的紧张劲来看，他已经知道我会说什么了。

"我不知道。"我低声说。

"我们别四处走动了。"爸爸说。他走了过来，别别扭扭地捏了一下艾迪和我的肩膀。

赖安打了个转，脸对着他。"没找到我妹妹我们不能回去。"他显得冷冰冰，无可置疑。对哈莉和丽萨的担心一直是为数不多的几样让他灼心的事情之一。

"今晚不适合在街头游荡，"爸爸轻声说，"如果哈莉还在外面哪里待着，她可以躲上一会儿。只要政府还没有盯上她……凭眼睛分不出谁是双生人。"

"但是她不仅仅是双生人，难道不是吗？你只需看一眼，就能从人群中找出她来。"赖安的声音太大了。他使劲地把话说完，喉结在一上一下地跳动。他眼睛一转，又落在艾迪和我身上。当他再次开口的时候，语气变得平静了。"我们有两辆车。你坐一辆，和伊娃以及莱尔一道回去。我和其他人一道，继续找找看。我们已经碰见了两个参加守夜回来的人，可能还有更多的人。"

"不——"我正准备说话，赖安却凑了过来，对着我们的耳朵说了句悄悄话，声音轻得我差点没听见——"你家里人被你给气疯了，伊娃。和他们一起走吧。"

我们会多占他车里的一个位置。艾迪轻声说道，我们会被人认出来。我们留下来对谁也没有好处。

这一切都有道理。不过依着道理来可不是一件轻松的事。

"回见。"赖安说。这既是承诺，又是请求。他吻了吻我们的脸颊，只是飞快的一下。寒夜中片刻的温暖。"我会找到哈莉和丽萨的。我们回家再见。"

"我们能弄点什么吃的吗?"我们刚驶离路边,莱尔就在后座嘀咕。

爸爸向他保证我们一回到家就会有吃的,于是莱尔很快就安然入睡了。于是只剩下艾迪和我以及爸爸,在公路上风驰电掣,天空上挂着银色的月亮。

有点奇怪。艾迪低声说,感觉像是公路旅行。

你觉得……我犹豫了一下,转身看向窗外。你觉得如果爸爸果真说到做到,在两天之后来把我们从诺南德接走,也许会产生一丁点这样的感觉?

艾迪不吭声了,我提了这么一个愚蠢无聊的话题,真该挨骂。不过那时,我们都在一门心思地琢磨这事。这会儿一片黑暗,我们几乎可以假装这是半年前,爸爸飞到诺南德,要求放我们回家。他是怎么说的来着?"我会坐飞机去那里,把你们从他们的眼皮子底下拐出来。"

可笑,这么久了我竟然还记着当时的原话。也或许并不可笑。或许记住自己父亲答应过却没有兑现的承诺丝毫也不奇怪。

不过想一想,也许,那样并不公平。人们尽量做出对自己最有利的选择。有时候,好像别无选择。或者只有不利的选择,两害之中选择害处较小的那个便成了上上策。

我自己就做过事后悔恨不已的选择。

"我是伊娃。"我突然说了一句。爸爸的目光从公路转到我们脸上。我忍住,硬是没把目光移开。"我——我不知道你是否听见了赖安说的——我的意思是,我只想让你清楚。万一你不清楚的话。"

爸爸很长时间没说话。他已经转回头，盯着公路。

"你总是比艾迪还要犟，"他终于开口了，他又转向我们，微笑了一下，"你喜欢冒险，喜欢爬树，露营，在悬崖边看风景，好像你不知道自己会摔下去似的。"他犹豫了一下，"我不知道你是否现在还那样。"

一时之间，我吓得不敢说话。怕的是，如果我说话，我们的声音也许会打战，要么就会失声。但是我发现体内有股力量让我的声音变得镇定了，于是我说："我估计自己还是那样。"

我抬眼，望向窗外。"罗盘星。"我柔声说。它就在那儿，在夜空中依稀可辨。

"水手的指南针。"爸爸说，他短促地笑了一声。"你记得吗？在你和艾迪小的时候，你们两个家伙老说它一点也不像指南针。你说应该叫它望远镜，水手们在海上的时候拿着这个东西看，这样他们就能看到岸边。"

我们回到家的时候似乎半屋子的人都醒了，许多人挤在电视前面，身上的衣服五花八门。睡眼惺忪，头发凌乱，没了形状。有些人在调咖啡。窗户外面，地平线上曙光微现。

电视上的新闻与艾迪和我在詹森家听到的一模一样，总统被杀了。调查仍在进行，很快将发布更多消息。

你认为在他身上到底发生了什么事？我们慢慢走进客厅加入其他人的时候我说，你认为是真的有人袭击他？还是一个事故？

他——有——将近七十岁了。艾迪说，也许是与他的健康有关——

从没听说过他有什么健康问题——

也许是突然发作。艾迪说，而且就算不是，你真的以为我们会知道？过去几个月我们国家越来越不稳定。他们不会告诉大家总统有严重的健康问题。

当然，玛丽安也在醒来的那些人当中。我们从爸爸和莱尔的身边走开去找她，我们的手揣在口袋里，戒指在里面，摸起来凉凉的。新闻主播刚刚开始谈论副总统卡森·洛伊德的就职典礼。

官方还没有指控是双生人发动了首次袭击，不过我估计詹森迟早会编好他的故事。

与此同时，我们有自己的说法。

"我们需要，"我轻轻地对玛丽安说，"再来一次插播。"

在这儿玛丽安无法从戒指里取出录像，她需要特殊设备。但是我们没有时间可浪费。艾迪和我想赶在政府正式将刺杀总统的罪名加在双生人身上之前播出这段录像。

一是如何说服他们永远不要这样做。我说，更难的是如何让他们在事后收回自己说过的话并且承认自己撒了谎。

玛丽安在新闻台的联络人，就是那个侵入系统播放我们的录像的人，什么工具都有，他能恢复戒指里的录像。最后，我们决定，只好信任他，由他打理一切。邮寄戒指时间太长，需要找个人开车去那儿，直接送过去。

不过首先，有些东西我们需要添加到录像里。

玛丽安在餐厅里架设摄像机。她摆弄摄像机背景的时候我就在旁边等着。我们的父母在后墙附近站着，一言不发地看着。杰克逊在桌边围着我们打转，但是玛丽安嫌他碍事，把他赶走了，这样她才好把麦克风别到我们的衬衣上。

她身上有种颐指气使的感觉，这一点我以前没有注意到。她在举手投足之间透出一种洒脱和严谨。

终于，她静了下来，喊大家安静。

"你们准备好了就随时开始。"她说，带着真心的鼓励对我们微笑了一下。

我欲言又止。艾迪和我直直地盯着摄像机冰冷的镜头，但是我竭力在脑海里想象我们将要播出的在这一段之前的那个录像的画面——那种美，然后是恐怖的守夜，歇斯底里地想要扑灭莱尔衣服上的火苗，坐车去詹森家。

然后我们将切到跳窗和我们的逃跑。

录像中故意留出了一段空白。

我们将在这个房间里收尾。最后是艾迪和我的这段录像。

说话，伊娃。艾迪柔声说。

于是我说了。

我没有直接说出他的名字。我本可以让他垮台，如果我想的话，但我没有。

我只是对着摄像机，镇定地说——对着詹森——对着整个国家说："我有其余的录像，中间缺失的那一部分，但是我不会播它。现在不播，只要我们能够商谈我就不会播。"

我们盯着冰冷的摄像机镜头，一直到玛丽安点头为止。她关了摄像机。"我会把这个和戒指放在一块。如果我们能找到人即刻动身，他们最迟今晚能送到。"

餐厅的门开了。"我去送。"一个声音说。

是洛根。他脸的一侧划了道口，血迹斑斑，但是已经基本上止住了血。赖安从他身后走了过来。

我发现我们定定地站着，准备问——

但是随后我们看见了他的脸，于是用不着问了。

他没有找到哈莉和丽萨。

那个录像在次日早晨，圣诞节那天播出了，卡森·洛伊德以总统身份对美国公众的第一次讲话重播的中间。这一次，玛丽安得到了预先通知，我们全都聚在电视机前，等着。

在当副总统的时候，洛伊德不像总统一样到处露面，不过我们所有人在生活中还是会接触到他。当我看见他的时候，我看见的好像不是一个活生生的人。我看见我们历史课本里的书页，上面满是他年轻时的照片，那几章讲的是他与前任总统共同发起的运动。我看见每天早晨上学前他的演讲片断会在早间新闻上播放，而晚餐时背景里则响起他嘀嘀咕咕的声音。

他比前一位总统年轻，大概六十岁，也许差个一两岁。我记不得了。他的头发可不是一色全灰的。他在屏幕上走路的样子、说话的样子，有种慢悠悠、深思熟虑的味道。

他怎么看待这一切？我们看着他的时候艾迪轻声问。

二十多年以来，洛伊德在以老总统为核心建立起的政权中一直是二把手。那个政权在前一个总统任职期间，早在他们当选之前就已经形成了。

现在他突然掌了权，而且国家处于混乱之中。

一眨眼洛伊德的脸消失了，换成了我们自己的录像。我们专注地看着——我们一直没注意过戒指对着的方向，所以我们从来没把握能够拍出什么清晰的图像。不过玛丽安的联络人答应过我们他会剪辑好，做出一个能让人看得懂的东西。

我们静悄悄地看着。守夜、坐车、逃跑。然后是我们自己在餐厅里的录像。

最后，画面静止不动了。

戴文坐在我们身旁的长沙发上，始终面无表情。昨天他和赖安没有找到妹妹，空着手回到家，从那时起他们几乎没开口说过话。

"现在我们等着吧。"他说。

44

我们不需要等很久。晚餐刚过一会儿，卫星电话响了。

我们都以为是亨利。

但是不是。

"詹森放我出来给你们捎个信。"哈莉·穆兰在电话里低声说。

她拒绝来安全之家加入我们——实际上，她还催我们转移到别的某个人少的地方。她和丽萨在某个安全的地方。她基本上能确信被放出来以后她没有被人跟踪，不过她不敢太乐观，要等一段时间才知道。她不想把任何人引到我们这儿来。

但是她以最快的速度给我们打了电话，因为明天早上詹森想要见艾迪和我，地点是本特和斯登沃德拐角的一家咖啡馆。

"我还好。"她一遍一遍地向我们保证。

我们别无选择，只好相信她。

艾迪和我到咖啡馆的时候詹森已经在那儿了。之前他告诉我们在外面，那个废弃的露台上见面，我们迈出咖啡馆温暖的房间，重新走进冬天的寒气之中，冷得直打哆嗦。

这要是电影，艾迪挖苦说，他应该要说点什么一定要单独赴约之类的话。

不过没必要玩这些花样。詹森知道我们不敢很多人聚在一起，或是弄出什么动静。不用说他有些安全措施，不过考虑到他所要保守的秘密事关重大，他也不会大张旗鼓。

詹森独自坐在露台边上。他随身带了一份报纸，他手边有一杯东西冒着热气。

我刚迈出门便犹豫了。艾迪的力气基本上完全恢复了，她提出今天的会面由她做主。但是我想要直接和这个人对话。

他看起来这么的……随意。我说，这么的普通。

这家伙许多许多个月之前出现在诺南德的时候衣冠楚楚，好像要去听交响乐的样子——我们在波瓦特见到他的时候他穿着长袖衬衣和锃亮的皮鞋——在晚间新闻上他从来都少不了要收拾得无可挑剔。而现在他斜倚着精致的咖啡椅，身着一件朴素的棕色夹克以及无领衬衫。就连他在他的家里接待莱尔和我们的时候他也不像这么随意。

他想尽量不引人注意？过去几个月他已经成了这样一个公众人物——一切都是他计划好的。现在我明白了，负责双生人事务的还有其他人，但是他们的名字，我——或者民众——一个也不知道。詹森有了名，詹森也有了杰米，还有所谓的治疗方法。

机不可失，失不再来。我念叨着，当我们穿过露台，拉出詹森桌子对面的那把椅子时，我感觉艾迪一直在为我打气。椅子在地板上刮擦，我任由它一路拖着，发出长长的噪音，吵得詹森不得不抬起头。那一刻我感觉自己很强大，很满足。

然后我坐了下来，在詹森沉甸甸的目光之下我的勇气消失了。他放下报纸，折好。我不由自主地将目光游离到了有关洛伊德上位的头条新闻上。所有人的目光都在注视他，等着他以国家总统的身份第一次做出裁决。他现在的任何举动都将为今后几年，也许是今后几十年，确定先例。

如果詹森不按计划的方式除掉他的话。

"你很勇敢，"他说，"像这样到这里来见我。也或许只是犯傻。我还没有想好。"

我逼着自己正视他的眼睛。他的眼睛有种不大自然的东西——太坚定不移了。也或许我只是吓着了，正因为如此我才觉得他的眼睛没人性。人群不是往往这样鱼龙混杂吗？

我们能行，伊娃。艾迪轻声说，我又对她把话重复了一遍。

我们能行。

我们很坚强。以前我们每一次都逢凶化吉，这一次照样行。

"我们了解你，"我说，"知道你想要什么，这给了我们安全感。"

"我们？"他说。

我把我们的手放在桌上。我真希望我们还戴着那枚戒指。

"艾迪和我。"我说。对此再作隐瞒似乎毫无意义。如果艾迪和我不是双生人，那么我们就不会来这儿。这根本就不会发生。

"伊娃·塔姆辛。"他把我的名字在他的嘴里打了个转，此外几乎毫无反应。我不是艾迪——与他对话的是一个隐性人，是他的部署安排，治疗方法，一心要清除的对象——这全然无关紧要。"你想说什么？"

"我想要艾米利亚·弗伊自由，"我说，听到她的名字，他没有丝毫的反应，"大约两个月前她被捕了。我不知道她现在在哪儿，但是我想让你们放她出来。"

"只要她是在我们手里，"詹森说，"你怎么知道她是不是躲到哪儿去了？"

我们无法确定，如今的人说不见就不见了。不过如果艾米利亚和苏菲真有条件的话，到现在她们肯定已经想出办法和我们联系了。她们曾经是顶尖的造假高手，也十分了解彼得的联络网。她们不会躲起来不现身的。

"她在你的手里，"我极力镇定地说，"我想让你放她出来。"

他点了点头，"好。"

我欲言又止。讨价还价，要求释放艾米利亚，感觉很容易，不过这只是承诺而已，而下一个要求就更难了。"还有汉斯研究所。"

"我知道这个研究所。"詹森说。他当然知道，那儿也归他管。

我们的手放在桌面上感觉没遮没拦的，我心里犯痒痒，便用两只手绕住椅座边——这不是我的习惯，更多地算是艾迪的习惯，不过有时候身体抽筋会在我俩之间从一个人传到另一个人。艾迪仿佛觉察到了我的身体在打晃，她紧紧抓住了我，把我扶着直到我能自己坐稳。

"我想让研究所解散，"我说，"它时间长了——快要垮掉了。你可以随意给他们找一个借口。但是我想要研究所关门，让所有的儿童自由。"

"你想让我怎么处理他们呢？"他说，"尽管你也许不相信，双生人儿童的家庭不是个个都想要他们回去。"

他说的没错。我不想让他说中，但他的确说对了。我们的国家在变化，但变得还不够。

"送他们去那些愿意收留他们的家庭。"我轻声说，希望那能行得通。希望少数几个人能大发善心，给每个孩子一个住的地方，至少暂时有住的，直到他们找到新家。

詹森点点头，他的表情没有变化。我看不透他的心思。

这对于他根本无所谓。艾迪说，我们说的没错，汉斯时间长了，快垮掉了。

而且很有可能他和那个女主管之间根本没有什么前情旧爱。我说。

"就这些？"詹森说，"因为——"

"不。"我说。其实是顺口冒出来的。每次他一出现，即使他态度和蔼，也让我感觉腻烦。我想要速战速决，了结此事。"你别把总统的死——不管到底是什么原因——归到双生人身上。而且我要杰米·科塔。"

"行，"詹森说，"又不行。"

我冲动地想要握拳，但硬是忍住了。"不行？"

"我不会给你杰米。"詹森在椅子里向后一靠，"即使我想，我也做不到。释放那个女人？要是我们手里有她的话，我没听说过这回事，这说明她不重要，没人会注意。解散汉斯？这比较麻烦，不过正如你所说，我能找出一些理由来。但是杰米·科塔是未来的关键。我不能放他。"

我竭力保持镇静，但是很难做得到，他的拒绝在我们的全身丁零当啷一阵乱响，体内热流奔涌。"那我就公开录像。这会弄垮你——"

"没了杰米才会让我垮掉，"他说，"而且你不会公开录像的。你不会，只要我手里有他。"

我得以安静地坐了一会儿，因为他在搜肠刮肚地找话说。

然后他凑近我们。"我会给你艾米利亚，还有汉斯，算作礼物，因为你的合作。我不会将总统的死归在你们的头上。不过我认为你并不占上风。世界不站在你那边，伊娃。一向如此。"

"其他国家——"我准备要说话，他的脸沉了下来。他发出短促凶残的笑声。

"这不是校园，伊娃。国家之间不玩石头剪刀布的游戏。你以为那些其他的国家奉行纯粹的利他主义？他们会乐意仅仅走进来，帮个忙，当你不想要他们的时候又回自己家里去？"他站了起来，"你把这个国家砸开个缝，由它任人摆布，你以为这是一件好事。你以为革新只会带来好处。但是你是在玩火，你不知道如何去控制。你还是小心为妙，免得引火烧身。"

解放汉斯

45

我们与詹森会面之后过了两天，第一次发布总统死亡消息之后的第四天，玛丽安从内线那儿听说汉斯刚刚被关闭，那里的儿童被送走了。无法乐观地相信詹森已经真的遵守诺言把他们送回了家，不过玛丽安向我们保证说好像真的是那样。

我们还没有得到有关艾米利亚和苏菲的消息，但是哈莉已经加入我们，来到了我们的新住所，这个单独的小木屋是玛丽安假扮游客租来的。

关于总统的死因仍然没有官方裁定。那些报告——有那么多的报告——全都声称正在进行调查，声称一旦所有事实被厘清，他们马上会公之于众。

信息延迟使整个国家一时间各种说法不一。人们急于找到真相，在官方不作解释的情况下，他们便自编故事。是双生人干的，是外国人干的，是外国的双生人干的。

"局面快要炸了。"玛丽安不住地说。这种局势令她担忧，我看得出来。但是因为动荡不安着实让她焦心，还是因为她喜欢以自己为中心掌控叙事？

"现在我们怎么办？"哈莉说，目光由艾迪和我移到戴文身上，然后看着杰克逊，"再给詹森捎个信？"

我们聚在休息室里，阳光照出空气中的尘埃。我可以看出每个人都忧心忡忡。我们筋疲力尽，似乎从来没这么累过。数月的忧虑、恐惧、压力和折磨，开始显现后果。

"那不会起任何作用，"杰克逊说，"我们没有新的讨价还价的筹码。"

"我们不是做交易，"艾迪厉声说，然后用手指按住额头，轻轻地说，"对不起，你说了讨价还价。我只是——"

杰克逊的双手包住了我俩的手，轻轻地将它们放下，从我俩的脸上拿开。他和艾迪对视了一会儿，心意相通，默然无语。

我曾经问过艾迪她和杰克逊的事，他们在哪些地方彼此合拍，她说她不清楚，这我能够理解。

她曾说，我喜欢有他在身边。此时此刻我全都明白了。

实情是，我们全都有更大的事情要操心。我希望将来某天能够奢侈一下，只用操心日常家用，那些无关生死的事情。

"我们需要有什么来打破僵局。"戴文说。

艾迪和我尽力去关注我们力所能及的事情。杰克逊和文森最擅长忘我地为大家逗乐。他们噼哩啪啦地讲笑话，话说个不停，就连木屋里脸吊得最长的人也时不时地面带微笑。

这个僵局，虽然紧张，却也是一个被迫休息的时间。既然每个人都窝在安全之家里，也就没有借口长时间地躲开任何人。这样要么重修旧好，要么筑墙远之，就我们家而言，艾迪和我可不想要后者。

过去我们基本上是和赖安和其他人一起吃饭，但是现在我们一定要找到我们的父母和莱尔一起进餐。

一天晚上，妈妈说："伊娃，想要我给你再拿几根胡萝卜吗?"似乎这是世界上最平常不过的事。

的确如此。或者本应如此，听到有人叫我的名字，心潮涌动，我使劲克制住，感受到了她的认可。

艾迪理解。也许不是完全到位，但比大多数人强。

她在等你回答呢。她轻轻地说。我让自己点了点头，让自己说："好耶，那太好了，多谢。"而且微笑了一下，看起来一点也不傻。从她回我微笑的样子来看——犹豫，然后显得很坚强，然后又开始踌躇——她也知道一点点我的感受。

在那之后情况越发轻松了。慢慢地，一点一点地，我们全家又合而为一了。我们永远不会和先前一模一样，但是我发现自己逐渐爱上了我们团圆的新家。

接下来的一个早上艾迪和莱尔正在因为什么蠢事吵嘴——洒了的燕麦粥，溅了的牛奶——客厅里的电视画面突然不动了。

我们愣住了。

转过身。

我们看到了——听到了——那段被剪掉的守夜当晚的录像，詹森解释他的计划的声音，他走向长沙发时，一个他脸部的短镜头。

我们要回杰米的唯一筹码，现在没了。

僵局打破了。

有可能播出这段录像的只有一个人。艾迪一路猛冲，穿过木屋，直到我们找到坐在厨房窗子边的玛丽安。

"为什么?"艾迪逼问。我们怒不可遏，身体里面似乎烧着了。我们的脸发红，血脉偾张。"你为什么这样做，玛丽安?"

她很镇静，或者说故作镇静。不过我捕捉到了她脸上的一丝不安，她随即连忙掩饰。

她说话时声音柔和，却十分坚定："因为这样做是对的。时间已经太长了，艾迪。况且我一直在对你说——局面快要炸了。双生人将会承受破坏所带来的冲击，这你一定要明白。詹森很危险。推迟公布这段录像，由此你正在给他更多的时间谋划——好想出什么计谋，使你无牌可出，而不是手握一张王牌。"

"现在我们手里没牌了，"艾迪哭了，"杰米——"

"他没打算给你杰米，"玛丽安说，"拜托，艾迪，我知道这难以接受，但是这——"

艾迪将我们的双手攥成了拳头。在我们的一生中她从来不曾有过暴力倾向，不过我感觉到我们的血液中有股暴烈的旋风。"这个选择不由你来做！"

"由你来做？"玛丽安说。

我想冲她尖叫，剥去她脸上的镇静，让她明白她刚才的所作所为有多么恐怖，因为她不——她不理解——

"艾迪。"莱安纳医生柔声说，她抓住我们的胳膊。她走过来的时候我们根本没注意到。

艾迪想要说话——准备解释——不过我们只看了莱安纳医生的脸一眼，便明白没那个必要了。

从某些方面来说，莱安纳医生离开诺南德是因为杰米·科塔。由于他而开始怀疑那些针对双生人的规定和治疗。她把他偷偷送到安全的地方，又让他从她身边被偷走了。

"走吧，艾迪。"莱安纳医生的手指紧扣着我们的胳膊，这是她仅有的感情流露。她表情坚如磐石。

她把我们拉开了，玛丽安依然静静地坐着，冰冷的阳光照在她冷峻的面容上。

"这么做是对的，"玛丽安在我们身后大喊，"你太在意这个男孩了，所以你不明白。"

我们气得发抖，不过我们没有转身，没再接话。

播出毁了一切。我早就知道詹森已经在公众眼中把自己塑造成了一个英雄，一个守护人，但是我低估了他跻身国家核心层的能力。马克·詹森，他的谋算、他的治疗——这些会让一个迫切需要安慰和确信的国家感到安慰。

现在正当新的一届政府刚刚蹒跚起步时，所有一切都给毁了。我想起詹森那天在咖啡馆的露台上说过的话。我们如何在玩我们控制不了的火。只是因为我们恨他——只是因为他在那么多事情上都大错特错——并不意味着他凡事都错。

詹森彻底垮台了。这一点毫无疑问。新总统公开谴责他。看起来好像，当他倒台的时候每个人都仓皇失措地跑开，尽量躲得远远的，担心在世事纷乱之中自己名节不保。

但是现在又如何呢？每个人的嘴上都挂着这个问题。詹森下台了，他的班底一心要将老总统的死归在双生人身上，机关算尽，却还是被揭穿了——大有可能永无翻身之日。

但是这一届领导接下来会做什么呢？我们接下来会做什么呢？尽管我们十分想痛快淋漓地对着玛丽安一通怒骂，但是我们都知道那样不过是浪费时间。发火无法改变不可改变的事实，我们必须得行动。

不过这一次，我们不会首先出招。

洛伊德总统宣布要在国会广场进行一次演说。演说对公众开放，而且在全国现场直播。他承诺要解决国民的恐惧和担忧；要最终澄清围绕老总统的过世而产生的疑惑和争议；要向我们表明没有理由放弃希望；要宣布尽管詹森已被证实是个败类，但这并不意味着他所有的方案都是无稽之谈。

他承诺要当面向我们展示那个被治愈的男孩，因为他代表未来。

解放汉斯

46

"我想去那儿。"

艾迪和我在接下来的几天一遍又一遍地说，对我们的父母说，对赖安、丽萨、杰克逊，和莱安纳医生说。对玛丽安，我们仅仅说过一次。

反对这个想法的人不止她一个。但她说她也许能给艾迪和我搞到我们是她的实习生之类的证明，让我们进入离讲台最近的媒体区域，当然我们得变装。不过当初在汉斯我们就在他们的眼皮底下藏着，同样地谁也不会想到去媒体团里搜捕我们。

但是这样还是有危险。我们的父母试图说服我们虽然应该有人去广场听演说，但不一定非我们不可。不过当他们意识到我们绝对不会接受这个建议时，便不再坚持。也许他们还意识到，现在他们已经管不住艾迪和我了。

"我必须得见他，"艾迪对杰克逊和莱安纳医生说，"谁能想到我们将要再次得着机会离得这么近？将会很有可能打听出什么消息，兴许以后营救的时候能有帮助。我知道我将什么事也做不了——我没打算做什么事。不过我想见他，不只是在电视上见。"

而且我想让他看见我们。

这是我们未说出口的另一个想法。我们希望，即使变了装，离得很远，杰米还是能看到并且认出我们，这样他就会知道我们并没有抛弃他。我们还是来找他了，虽说花的时间长了一点。

我们刚过九点就到了国会广场，比演说预定开始的时间提前了一个小时。人群已经规模浩荡。警戒线挤满了人，远处，才是广场。每个人都急切地想看到、听到、了解。我理解这种需求。

人们在等着别人告诉他们将来会带来什么，他们应该做些什么。过去的几个月会对他们的生活，他们的国家产生什么影响。

"跟紧了。"玛丽安对我们低声说。她的目光和我们相遇了，不过只是一会儿的工夫。我们眼里是理解与不安，平静里透着更大的不安。玛丽安已经开始迅速行动了，给我们拿到了事先许诺过的证件，确保如果有人问起，我们能说出一个可信的背景故事，还告诉我们进行演说的预定程序。也许她正在试图悄悄地改进，或是想要向我们表明她一直都站在我们这一边。

我们还没有到达国会广场，媒体团的安检就已经开始了。我们通过的时候心里怦怦地跳，以为那个安保人员会认出我们。但是他没有认出来，只是挥动金属探测器在我身上扫了一遍，当他看到我们没有携带任何包和钱夹时便示意我们通过。

在我们四周，媒体团里的其他人挤成一团，在检查相机、摄像机和麦克风。他们的胸牌在晨光中闪亮。根本没人注意艾迪和我。按照我们的证件，我们是丹娜·史蒂文森，实习生。

安检不允许我们戴帽子，不过那顶深色的短发发套把我们变成了另一个人。

讲台四周的区域仍旧空着，总统出场的时间还没有到。艾迪向身后——人群里的其他人瞅了瞅。他们浑身上下洋溢着活力，躁动而盲目，一些人在彼此聊天，另一些人眼睛直盯着正前方，或者仰着头看广场四周安放的巨型屏幕。屏幕此时黑着，但是我能想象得出新总统的脸铁塔似压在我们头顶的样子。

他肯定意识到了他的新位子是多么岌岌可危。他被这帮满心期盼的百姓吓着了？

艾迪低声说，他们过来了。

一小队人朝着讲台走过来，好像，主要是安保人员。一开始我们都看不见总统。有几个保镖从原来的队伍中分了出来，由讲台拉开距离挨个站好位。

人群逐渐安静下来。有几个人拍手鼓掌。然后掌声逐渐变大，蔓延开，变成了雷鸣般的欢呼声，在我们的胸腔里回响。

"谢谢大家，早上好。"总统说，他微微一笑，笑得不是很灿烂，但也没有多少犹豫。他的西装是灰色的，面料有质感和垂感。我心想，他看起来和他当副总统时一模一样。不像国家首脑，倒更像一个老教授。

接下来的五分钟没怎么仔细听。他谈到那场悲剧，他的前任的去世。前总统为国家效力几十年，颇有建树。他们相识多年，他了解前总统心地善良，意志坚毅。尽管许诺过，他却没有提及前总统的死因。也许他打算到后面再说。我敢肯定，人群里大多数人都在等待解释。

艾迪和我唯一等待的是杰米的名字。

然后，终于——终于——我们听到了。

杰米·科塔。

一些有关双生人的内容，治疗，国家的未来，杂七杂八地混在一起。说什么杰米证明了——证明了什么？我基本上只是听到一片嗡嗡声，因为杰米正在朝着讲台走过来。

我们从未见他走得这么稳当过。只有微乎其微的跛足的迹象——我们初次见面时，他在诺南德的时候走路摇晃得和帆船一样，现在他一点也不晃了。有人给他理了发，乱蓬蓬的褐色卷发变顺溜了。也许是我们的想象，但是他的确变了样，长高了。自从我们上次在公路边见到他已经有好几个月了。

哦，伊娃。艾迪低语道。

盯着杰米看的不止我们俩。每一个屏幕都已经切换到了他的脸，把他放大了，伟岸地立在广场上。他的眼睛似乎闪闪发亮，他的双手在发抖。紧张，别人也许会这样想。但是我们了解杰米。了解手术对他的身体所造成的损伤。

艾迪喊了一声：伊娃！我正在出神，一时没反应过来。一直到她第二次喊我的名字，我才听出里面的紧迫感，立刻回过神来。

人群边上出现了两个人。其中一个盯着杰米。以前我见过他们——他们有什么地方不对劲，这让我们胃部痉挛，热血沸腾。

是那些警员！我说，这个念头如同重锤机一样落了下来。守夜那晚带我们去詹森家的那几个人——

我只来得及说这些。第一个人冲了上去，他的手藏在大衣的内兜里——

"杰米！"我们尖叫。

他的头猛地转向我们。

我们开始跑，在隔开我们的那些记者中间横冲直撞，将摄像机碰倒撞在地上。

保镖们看到了那个家伙。他们也跑向他——不过艾迪和我离得更近，最先靠近那个家伙。

我们一起摔倒在地。那把枪吧嗒一声落在硬路面上。

眨眼之间保镖围住了我们。用武器将我们和那个家伙分开，命令我们不许动，捡起了那把手枪。有人对着无线对讲机叽里呱啦地讲话。

"杰米，"我上气不接下气地说，"杰米在哪儿？"

然后我看到他了。他往讲台走了一半，呆住了。一个保镖朝他奔过去，但是他噌的一下跑掉了，跑向我们。我们想去抓他，但抓不到，这时候他反过来抓住了我们。

他上气不接下气，却笑得很灿烂，那一瞬间，有他近在眼前，其他所有一切都被抛上了九霄云外，心里只有喜悦。知道他一切安好，喜上心头。

然后我们周围的世界又迎面袭来。

47

我们呆住了。

摄像机捕捉到了一切。将之放大，绕着广场一圈，一个屏幕接着一个屏幕加倍呈现。

试图袭击杰米的那两个人被证实是逃犯。他们边喊边扭动身子挣扎。每个家伙都用了好几个保镖才被制服。

为什么？艾迪不住地说，他们为什么要让杰米死？詹森为什么要让杰米死？

短短几秒长得像是永远。在这永恒之中，艾迪和我与美国总统，就是现在领导我们国家的那个人，进行了目光交流。

然后一个保镖抓住了杰米的胳膊，另外两个抓着我们。他们把我们夹在中间，将我们拖出广场。刺目的阳光没了，我们进了一辆候在那里的黑洞洞的面包车。

事情发生得极其迅速，然后变得极其缓慢。

一路开车，匆匆进入好像是国会大厦里面的某个部分——我们几乎没看到楼的外部，所以不敢确定，大步走过豪华的门厅，被搜查是否携带了武器和录音设备。

然后——这时我们着实抗议了——他们又把杰米带走了。

这是快进部分。慢放部分包括艾迪和我被关进一个小会客室，门当着我们的面被关上了，无论我们怎么重重地敲门，怎么大喊大叫，门都不开。

到最后，我们放弃了。不用问我们正被人监视着。

房间的布置显出富丽、庄重和传统。厚厚的地毯，重实的座椅，漆亮的木板。墙上挂着一副表现某场战役的油画，我敢说画的是第一次反双生人革命。

我们在一把椅子上坐了下来，盯着那幅画，四面围墙，那扇门。

如果詹森得不到杰米，他不会让任何人得到他。我说。这是对于他的手下今天的举动我能想到的唯一解释。如果他不能借着杰米保全他对于国家的控制权，他也不会让新总统这样做。

艾迪发出尖利的表示怀疑的笑声。关于保全这个国家的重要性，他说的那一整套话，后来又如何呢？

最终，詹森和所有人一样，失去了理性，是凡人一个。

我们坐在那个豪华的房间里，等着。

时间流逝。一个小时？还是更久？

然后门再次打开了，总统迈步走了进来。

我惊得差点从椅子上跌落。

他本人看着显老。我们和他彼此互相打量着。他进来后把门关上了，所以好像只剩下我们几个人，不过我才不会相信呢。这里肯定有监控，在监视一举一动。外面安设的保镖也在听着呢。

“艾迪，没错吧？”他说，“艾迪·塔姆辛。”

这个我在电视和收音机上从小听到大的声音正在直接对我说话呢。

只不过，他叫的不是我。

"我是伊娃。"我轻声说。

和詹森不同，对于我的纠正他没作反应。他不动声色，只是不易察觉地抿了抿嘴。

艾迪和我已经习惯于一看见他就感到安慰、宽心。即使是现在当我看他的时候，我还是在他的脸上看到某种祖父般的神情。我知道，他有一个儿子，这个年轻人很可能打算亲身从政。如果事情进展顺利，他甚至有可能成为下一届总统。上一次这个位置是由叔父传给侄子。

"伊娃。"他改了口。

"杰米在哪儿？"我说。我的插话好像让他吃了一惊，不过和听到我的名字时的反应一样，他隐忍不发。我估计如果你处于这样一个公众职位，时间久了，你就能轻而易举地做到处变不惊。

"他还好，"他说，"你不必担心。"

我忍不住笑出了声。"今天有人想要杀他。"

"那已经处置好了。"不过头一次，他显出了不自在。

我发现自己嘴里在说："但是下一次呢？你不能保证不会有下一次。詹森有自己的特工。在这个政府里是否还有别人制定了不打算让你知道的计划？"

"所有的人，"他说着微微一笑，"我不傻，我向你保证。这个政府的宗旨不是效忠于我。"

他轻易就承认了，我们感到吃惊。

也许在这儿我们没有被录音。艾迪犹豫地说。我不确定那对于我们，对于这次谈话，意味着什么。

洛伊德总统在我们对面的一把椅子上落座了。我连忙想退开，却忍住了。

"我听说你的事已经有一段时间了，伊娃，"他说，"自从你在波瓦特使出那个绝招之后。"

"那不是什么绝招，"我不由自主地说，"我们没想过要伤害任何人。我们只是——"

"我的意思是你跑进楼里提醒大家那件事。"他的声音出奇的温和。我可不信这一套，我没法信。"这样做很勇敢。况且还是为了帮助你不大喜欢的人。"

我不知该如何应答。"广播电视可不是这样说的。新闻里的我就是头怪物。"

"新闻不归我管。"他耸了耸肩，俨然一派骑士风度，随后他又变得严肃了，"如果是我管，也许我会做同样的决定。我们需要反面人物，伊娃。尤其是当国家已经处于动荡的时候。尤其是当你要尽力控制局面的时候。"

"但是这是一派胡言。"我没法说话不急躁，尽管我深知自己应该出言谨慎。我能够感觉到艾迪正在咬我作为提醒。"你不能支持一个由谎言构成的国家。詹森落马是因为他的一个谎言被揭穿了。而此时此刻，整个政府都充满了谎言。疫苗背后的真相——所有这些有关世界其他地方被炸为灰烬的说法……有关双生人心智不稳定的说法……也许这已经持续了这么几十年，不过这不会持续下去。看事情进展的情况，可能再也维持不了一年。"我说得快没气了，只好停下来喘口气。

我意识到他在真心实意地听我说话，真心实意地看着我，用心听我说话，而且也许这些对他来说毫无新意——当然无一不是他自己曾经想过的问题，但是他仍旧在听。

那是一种奇怪的感觉。一年以前，我曾经完全失声，隐形了，仅仅是一个灵魂。

我的话语，曾经只在我和艾迪的大脑之间存在的空隙中回响，而现在这个国家最有权势的人却对我们洗耳恭听。

"我只是选择太多，"他慢悠悠、镇静地说，"而且所有的选择都伴有后果。"

"帮帮我们，"我低声说，"帮帮双生人，你会永远得到我们的效忠。也许我们的人数不太多，但是我们并非微不足道——"

他苦笑了一下。"我已经看出来了。"

"而且你还将赢得外国的尊重，"我说，"他们将把你看作盟友，而非敌人。"

"我不会达到那种程度，"他慎重地说，"不过我有信心他们会喜欢我甚过我的前任。"

我在椅子里直起身，确保能直视他的眼睛。"你将因为给美国人民带来真理而被载入史册，而不仅仅是另一个谎言家，另一个终将被自己的提线绊倒的傀儡。"

我的话说完的时候他仍然在微笑。"你说话很有一套，你知道。而且很显然，话语背后有种激情。"

我说："我看重演说能力。"

过了很长一会儿，他点了点头。他站了起来，我们依然坐着，抬眼盯着他。这是什么意思？这一切是什么意思？

"那么接下来会怎样？"我说，头一次，他出声地笑了。笑的声音很低很轻，但照样还是笑出了声。

"我不知道，"他说，"不过会有不同，与以前的情况截然不同。"

我不知道如何应付自己心里突如其来的希望，如何从容应对。

"恐怕，你将不得不和我们一起待上一小会儿，"他说，"不过我会让人把你和杰米放在一起。这样你就不会孤单。"

"好啊，我愿意，"我说，"我十分愿意——谢谢。不过……我不孤单。"

"是的，我认为你一点也不孤单。"他的眉毛拧住了，随后又舒展开，他的嘴唇上现出一丝笑意，"此时此刻，我想我都嫉妒了。"

他转过身，像是要往门口走，但是我大喊了一声："等等——老总统是怎么死的？那可不是双生人干的。"

"在你们守夜前两天，"洛伊德总统说，"他陷入昏迷——恢复情况不得而知。只有几个人知道。这对于一个体弱的总统来说很不是时候。政府内部的说法是他只不过得了重症流感。在他死后，编排好的故事是一个双生人通过生理盐水点滴毒死了他。"他似乎陷入了短暂的沉思，"他究竟因何而死？压力、年龄、生活。"

"这就是你今天要告诉民众的？"我说。

他沉默了片刻，然后摇了摇头。"不，"他慢悠悠地说，"不是的。"

他再次转身，准备走。我又一次拦住他，"我们是在国会大厦里？"

他扬起眉毛。"是的。这是东侧的一个角落。我估计没人真正会关注这些，没有多少历史意义。"他突然微微地笑了一下，"到目前为止。"

48

他兑现了有关杰米的承诺，这足以让我们开心一阵子。我们被安置在城里某处——他们用来送我们的那辆面包车让人看不见多少风景，不过我们在车里坐的时间不是很长。

在那儿，我们得以生活在基本算得上是世界上最舒服的监狱里。杰米告诉我们过去的几个月他一直被关在类似的环境里。只不过他们把他从一个地方搬到另一个地方，他被专家包围着，他们给他做物理治疗，努力地对他进行演讲训练。再没有做过什么手术，这让我们松了一口气。

他们不让我们知道外面世界的任何消息。不准我们使用电视、收音机和电话。还不准我们去一楼，二楼的所有窗户都是用加固玻璃做成的，此外还安装了报警器。

我们在那儿待了两个多星期。将来会有人给我们填补这些日子的空白。一开始公众一片哗然，袭击者占据了大多数公众的意识——这是些什么人，他们想要干什么。最终，经过追查，发现他们与詹森有牵连。将这次未遂袭击归罪于詹森，给了民众一个非双生人的、又恨又怕的对象。而且这为总统着手给他加上其他罪名铺平了道路——对双生人犯罪言过其实；对艾迪和我的故事以及彼得的地下网络夸大其词。

公众信念既强大又脆弱。从我们所听到的来看，总统明白这一点。他的政权仍处于新生期，可以一扫旧风、别开生面，于是他在这个节点精心运作，迅速出手。

进入新的一年几个星期之后，他向国人通告了世界其他地方的真实情况。同一天我们被释放了。一片混乱之中，没人注意到有一个女孩和一个男孩被带回到城里的街道上。他们派了一名保镖随同我们。他们说是为了保护我们，不过他们真正的用意显而易见，当时那会儿，这无关紧要。我们只在意当家人和我们在门口相见时他们脸上的表情，哈莉拥抱我们不愿放手的样子。

只在意后来当我和赖安独自相处时他吻我的样子，那时候是晚上，星星在我们头顶看起来像是一张梦幻地图。

一个静悄悄的周日早上，艾米利亚与我们联系了，她心急火燎、磕磕绊绊地说她在瑞沃特，离我们几个小时车程远——是的，她和苏菲还好；不，她不想让我们来接她；她将在中间某个地方和我们见面。

她听起来和我们最后一次见她时不一样了。我怀疑自己是否还能认出她，那个身姿袅娜、衣着淡雅的光明使者。也许艾迪和我对于外表之下的她重视不够，那天是这个女人离开去送亨利，数月之后她又重新回到我们身边，其实依然还是原样。只不过去除雕饰，现出了真我。

莱安纳医生带她重新回到我们身边，我们以熊抱迎接她们。她们似乎有点生疏，有点失落。莱安纳医生在开车来这儿的时候肯定告诉过她彼得和瓦伦的去世。

"上楼。"莱安纳医生说道，一群人挤在那儿想要看她，

解放汉斯

"你上次睡眠正常是什么时候？"

艾米利亚用颤音淡淡地笑了一声。"猴年马月。"

不过，当世界天翻地覆、发生巨变的时候，艾迪和我离开了安全之家，我们希望这是我们最后一次住在那里。我们的家人还没想好要待在哪里，不过我们很清楚我们不想回到鲁普赛德。我们刚刚重新联系上了穆兰夫妇俩，正在等着他们飞过来与我们相会，这时爆出了那条新闻。

我们早就知道会有今天。那条新闻几乎没谈别的内容，全都在一步步引向那个决定。不过现在，终于，正式宣布了。

明天，美国的双生人研究所体制将被废弃。

"这不会带来任何变化。"戴文说道。我们聚在电视前面观看洛伊德总统在国会大厦前面宣布这项决定。此时此刻，我们六个人齐聚于此，是再合适不过了。赖安和戴文，哈莉和丽萨，一年以前，曾经也是我们六个人在一起。"不过——"

"这是一个开始。"哈莉说。

戴文微笑着。

想想那些回家的儿童。艾迪说。她的声音里有种不可思议的感觉。

我能够想象得到。初次迈步走出来，进入一个日渐温暖的世界。那些儿童已经被关了数月，还有一些完全凭着韧性而得以一年一年地幸存下来。

"此外，我还能想象得到全国成百上千即将过十岁生日、还没有'解决'的孩子同时都松了一口气。研究所体制的解体不会使他们免受同龄人的敌视和嫌弃，老师的侧目冷落，甚至还有自己父母的日渐踌躇。不过最最起码，这将让他们免受背井离乡之苦，不用再被关进水泥做的斗室，无人过问，憔悴凋零，直至离世。"

其他东西——仇恨、恐惧日益减少——宽容随后也将到来。我坚信这一点。

292

后　记

我们的新家里有旧屋的痕迹。当我们的父母离开鲁普赛德的时候他们没有带多少东西，不过有些没被卖掉的东西已经被收了起来，所以草莓图案的窗帘又挂在了厨房窗户上，壁炉台上又摆满了我们的老照片。莱尔将硬纸板箱子翻了个遍，找出了几本他喜欢的书。

这很好，我觉得。我们搬进来住的时候有一次艾迪说，房子有些不一样了。我觉得不可能完全一样。

我喜欢这座新房子，带着一个虽然小却井然有序的草坪。人行道上磨损的石头。我们的房间朝东，早晨亮堂堂的。

我喜欢穆兰一家住得不远，便于拜访。杰克逊和文森在国内稍作旅行，享受他们新的自由之后，他们知道去哪里能找到我们。莱安纳医生、杰米、艾米利亚、凯蒂和亨利全都知道我们的号码，要和他们说话很容易，拿起电话即可。所有这些我都喜欢。

我喜欢我们离海滨仅仅几里之遥。有几个早晨，我们在水边一待好几个小时，等着海水变热好去游泳。父母给我们买了一套颜料，算是迟到的生日礼物和圣诞礼物合二为一。艾迪将这套装备带到了海边，于是卧室墙上挂满了油画，上面画着海浪，画着发出咯咯叫声的海鸥，废弃的沙子城堡，和挖贝壳的孩子。

有时候，我担心塞宾娜、科迪莉亚、克里斯托弗，不知他们是否找到了安宁，无论他们结局如何，他们是否重新找到了家。

之后不久艾迪和我重返学校，不过到那时，我们已经赶上了班里的其他同学，所以秋天我们开始上三年级，学校里全是既知道我们又不了解我们的人。

洛伊德总统创历史地成为自从近一个世纪前大战开始之后首位正式去国外访问的美国总统。

艾迪和我在学校交了几个新朋友。

我们也谈论过将来某天我们也许会去旅行。亨利想让我们去拜访他，不过艾迪和我去海外可不会仅仅被看作是私人事务，这不是什么秘密。但是眼下，什么都不确定，我们很高兴待在原地。将来会有时间旅行，会有时间做好多好多的事情，做任何我们想做的事情。

"伊娃？"一天下午，艾迪和我一到家，妈妈就叫住我们。莱尔才刚刚开始上中学，接下来的几个小时不会在家。

"啊？"我回了一声，她出现在大厅里，拿着无线话机。

"找你的。"她面露犹豫之色。赖安或哈莉经常频繁地打电话找我。不过从她的表情可以判断，不是他们俩。

"是谁呢？"当她递给我电话时我嘴里说了一句。

我们仍旧比较频繁地接到想要采访我们的记者电话，或是那些对我们的所作所为、对我们所捍卫的一切感到气愤无比的人们的电话。我们的父母竭尽所能地保护我们免受电话骚扰。我们的号码应该没有公布出来，但是人们却孜孜不倦，毫不留情。

"好像叫布丽姬特。"妈妈说，我立即将听筒按到耳朵上。

"喂?"我说，这时艾迪嘀咕着，问问她在哪儿——

我们自从那晚逃出汉斯以来就再也没有和布丽姬特说过话，根本不知道她变成什么样了。

布丽姬特的声音很轻，但是很坚定。"你这个大红人，要找到不容易，你知道吗?"

我笑了，看见妈妈的肩膀放松了。她给了我们一个犹疑不定的微笑，我回了她一个微笑。

"你好吗?"我说，"你在哪儿?"

"在家，"布丽姬特说，"费了一些时间，不过我到家了。"

我环目四顾，打量我们的新家，我们已经在这里住了好几个月，它那粗糙的棱棱角角正在逐渐磨平。我打量着玻璃窗外面明快的秋色。当妈妈返回楼上时，我凝视着她的一举一动。

"就是，"我柔声说，"我们也一样。"

伊娃? 有时候，当我们从梦中醒来时艾迪仍然会喊我。当睡意渐渐褪去时，她在新的一天梦醒时分伸手找我。

伊娃? 她说，就像我们小时候一样。

我回答说，在。在，我在这儿。

因为我在。而且我将一直在。

致 谢

我们已经进入"双生人三部曲"的尾声，一想到这就忍不住发疯——我在高中的最后一年开始提笔写这个故事，现在已大学毕业数月，终于即将完工。创作这个系列小说与我的大学时光密不可分，在这个过程中指导帮助过我的人们也是我人生的导师。

我永远感谢我的编辑凯里·萨瑟兰，和我的代理人摩根。凯里，谢谢你绝妙的注释和建议，指导我完成一遍又一遍的修改。这个系列小说因你而更加丰满。伊曼纽尔，谢谢你教会我有关出版的事情，以前我都不知道自己有必要学习这些，而且每当我需要帮助时你总是一个邮件或一个电话便能找到。

我最最应该感谢的是哈珀青少年部的每一位成员，这些故事在他们接到时还只是屏幕上的字符，然后他们将之转化成了（在此我也许小有偏心）装帧最为漂亮的书本。当然，特别要提及可爱的艾利森·利斯诺，他是我的宣传代理人，让我的世界摇曳生辉。

惠特尼·李以及其余的我所有的国外代理人，谢谢你们。我一向热爱旅游，在陌生的国度里看见我的书摆在书架上每次都令我欣喜若狂。我也非常感激我的电影代理人，创新艺人经

解放汉斯

纪公司的乔恩和米歇尔。

　　萨瓦纳·弗里和JJ，我欠你们俩数不清的烤点心，感谢你们放下别的工作通读《解放汉斯》的书稿，即使身处不同的大洲，位于完全不同的时区，也没能挡住你们集思广益为我的第三本书进行初步构思。你们真棒。

　　各位老兄，这是一趟精彩的旅行，我感谢每一位曾经帮忙给了我这一旅行机会的人。

解
放
汉
斯

图书在版编目（CIP）数据

双生战记之解放汉斯 /（美）凯特·张（Kat Zhang）著；
祁和平 译. -- 北京 ：作家出版社，2017.6

ISBN 978-7-5063-9523-6

Ⅰ.①双… Ⅱ.①凯… ②祁… Ⅲ.①长篇小说 - 美国 - 现
代 Ⅳ.①I712.45

中国版本图书馆CIP数据核字（2017）第146287号

双生战记之解放汉斯

作　　者：	凯特·张（Kat Zhang）
译　　者：	祁和平
责任编辑：	宋辰辰
装帧设计：	王一竹
出版发行：	作家出版社
社　　址：	北京农展馆南里10号　　邮　　编：100125
电话传真：	86-10-65930756（出版发行部）
	86-10-65004079（总编室）
	86-10-65015116（邮购部）

E-mail:zuojia@zuojia.net.cn
http://www.haozuojia.com（作家在线）

印　　刷：	三河市华业印务有限公司
成品尺寸：	142×210
字　　数：	211千
印　　张：	9.75
版　　次：	2017年7月第1版
印　　次：	2017年7月第1次印刷
ISBN	978-7-5063-9523-6
定　　价：	38.00元